Impossível esqueceR

© 2023 por Meire Campezzi Marques
© Shutterstock.com/Aleshyn_Andrei

Coordenadora editorial: Tânia Lins
Coordenador de comunicação: Marcio Lipari
Capa e projeto gráfico: Equipe Vida & Consciência
Preparação: Janaina Calaça
Revisão: Equipe Vida & Consciência

1ª edição — 1ª impressão
2.000 exemplares — julho 2023
Tiragem total: 2.000 exemplares

**CIP-BRASIL — CATALOGAÇÃO NA PUBLICAÇÃO
(SINDICATO NACIONAL DOS EDITORES DE LIVROS, RJ)**

E43i

    Ellen (Espírito)
    Impossível esquecer / [psicografado por] Meire
Campezzi Marques ; pelo espírito Ellen. - 1. ed., reimpr. -
São Paulo: Vida e Consciência, 2023.
    320 p. ; 23 cm.

    ISBN 978-65-88599-84-6

    1. Romance brasileiro. 2. Obras psicografadas. I.
Título.

23-84164	CDD: 808.8037
	CDU: 82-97:133.9

Todos os direitos reservados. Nenhuma parte desta edição pode
ser utilizada ou reproduzida, por qualquer forma ou meio, seja ele
mecânico ou eletrônico, fotocópia, gravação etc., tampouco apro-
priada ou estocada em sistema de banco de dados, sem a expressa
autorização da editora (Lei nº 5.988, de 14/12/1973).

Este livro adota as regras do novo acordo ortográfico (2009).

Vida & Consciência Editora e Distribuidora Ltda.
Rua das Oiticicas, 75 – Parque Jabaquara – São Paulo – SP – Brasil
CEP 04346-090
editora@vidaeconsciencia.com.br
www.vidaeconsciencia.com.br

IMPOSSÍVEL ESQUECER

MEIRE CAMPEZZI MARQUES

Romance inspirado pelo espírito Ellen

SUMÁRIO

CAPÍTULO 1..7
CAPÍTULO 2..15
CAPÍTULO 3..24
CAPÍTULO 4..34
CAPÍTULO 5..42
CAPÍTULO 6..51
CAPÍTULO 7..57
CAPÍTULO 8..65
CAPÍTULO 9..73
CAPÍTULO 10..82
CAPÍTULO 11..87
CAPÍTULO 12..94
CAPÍTULO 13...102
CAPÍTULO 14...110
CAPÍTULO 15...118
CAPÍTULO 16...125
CAPÍTULO 17...132
CAPÍTULO 18...140

CAPÍTULO 19 150

CAPÍTULO 20 157

CAPÍTULO 21 165

CAPÍTULO 22 174

CAPÍTULO 23 185

CAPÍTULO 24 194

CAPÍTULO 25 204

CAPÍTULO 26 212

CAPÍTULO 27 220

CAPÍTULO 28 229

CAPÍTULO 29 237

CAPÍTULO 30 245

CAPÍTULO 31 253

CAPÍTULO 32 262

CAPÍTULO 33 270

CAPÍTULO 34 278

CAPÍTULO 35 286

CAPÍTULO 36 297

CAPÍTULO 37 306

MANTENHA SEU
EQUILÍBRIO E COLOQUE
PAZ E ALEGRIA EM
SUA JORNADA.

CAPÍTULO I

Solange e toda a sua família se empenhavam na venda de bolsas de couro de cabra que a mãe fabricava. O couro vinha do curtume do avô paterno. Solange, Sebastião, Matias e a pequena Sônia eram irmãos e percorriam as praias de Fortaleza, vendendo os artigos para os turistas.

Solange avistou um grupo de jovens, formado de rapazes e moças, saindo do mar e acompanhou-os com o olhar até que eles seguissem para um dos quiosques da orla.

A jovem avistou Sônia, sua irmãzinha, que iria oferecer bolsas aos turistas dentro do quiosque, o que era proibido pelos proprietários do lugar. Ela, então, apressou-se e, indo ao encontro da irmã, disse:

— Sônia, você sabe que não temos autorização para vender dentro dos quiosques! É melhor continuarmos as vendas na areia da praia. Quer ser expulsa novamente pelos funcionários do lugar?

— Eu não serei expulsa desta vez, Lange. Eu trouxe somente uma bolsa. Se me pararem, eu direi que a bolsa é minha — contrapôs a menina.

Solange segurou Sônia pelo braço e disse:

— Volte para a areia e fique me esperando lá. Eu chegarei em poucos minutos. Fique na sombra do coqueiro, onde deixamos os sacos com a mercadoria. Matias está lá também.

— Lange, você me deixará sozinha? Matias está trabalhando também. Ele não ficará parado à sombra do coqueiro.

— Eu sei, Soninha, mas é preciso que hoje você fique parada como um poste naquele ponto da praia. Os turistas chegarão até você para comprar as bolsas. Eu voltarei rapidamente.

— Não demore, Lange. Está quase na hora do almoço, e eu estou com fome.

— Então, enquanto me espera, coma o cuscuz que a mamãe colocou no embornal.

— Está bem. Vou me sentar à sombra do coqueiro para comer. Não se demore.

Solange misturou-se entre os turistas do quiosque, que estavam animados ocupando as diversas mesas cobertas com grandes guarda-sóis. Ela aproximou-se do grupo que saíra da água quente do mar havia poucos minutos e perguntou:

— Querem comprar bolsas de couro de cabra?

Uma das moças gostou da bolsa e desejou comprá-la. Solange deu seu preço, e, rapidamente, as outras duas moças interessaram-se pela mercadoria. Solange vendeu as bolsas que carregava consigo e voltou até onde estava sua irmã. Ela pegou mais mercadoria, retornou ao quiosque e efetuou a venda. Quando já estava deixando o local, foi surpreendida por um dos garçons, que a expulsou para longe do grupo.

Solange saiu de cabeça baixa e voltou para a areia da praia. De repente, ouviu um chamado que vinha da direção de onde estava o grupo para o qual ela acabara de efetuar a venda das bolsas. Para seu espanto, um jovem corria em sua direção. Ela ficou estática na areia e abriu um sorriso.

— Espere, moça! Eu quero comprar uma bolsa dessas para minha mãe. Preciso levar um presente que a agrade. Você tem mais bolsas para vender?

— Tenho! Você pode vir comigo? Deixei a mercadoria ali na sombra do coqueiro com minha irmãzinha.

Eles não perceberam, mas havia um espírito interferindo naquele encontro. A espiritualidade não perde a oportunidade de unir as pessoas que podem ajudar umas às outras. Luís foi designado por seu superior para intervir no problema de Solange e de sua família, pois, quando estava encarnado, sentia compaixão pelas meninas que sofriam abusos sexuais. Ele, então, fez Evandro interessar-se pela mercadoria que Solange vendia na praia.

Apesar de ser tímida, Solange, com a ajuda do espírito Luís, tentou ser mais falante que o normal. Ela aproveitou para saber um pouco mais sobre o rapaz, que contou que morava em uma cidade de Minas Gerais chamada Itajubá. Ele disse que não era natural daquele município, que só estava lá para estudar e que sua família vivia em outra cidade, em Governador Valadares. Ele disse que o grupo estava de férias em Fortaleza comemorando o fechamento de mais um ano letivo na faculdade de Medicina.

Solange estava com as mãos trêmulas. Se não fosse a brisa fresca e constante que vinha do mar, ela teria perdido o ar, pois não se sentia à vontade quando estava próxima do sexo oposto, mas tentou ser o mais natural que podia e perguntou:

— A moça que estava ao seu lado é sua namorada? Pensei que você poderia gostar de presenteá-la com uma das bolsas.

— Beatriz é uma amiga, mas é uma boa ideia dar um presente para ela. Notei que ela gostou de uma bolsa em especial, daquela com a fivela dourada. Você tem outra igual para me vender?

— Não, mas posso entregar a bolsa à noite em seu hotel.

— Que bom! Você me faria esse favor? Qual é seu nome?

— Solange Aparecida da Silva.

— Você pode me encontrar na recepção do hotel às oito e meia da noite. É um bom horário para você?

— Sim. Eu tenho que passar em outros hotéis para entregar as encomendas — disse Solange.

Evandro disse o nome do hotel à beira-mar e seguiu com ela até o coqueiro. Ele comprou a bolsa para presentear a mãe e fez outras encomendas — uma para presentear Beatriz e outra para Carla.

Solange pegou o saco que carregava com as mercadorias e apressou-se em percorrer toda a orla da Praia do Futuro para oferecer as bolsas aos turistas. Era sábado, e a praia estava repleta deles. Alguns moradores da cidade também aproveitavam o verão à beira-mar.

No fim do dia, Solange e Sônia conseguiram vender toda a mercadoria e receberam algumas encomendas para entregarem na manhã seguinte. Elas encontraram os irmãos e seguiram para a casa no subúrbio de Fortaleza. Subiram no ônibus e estavam exaustos.

Luís e seu orientador Marcos afastaram-se do grupo de amigos, que ficou se divertindo na praia. Marcos comentou com Luís:

— Você foi muito bem! Interveio no momento correto. Tenho certeza de que nosso plano seguirá pelo caminho do bem para todos os envolvidos.

— Eu fico feliz, meu amigo. Solange realmente precisa de ajuda. Soninha me lembra muito a Beatriz, quando a encontramos em uma situação parecida. Tenho certeza de que Dirce adorará ter Soninha ao seu lado.

Os dois deixaram o departamento de auxílio na dimensão espiritual e seguiram por uma alameda repleta de belas flores que adornavam as árvores.

Apesar de os filhos colaborarem vendendo as bolsas nas praias de Fortaleza, a vida da família de Solange não era tranquila, pois todos tinham de lidar com o pai alcoólatra e violento.

Chegando em casa, Solange entregou o dinheiro das vendas para a mãe. Maria do Socorro era uma mulher de estatura baixa e corpo franzino, que trazia no olhar o sofrimento. Ela trabalhava arduamente desde muito pequena para ajudar sua família e casara-se com José Amâncio, obedecendo à ordem de seu pai. Ela não fora alfabetizada, mas o tempo a tornou uma mulher sábia. Maria do Socorro aprendeu muito cedo que a vida não era para os fracos. Engoliu todos os seus sonhos de infância e de juventude quando se casou. Teve sete filhos, mas somente quatro sobreviveram à primeira infância. Às vezes, ela perdia-se em seus pensamentos e permitia que a tristeza tomasse conta. Mas, nesse dia, ela ficou feliz ao ver que as vendas haviam sido satisfatórias. Solange, percebendo a alegria no rosto de sua mãe, perguntou:

— Posso ficar com algumas moedas, mãe? Queria comprar um tecido para fazer um vestido novo.

— Você pode ficar com essas aqui, Lange, mas não conte para seus irmãos. Não deixe seu pai saber que vendeu muitas bolsas hoje! Ele está procurando dinheiro para encher a cara de cachaça no bar do Norberto.

— Ele só pensa em beber e gasta tudo o que ganhamos em cachaça! Isso não é justo, mãe!

— Quieta! Ele pode ouvir e dá uma coça com o fio do ferro de passar roupas, Solange. Pegue suas moedas e vá tomar um banho. Fique quietinha.

— Que vida sem graça eu levo! Não podemos fazer nada para não contrariar o pai. Esse pudim de cachaça deveria morrer logo para deixar nossa família em paz.

— Que ódio é esse em seu coração, Lange? Não fale uma coisa dessa, menina! Ele é seu pai!

— A quem quer enganar, mãe? Ele não faz nada! Às vezes, ele vai até o curtume do vô e pega os retalhos de couro para que a senhora faça as bolsas. Se a senhora não ficasse dia e noite costurando nesta velha máquina de costura, nós morreríamos de fome!

— Quieta, menina! Quer ficar sem jantar?

— Não se pode chamar esse cuscuz seco com feijão todos os dias de jantar! Eu estou cansada da miséria em que vivemos! A senhora sabia que existem pessoas que comem lagosta no quiosque da praia? E nós aqui comendo feijão e cuscuz seco. Isso não é vida, mãe! Precisamos de vitaminas em nosso corpo. Olhe a coitada da Sônia e o Matias! A pele deles fica cheia de feridas por falta de vitamina. Ah, vida miserável!

José Amâncio escutou as palavras duras da filha e levantou-se com o fio do ferro nas mãos. Ele estava pronto para corrigir a jovem. Sem dizer nada, ele bateu com o fio nas costas de Solange. Maria do Socorro afastou-se e tentou esconder Soninha. A menina estava lavando a louça na pia improvisada. Maria do Socorro sabia que o marido não pouparia ninguém que estivesse ao seu alcance naquele momento.

José Amâncio foi mais rápido e ficou de costas para Solange, que havia caído no chão sentindo dor. Ele lançou o fio nas costas de Sônia e também nas de Maria do Socorro.

Elas não gritavam enquanto sofriam com a agressão dele. As três tentavam fugir fechando-se no banheiro, mas dessa vez José Amâncio impediu que elas se trancassem. Ele encurralou-as dentro do banheiro e extravasou toda a sua fúria e frustração, estalando o fio grosso na pele delas. A mãe tentava proteger as filhas, postando-se na frente delas, mas Solange não deixava. Ela estava com medo que o pai acabasse matando a mãe e sua irmãzinha de cinco anos.

Sebastião, o filho mais velho, tinha quinze anos. Ele estava na rua em frente à casa. Ele ouviu o estalar do fio e viu que elas estavam levando um corretivo do pai, mas, desta vez, o barulho do fio estalando no corpo delas estava demorando a parar. Muito nervoso e com medo, Sebastião resolveu enfrentar o pai.

Ele puxou o genitor para fora do pequeno banheiro com toda a sua força. José Amâncio parecia um animal furioso e soltou o fio como um chicote sobre o filho mais velho. Matias, o filho mais novo, estava com medo de entrar em casa. Ele sabia que, se o fizesse, também apanharia do pai. O garotinho não sabia se corria para pedir ajuda aos vizinhos ou entrava em casa para enfrentar a fúria de José Amâncio. Estava parado no portão, quando ouviu o grito da mãe pedindo para o marido parar. Matias entrou e ficou atordoado vendo que o irmão sangrava com um ferimento acima do olho direito.

O fio pegou no rosto de Sebastião, abrindo seu supercílio. Matias, então, pulou sobre o pai, tentando fazê-lo parar de bater em seu irmão. A raiva dele foi tamanha ao ver o irmão sangrando que sua força redobrou, mesmo Matias sendo um menino franzino e de baixa estatura para sua idade. Ele conseguiu jogar José Amâncio no chão e tirar o fio de sua mão. Maria do Socorro foi ajudar o filho, colocando o marido para fora de casa e fechando a porta.

Solange e Sônia, para socorrer Sebastião, fizeram-no sentar em um banco. Elas também sangravam, e Matias chorava de raiva do pai.

Com os ânimos acalmados, José Amâncio, depois de ser colocado para fora de casa, seguiu para o bar para tomar sua cachaça como se nada tivesse ocorrido.

CAPÍTULO 2

José Amâncio era alcoólatra desde a adolescência e fora criado em uma família em que todos os homens tinham vício em álcool. O avô, o pai, os tios e os irmãos. E todos usavam a força bruta para manter a família sob seu controle. Foi isso que José Amâncio aprendeu com o pai, que desejava ser respeitado pelos filhos e pela esposa. Mas, no caso de José Amâncio, tudo o que conseguiu foi ser odiado por toda a família, principalmente por Solange, que desejava desaparecer daquela casa, pois sofria com os abusos sexuais do pai e suas ameaças de assassinar toda a família.

Depois que o pai seguiu para o bar, Solange tomou um banho e vestiu seu melhor vestido. Ela pegou as encomendas que precisava entregar naquela noite e deixou a casa pulando a janela do quarto. Não queria dar explicações para onde seguiria.

Passou na casa de Glorinha, uma amiga de infância que morava duas casas antes da sua, entrou no quintal e foi direto para os fundos da residência. Solange não desejava chamar a atenção das pessoas que estavam na rua.

Encontrou a família e Glorinha saboreando o jantar no alpendre dos fundos como era costume deles. A mãe da amiga perguntou com um sorrisinho sarcástico nos lábios:

— Seu pai desta vez soltou o fio do ferro com força em vocês. Aposto que você aprontou das suas.

— Mãe, não fale assim com Solange — disse Glorinha.

— Eu não fiz nada, dona Nazaré. Meu pai, como sempre, estava bêbado e é ruim feito a peste!

— E quando ele não está bêbado? Venha jantar conosco. Aposto que não comeu nada ainda.

Solange aceitou o convite e tomou lugar à mesa ao lado dos irmãos mais novos de Glorinha: Francisco, de oito anos, e Cícero, de sete. Os meninos olharam para os braços de Solange cobertos por manchas roxas e vermelhas e ficaram tristes ao verem tantos ferimentos nela. Eles se compadeceram da moça e ofereceram para ela um pedaço do bife, que a mãe havia dividido entre os filhos. Francisco colocou-o no prato de Solange, e Cícero fez o mesmo.

Glorinha compreendeu os gestos dos irmãos e acariciou a cabeça dos dois, demonstrando seu afeto. A mãe, enciumada dos filhos com a filha mais velha, repreendeu-os:

— Vocês são dois burros! Eu dei a carne para vocês. Não precisam dividir com essa aí, que não é boa coisa!

Nazaré pegou o prato e entrou na casa para ficar diante da TV. Estava no horário da novela das sete. Os meninos terminaram o jantar e seguiram para a rua para jogar futebol com os amigos da vizinhança. Glorinha e Solange ficaram sozinhas, e a primeira perguntou:

— Você colocou seu melhor vestido! Tem intenção de sair esta noite?

— Eu queria desaparecer deste mundo! Oh, vida miserável que tenho, Glorinha! Eu queria tanto que meu pai fosse diferente. Como pode alguém espancar toda a família dia sim e outro também?! Quando ele entra em casa, fica uma tensão no ar, e o pânico se espalha. Pobre, Soninha. Dessa vez, não consegui ficar na frente dela. Minha irmãzinha se urinou toda de dor. O velho maldito deixou as costas e as pernas dela marcadas com aquele fio. Tenho vontade de queimar aquele fio maldito!

— Você sabe que não resolveria nada! Ele encontraria outro fio para bater em vocês. Realmente, não compreendo como uma pessoa possa ser tão violenta! Graças a Deus, não tenho esse problema aqui em casa. Nosso pai morreu cedo. Eu cuido de meus irmãos e não deixo minha mãe bater neles. Ela também tem um gênio forte e foi criada sob o chicote de meu avô. Penso que eles repetem o que aprenderam com os pais. Nossos pais foram educados com violência, e, para eles, essa violência é a forma correta de educar os filhos.

— Essa é a forma correta de fazer os filhos os odiarem! Só pode ser isso, Glorinha. Eu odeio meu pai! Eu queria que ele tivesse morrido como seu pai.

— Não posso dizer que você está errada, Lange. Às vezes, me coloco em seu lugar e sinto muita raiva também. Queria vê-la feliz.

— Felicidade é algo que só existe para quem nasceu longe de homens como meu pai. Eu juro que ainda fugirei de casa e que aquele maldito nunca mais tocará em meu corpo.

— Ele foi perturbá-la novamente durante a madrugada?

— Eu tenho tanto nojo! Qualquer dia, pegarei aquela faca que ele coloca em meu pescoço, cortarei a genitália dele e darei para os porcos comerem. Velho porco, imundo!

— Calma, Lange! Não se esqueça de que ele prometeu matar sua mãe e fazer o mesmo que faz a você com Soninha. Ela é tão frágil! Soninha não suportaria o abuso do velho imundo.

— Só não tomo uma providência por ela e por mamãe. O maldito é bem capaz de matá-la e de se aproveitar de Soninha. E não quero que ela passe pelo que estou passando. Tenho ódio em meu coração, Glorinha.

— Não é bom sentir todo esse ódio! O que você precisa é deixar esta cidade e ficar longe de seu pai. E se você fosse passar um tempo no sítio de seu avô?

— Meu pai abusaria de Soninha na minha ausência. Minha irmãzinha tem apenas cinco anos. Se eu fosse embora, teria de convencer minha mãe a deixar Soninha vir comigo.

— Você contou para sua avó o que está acontecendo com você e seu pai? Quem sabe a mãe dele o chame à razão.

— Você está enganada. Eu contei a ela na festa de Natal que passamos no sítio o ano passado. Eu falei abertamente, sem esconder nada. Tem ideia do que ela me respondeu?

— Não.

— Ela disse que é normal isso acontecer e que, no tempo em que era mocinha, serviu ao pai dela e ao avô também.

— Que horror!

— Para ela, ser violentada pelo pai é normal. Não posso contar com ninguém da minha família para me ajudar.

— E se déssemos queixa na delegacia?

— Meu pai seria preso e solto em seguida. Tenho certeza de que me mataria e a minha mãe também. Soninha pagaria por essa denúncia. Não tenho saída... Preciso fugir e levar Soninha comigo.

— Para onde você iria?

— Eu conheci um rapaz na praia hoje. Ele é mineiro. Quem sabe não conheça alguém que possa me dar um emprego de empregada doméstica na cidade onde ele vive?

— Não custa tentar, mas e Sônia? Será que você conseguiria levá-la consigo?

— Eu estou juntando dinheiro para pagar as passagens de ônibus: a minha e a dela. Não posso deixá-la aqui com aquele porco velho! Eu queria levar Matias também.

— Quanto você conseguiu juntar?

— Quase nada! O velho maldito encontrou meu esconderijo e transformou meu dinheiro em cachaça, que tomou no bar.

— Vou ajudá-la. Tenho algum dinheiro que ganhei de minha avó no meu aniversário. Traga o que conseguiu juntar. Posso guardar para você aqui em casa. Tenho um esconderijo ótimo.

— Eu agradeço. Não sei o que seria de mim se não tivesse você para desabafar! Essa tortura terá um fim! Preciso manter a esperança. Já estou com quase quatorze anos. Logo, logo entraremos em 2006, e eu estou aqui apanhando enquanto o tempo passa! Se eu não fizer nada para sair dessa situação... isso não terá fim.

— Peça ajuda a Deus. Tenho certeza de que Ele a ajudará a conseguir o emprego no Sul e o dinheiro para a viagem com Soninha.

— Não sei se existe um Deus que ajuda pessoas como eu. Orei tanto! Pedi tanto! E tudo que consegui foi levar mais surra do velho maldito.

— Não perca sua fé. Força, amiga! Deus há de ajudá-la.

— Preciso chegar ao hotel na avenida à beira-mar para entregar a encomenda do rapaz que conheci na praia. Eu pedirei ajuda a ele. Algo me diz que ele me ajudará.

Glorinha foi até o quarto, pegou alguns trocados e colocou-os na mão de Solange dizendo:

— Essa quantia dará para pegar o ônibus até o hotel e depois outro ônibus de volta para o subúrbio.

— Ore por mim. Esse rapaz é minha única esperança.

Solange passou um pouco da maquiagem de Glorinha e desceu a rua escura. Ela tentava esconder-se até chegar ao ponto de ônibus. Dez minutos depois, a jovem já estava a caminho do hotel onde Evandro estava hospedado.

Ela entrou no *hall* do hotel e percebeu o quanto seus ferimentos se destacavam na iluminação do lugar, então, tentou puxar a manga curta do vestido para cobrir as machas roxas e as mais novas que estavam avermelhadas ainda.

Solange foi até o balcão da recepção e perguntou por Evandro. O atendente disse que o hóspede saíra havia poucos minutos.

A jovem deixou o hotel apressada, caminhou na orla da praia e encontrou Evandro em um dos quiosques tomando cerveja com os amigos. Ela aproximou-se envergonhada e disse:

— Se recorda de que marcamos de nos encontrar esta noite no hotel em que está hospedado? Desculpe-me. Acabei me atrasando, mas aqui está sua encomenda.

— Nós marcamos?! Eu me esqueci completamente... desculpe. Mas você me encontrou!

Evandro estava um tanto alterado pelo álcool que ingerira. Ele segurou o braço de Solange e quase a puxou de encontro ao peito para beijá-la, mas a moça gemeu de dor no braço. Ele, então, parou, olhou fixamente para as marcas escuras no braço dela e perguntou:

— O que foi isso? Foi atropelada por uma manada de elefantes!?

Envergonhada, Solange tentou esconder o braço, mas era tarde, pois as moças e os rapazes que estavam com Evandro na mesma mesa viram as manchas em seu braço e se condoeram com o estado dela. Uma das jovens perguntou:

— Quem fez isso com você, menina?

Devido ao seu porte pequeno, Solange parecia ser uma adolescente de onze anos, mas completaria quatorze dali a poucos meses. Ela encheu-se de coragem e disse:

— Meu pai. Ele é violento demais.

— O que aconteceu para ficar toda marcada dessa forma?

— Eu tentei guardar alguns trocados para comprar uma passagem de ônibus para longe dele.

— Você é a menina que nos vendeu as bolsas no quiosque da praia essa manhã?

— Sim, sou eu.

— Pessoal, essa menina precisa de ajuda. Vamos passar o chapéu e arrecadar dinheiro para ela — disse Carla, a jovem que estava do outro lado da mesa.

— Isso não ajudará muito, Carla. Qual é seu nome, menina? — perguntou Beatriz.

— Solange.

— Pois bem. Do que você precisa, Solange? Como podemos ajudá-la?

— Preciso de um emprego de empregada doméstica longe desta cidade. Tenho uma irmãzinha de cinco anos, que também sofre esse tipo de violência. Eu preciso levá-la comigo.

Luís novamente interveio, enviando uma mensagem mental para Carla recordar-se de Dirce. Ela disse:

— Beatriz, não era sua mãe que estava procurando uma empregada?

— Minha mãe contratou a Zenaide, que vivia na fazenda do meu avô. Se tivéssemos nos encontrado uma semana antes, você estaria contratada, Solange. Mas nossa viagem para este paraíso cearense só ocorreu hoje! Como nada ocorre por mero acaso...

Beatriz pensou um pouco. Ela estava chocada com as marcas no braço e nas pernas de Solange e queria muito ajudá-la. Beatriz chamou-a de lado, distanciando-se do grupo. As duas sentaram-se na areia da praia, e a moça fez Solange contar o que estava acontecendo com ela, pois desconfiou de que a jovem estivesse vivendo algo pior. Depois dessa conversa, ficou claro que a irmãzinha de Solange seria a próxima a ser violentada pelo pai. Beatriz ficou extremamente tocada pela história que ouviu de Solange e não teve dúvidas de que precisava fazer alguma coisa para ajudar as meninas. Ela disse:

— Eu tenho a solução! Vou ligar para minha mãe. Ela sempre precisa de ajuda em casa. Espere um pouco aqui, Solange.

Beatriz foi até a mesa, pegou sua bolsa, tirou o celular e ligou para a mãe. Elas ficaram dez minutos conversando ao telefone. Quando desligou, Beatriz retornou para perto de Solange com o semblante sereno e disse:

— Arrume sua mala e a de sua irmãzinha, Solange. Você tem um emprego em Minas Gerais!

Nesse momento, Luís se deu por satisfeito e abriu um belo sorriso, enquanto falava empolgado:

— Eu sabia que poderia contar com você, minha filha amada!

Solange deixou as lágrimas rolarem por sua face, demonstrando que a felicidade se instalara em seu ser. Não demorou, contudo, para ela se lembrar de que não tinha dinheiro para fazer aquela viagem. Então, disse para Beatriz:

— Moça, eu não tenho como chegar até lá.

— Deixe isso com a gente, Solange. Vamos passar o chapéu entre os amigos, pois você e sua irmã precisam se alimentar durante a viagem.

Evandro e os amigos passaram o chapéu para todas as pessoas que estavam no quiosque e para outras que passavam no jardim da orla. Eles cantavam e dançavam para arrecadarem o dinheiro. Solange não acreditava no que estava vendo. Uma hora depois, o grupo conseguiu o suficiente para a alimentação das duas irmãs. Beatriz pagaria as passagens de ônibus para Governador Valadares. Ela deu um pedaço de papel para Solange, onde anotou o endereço de sua mãe e alguns números de telefone.

CAPÍTULO
3

Muito feliz, Solange despediu-se dos novos amigos. A jovem foi entregar as outras encomendas de bolsas pela orla e depois adentrou no ônibus que a levou de volta para o subúrbio. Após meia hora de viagem, saltou do veículo. Esperançosa, ela subiu a rua e, enquanto caminhava, tentava não ser notada pelas pessoas que estavam sentadas nas calçadas conversando com os vizinhos. A rua não possuía iluminação pública, mas, mesmo assim, algumas pessoas não perdiam a mania de ficarem na frente das casas conversando. As lâmpadas na frente das residências permaneciam acesas e iluminavam tenuemente a rua.

Solange estava com medo de que o pai saísse do bar do Norberto e a avistasse na rua. Eram quase vinte e três horas, e ela sabia que, se a encontrasse ali, José Amâncio seria novamente violento. Solange, então, esgueirou-se na frente do bar e, felizmente, conseguiu passar sem ser notada pelo pai, que estava totalmente embriagado e se escorava no balcão para não cair.

Solange entrou na casa de Glorinha e bateu na janela. A amiga convidou-a para entrar e disse:

— Pule para dentro, Lange. Minha mãe não está em casa. Você não a encontrou no portão do vizinho?

— Não reparei quem estava naquele grupo que comentava a vida alheia.

— Sei que é uma mania horrível de minha mãe. Entre rápido, antes que ela volte para casa.

— Não posso entrar, Glorinha. Meu pai está embriagado no bar e, quando ele chegar em casa, seguirá direto para minha cama. Se o maldito não me encontrar, ele abusará de minha irmãzinha. Não posso deixar isso acontecer!

— Estou penalizada por você! Gostaria que tivesse um pouco de paz dormindo aqui esta noite.

— Também desejo paz, mas esta será a última vez que me sujeitarei às ameaças dele. Consegui um emprego de doméstica com uma pessoa maravilhosa. A moça de nome Beatriz pagará as passagens de ônibus, e os amigos arrecadaram dinheiro para nossa alimentação na viagem até Minas Gerais. Eu bati na sua janela para que você guarde esse dinheiro em seu esconderijo. Amanhã de manhã, partirei com Soninha para Minas Gerais.

Solange contou para Glorinha o que havia acontecido na praia. Ela entregou o dinheiro e retornou para casa, escondendo-se na escuridão da rua.

A jovem entrou em casa e seguiu apressada para deitar-se em sua cama. Toda a família dividia o mesmo cômodo, e cortinas de chita separavam as camas. Maria do Socorro as costurara para terem um pouco de privacidade.

Todos dormiam, quando José Amâncio entrou em casa e foi deitar-se na cama de Solange. O nojo e o medo tomaram conta dela. A faca afiada estava em seu pescoço novamente. Solange não queria morrer ou ver o pai abusando de sua irmãzinha. Ela deixou as lágrimas rolarem por sua face sem fazer um só ruído, como o pai ordenava ao seu ouvido. Quando se deu por satisfeito, ele levantou-se com dificuldade e seguiu cambaleante para a cama que ocupava ao lado de Maria do Socorro.

Naquela noite, Solange teve a certeza de que vira a mãe espiando por um buraco na cortina o que estava acontecendo do lado de sua cama e perguntou-se por que Maria do Socorro não tomava uma providência para protegê-la daquele horror.

Várias vezes, Solange tentou conversar com a mãe a respeito disso, mas Maria do Socorro mudava de assunto sem permitir que a filha continuasse a conversa desagradável. A mãe preferia fingir que nada estava acontecendo para não precisar tomar uma providência e enfrentar o marido violento, pois também sentia medo dele. Maria do Socorro temia pela vida de toda a família, porque sabia do que o marido era capaz de fazer para ter o que desejava e tinha consciência de que já não agradava mais o marido intimamente. Ela não gostava do que estava acontecendo com sua filha, contudo, temia por sua vida e pela vida dos filhos. Por essa razão, aceitava a situação.

Naquela manhã, José Amâncio deixou a casa cedo e foi para o curtume do pai no interior do Ceará. Lá, ele ajudava o genitor com a criação de cabras e na limpeza do couro. O pai de José Amâncio lhe dava os retalhos em troca do trabalho prestado, e era com esses retalhos que Maria do Socorro fazia as bolsas que os filhos comercializavam.

Solange também acordou cedo, preparou o café e contou para a mãe a respeito do emprego que conseguira em Minas Gerais. Maria do Socorro não gostou da ideia de ficar longe da filha, mas a jovem insistiu:

— Mãe, eu preciso deixar esta casa! Não suporto mais seu marido, e a senhora sabe bem o porquê.

— Ele é violento! O fio do ferro acaba com nossa alegria.

— Alegria, mãe? Quem é alegre aqui? Me deixe ser feliz longe do porco do seu marido!

— Não fale assim de seu pai!

— A senhora quer protegê-lo? Depois de tudo o que ele fez a todos nós! Olhe-se no espelho, mãe! A senhora ainda é jovem! Não passou dos quarenta anos e parece que tem oitenta. Não quero ficar velha antes do tempo como a senhora! Não aceito ter o mesmo destino que o seu. Eu tenho a oportunidade de melhorar de vida. Por caridade ou por piedade, me deixe partir.

— Minha vida não é tão ruim assim como você fala. Sou uma mulher que se dedica aos filhos. Passo o tempo costurando as bolsas. Quem venderá nossa mercadoria para os turistas? Sabe que os meninos não vendem como você e Soninha. Não quero que se vá. Diga para essa mulher que a contratou que você não irá.

— Não posso fazer isso, mãe. Preciso deixar esta casa antes que eu cometa uma loucura! Também desejei que tudo fosse diferente, mas sabemos que o porco do seu marido não vai mudar! Eu levarei Soninha comigo.

— Não! Sônia não vai a lugar algum!

— Quer que sua filha passe pelo que estou passando?! Você deveria ser a primeira a protegê-la!

— Eu protejo meus filhos o quanto posso.

— Não, mãe! A senhora não nos protege! No fundo, sei que está ciente do que acontece nesta casa nas madrugadas em que seu marido chega embriagado, ou seja, diariamente. Vamos parar de fingir uma para outra.

— Não sei do que você está falando.

— Está certo! A senhora continuará a se iludir, mas Sônia virá comigo! Não quero que ele faça o mesmo com ela! Quando eu não estiver mais aqui, ela será o alvo de seu marido porco e sem escrúpulos! Não somos propriedade dele; somos suas filhas!

— Chega, Solange! Você é uma filha ingrata! Quer ir embora? Vá! Quer levar minha caçula? Pode levar! Mas fique certa de que a vida de sua irmã passará a ser sua responsabilidade! Você afirmou que não sei protegê-las. Se eu souber que Sônia não é feliz ao seu lado, cobrarei caro por essa separação.

— Não tenha medo, mãe. Eu cuidarei bem de minha irmãzinha. Seremos felizes longe do porco do seu marido. E, quando minhas condições financeiras melhorarem, mandarei buscá-la e também os meninos. Naturalmente, se eles desejarem viver longe do Ceará.

— Agora quem está se iludindo é você. Eles não deixarão esta cidade sem um bom motivo. Quando pretende partir?

— Hoje mesmo. As passagens serão compradas, e nos encontraremos na rodovia com Beatriz e Evandro. Arrume os pertences de Soninha, pois pegaremos o ônibus ainda esta manhã. Quero partir antes que ele regresse do curtume do vô.

— Você sabe que vou sofrer por permitir que partam!

— Eu sei, mãe, mas não posso ficar! Se eu ficar aqui, uma tragédia acontecerá nesta casa. A senhora sabe do que estou falando.

— Você é corajosa, filha. Eu gostaria muito de ter essa coragem e encontrar outro caminho para ser feliz de verdade, mas pobre já nasce fadado ao sofrimento e à dor! Suportarei o fio do ferro e que Deus tenha piedade deste meu corpo magro.

— Sinto muito por sua dor, mãe. Se eu tivesse dinheiro, levaria toda a família comigo, mas não teríamos onde ficar em Minas Gerais. Prometo que, assim que puder, mandarei dinheiro para que vá viver com suas filhas em Governador Valadares.

Maria do Socorro estava desolada com a partida das filhas, mas, no fundo, sabia que seria melhor assim. Ela temia que Solange engravidasse e que Soninha fosse obrigada a servir ao pai na cama. Maria do Socorro sentia enjoo ao imaginar sua pequena sendo violada por José Amâncio. Quando descobriu que Solange era obrigada a servir ao pai na cama, ela sentiu vontade de morrer e só não chegou às vias de fato por saber que os filhos sofreriam ainda mais sem sua presença.

Para continuar ao lado dos filhos, Maria do Socorro fingia não saber de nada. Desde pequena, ela aprendeu a manter-se calada e usava a imaginação fértil para construir um mundo especial em sua mente. Era lá que ela se refugiava para ser feliz. Em seus momentos de fúria, Maria do Socorro imaginava milhares de maneiras de matar o marido. Quando pegava no sono, o mesmo sonho se repetia. Ela empurrava José Amâncio em um abismo e adorava ver quando ele encontrava o solo lamacento, que engolia seu corpo. Quando Maria do Socorro era pequena, tinha o mesmo sonho com o pai, pois também fora obrigada a servi-lo na cama.

Ela não se envergonhou de festejar quando o pai morreu no meio do roçado de morte súbita. Ela comemorou correndo e gritando feliz pelo sertão onde vivia.

As pessoas pensaram que Maria do Socorro estivesse sofrendo pela morte do pai. Ela gargalhava e chorava de alegria! Sentia-se livre pela primeira vez na vida, mas foi por pouco tempo. Antes de morrer, o pai havia encontrado um noivo para ela, e seus irmãos e a mãe rapidamente fizeram questão de cumprir o desejo do pai. Maria do Socorro, então, foi obrigada a se casar com José Amâncio.

Nos primeiros meses juntos, Maria do Socorro tentou fugir de casa, mas José Amâncio conseguiu detê-la e a espancou na frente do casebre de pau a pique onde viviam. Ele ameaçou a esposa com o canivete e chegou a furar seu braço. Por fim, prometeu-lhe que mataria sua mãe e seus irmãos. Dessa forma, Maria do Socorro nunca mais tentou fugir e passou a refugiar-se no paraíso construído em sua imaginação.

Solange terminou de amarrar a trouxa de roupas de Soninha, quando Matias entrou em casa perguntando:

— O que está fazendo, Lange? Pretende viajar?

— Eu e Soninha vamos embora para Minas Gerais. Eu arrumei um emprego de doméstica por lá e levarei Soninha comigo.

— Mãe! Onde está o pai? Já viu o que essa desmiolada da Lange está fazendo? Ela quer fugir de casa e levar Soninha com ela.

Maria do Socorro, que estava no alpendre do fundo costurando, secou as lágrimas que se misturavam com o suor do clima quente de Fortaleza e respondeu:

— Deixe sua irmã, menino. Ela sabe o que está fazendo.

— O pai vai nos esfolar, se essas duas deixarem esta casa, mãe! Não quero apanhar novamente.

— Calma, Matias. As meninas precisam ir embora.

— Solange não pode fazer isso! Se ela pode ir, eu e Sebastião também podemos. Não quero levar mais uma surra do pai.

Sebastião entrava em casa, quando ouviu falar seu nome do portão. Ele perguntou:

— O que está acontecendo aqui? Que trouxas são essas, Lange?

— Mais um para me atormentar! Não venha não, Sebastião!

Matias contou para o irmão o que estava acontecendo, e, para espanto de todos, Sebastião respondeu:

— Siga com Deus, Solange. Quero que você e Soninha sejam felizes por lá.

— Ficou louco, Tião?! Está abençoando a fuga das duas?

— Estou! Eu ouço os soluços da Lange nas madrugadas. Deixe nossa irmã em paz, Matias. Ela tem o direito de procurar outro rumo na vida.

— Ela pode ir para onde desejar, mas Soninha ainda é criança e não vai sair desta casa.

— E quem vai me impedir de levar nossa irmã, Matias?

— Não brigue, Matias. Não seja egoísta e burro! Elas precisam partir! Você não compreende, porque ainda é um moleque inocente. Deixe Solange e Soninha em paz. Eu faço questão de levá-las à rodoviária e protegê-las até entrarem no ônibus.

— Mas quando o pai chegar, ele arrancará nosso couro, Sebastião!

— Deixe de ser covarde! Por elas, apanharei feliz! Eu tentarei protegê-lo e a nossa mãe também.

— Não esperava essa reação de você, meu irmão! Me deixou emocionada! Que bom que compreende por que devo levar Soninha comigo — disse Solange abraçando Sebastião.

Nesse momento, Sônia acordou e saiu de trás da cortina dizendo:

— Eu não vou para Minas Gerais com a Lange! Quero ficar com minha mãe!

— É preciso, querida! Ou deseja ficar aqui apanhando de nosso pai? Até ele matar um de nós! Você é tão pequena e frágil, que será a primeira a morrer atingida pelo fio do ferro. Temos de ir, Soninha.

— Se eu ficar, o pai vai me matar?

— É bem provável que sim, Soninha. Não tenha medo de partir! Um dia, você voltará para casa ou todos nós iremos para Minas Gerais, quando eu juntar um pouco de dinheiro — Sebastião continuava surpreendendo a todos com suas respostas.

Ele também sofria com a violência do pai e com os abusos a Solange.

Solange foi a até a casa de Glorinha, apanhou o dinheiro e despediu-se da amiga com lágrimas nos olhos. Ela carregava a grande esperança da felicidade.

Toda a família acompanhou Solange e Sônia até a rodoviária.

CAPÍTULO
4

Beatriz e Evandro já estavam na rodoviária esperando por Solange e Soninha. Assim que avistou a jovem e sua família, Beatriz comprou as passagens, entregou-as para Solange e apresentou-se para a família da amiga. Depois, os turistas retornaram para o hotel na esperança de ainda encontrarem os amigos que haviam partido para um passeio até Jericoacara, uma das mais belas das praias do Ceará.

Na sala do juizado da infância e juventude que ficava dentro da rodoviária, Maria do Socorro autorizou o embarque das filhas. Enquanto isso, Sebastião tentava copiar em um saco de papel pardo o endereço que Beatriz escrevera para Solange. Ele não sabia escrever corretamente, pois fora pouco alfabetizado, o que o impedia de lidar bem com as letras. Mas o rapaz tentou, pois, entre todos ali, era o que melhor se alfabetizara na escolinha do bairro. O pai não permitiu que os filhos se formassem no primário. Quando aprendessem as letras do alfabeto, estava bom para José Amâncio. Trabalhar era primordial para trazer dinheiro para casa. Por essa razão, todos trabalhavam desde muito pequenos.

Solange abraçou os irmãos com carinho e beijou Maria do Socorro várias vezes. Soninha fez o mesmo e chorou muito quando foi separada da mãe em sua despedida. Solange colocou-a dentro do ônibus e fê-la sentar-se na poltrona ao lado da sua.

Soninha olhava pela janela do ônibus e chorava copiosamente. O motorista deu partida no motor, e o coração de todos acelerou. Solange também chorou ao ver Sebastião secando as lágrimas de seus olhos. Para ele, era um alívio ver as irmãs partindo, pois ele culpava-se por não fazer nada para protegê-las do pai.

Matias estava com raiva, pois sabia que levaria uma grande surra quando o pai retornasse do curtume do avô. Ele não compreendia por que o irmão e a mãe permitiram a fuga das duas. Matias tinha o sono pesado e não percebia o que se passava dentro de casa. Ele estava com sete anos e ainda conservava a ingenuidade da infância.

O ônibus se foi. Sebastião abraçou a mãe e entregou-lhe o endereço onde elas ficariam em Minas Gerais. Maria do Socorro colocou-o na bolsa e chamou Matias.

— Vamos, filho. Tudo ficará bem.

— Estava tudo bem antes de essas duas fugirem! Eu não voltarei para casa, mãe. Viverei aqui na cidade. Muitas pessoas dormem na praia.

— Não fale bobagens, Matias. Nós vamos para casa. Tenho muitas bolsas para costurar. Não se esqueça de que agora serão apenas os dois vendendo as mercadorias para os turistas.

— Trabalharemos dobrado, mãe. Não se preocupe. Daremos conta de vender todas as bolsas — disse Sebastião.

— Tenho certeza de que se empenharão ainda mais, Sebastião. Vamos, Matias. Temos que pegar o ônibus no ponto a algumas quadras daqui.

— Eu não vou. Estou com medo do pai.

— Venha, seu covarde! Já lhe disse que o defenderei do fio do ferro. Você é um homem valente ou não?

— Eu não sou um homem! Sou um menino e não quero apanhar pela bobagem que as duas fizeram! Mãe, vamos parar o ônibus e trazer as duas de volta.

— Por mais tentada que eu esteja a fazer isso... não posso tirar de suas irmãs a possibilidade de terem uma vida melhor do que a nossa. Quando você crescer, também poderá partir e cuidar de ser feliz, meu pequeno Matias. Agora, seja valente, e vamos para casa ruminar nossa tristeza e nossa dor.

Matias, revoltado, seguiu a mãe e o irmão de volta ao subúrbio de Fortaleza. Chegando à porta de casa, ele encontrou os amigos jogando futebol e entrou na brincadeira com eles.

Sebastião e a mãe entraram em casa, e, para o infortúnio dos dois, José Amâncio estava de volta do curtume. Ele estava furioso por não encontrar ninguém em casa. Quando Maria do Socorro e Sebastião entraram, o fio do ferro atingiu os dois violentamente. Da rua, Matias ouvia os estalos. Ele ficou pálido, tentou correr e se esconder no terreno baldio coberto pelo mato.

Os amigos gargalharam ao ver o desespero no rosto de Matias. José Amâncio espancou a esposa e o filho mais velho e desejava fazer o mesmo com Matias e as duas filhas. Furioso, ele saiu de casa e começou a procurá-los. Um dos meninos que jogavam futebol com Matias apontou para a direção do terreno baldio. Com o fio nas mãos, José Amâncio entrou no terreno e encontrou Matias atrás de uma touceira grande de mato e ali mesmo cumpriu sua tarefa.

José Amâncio queria saber onde Solange e Sônia estavam e não parou de bater no filho até ele contar que as duas haviam fugido. Isso deixou o homem ainda mais furioso, fazendo bater ainda mais em Matias. Foi preciso que Norberto, o dono do bar, e um vizinho interferissem para parar com toda aquela covardia contra a criança.

Matias foi levado para a casa de Glorinha pelos dois irmãos da moça, que se penalizaram com o estado do amigo. Glorinha cuidou dos ferimentos do menino com carinho e deu-lhe um pedaço de bolo que ela havia assado pela manhã. Matias comeu com apetite, saboreando a grossa fatia que ela lhe dera. A moça, então, ligou a TV e deixou os meninos assistindo aos desenhos animados deitados no sofá.

Vendo que José Amâncio estava no bar de Norberto tomando cachaça, Glorinha foi até a casa de Maria do Socorro para saber como havia sido o embarque de Solange. Ela entrou sem bater como era costume dos vizinhos, encontrando Sebastião com marcas vermelhas nas pernas e nos braços, e assustou-se quando ele tirou a camiseta. As costas do rapaz estavam marcadas pelo fio. Glorinha penalizou-se e tentou ajudá-lo, aplicando-lhe uma compressa de gelo, que fora buscar em casa, pois na casa de sua amiga não havia geladeira.

Maria do Socorro também precisou da ajuda de Glorinha para amenizar os ferimentos provocados pelo fio do ferro.

Enquanto a jovem colocava a compressa de gelo nos ferimentos de Maria do Socorro, ela contou como fora triste ver suas duas filhas partirem naquele ônibus.

— Não fique assim, Maria. As meninas não suportariam por muito tempo os maus-tratos causados pelo pai. Tenho certeza de que ficarão melhor longe dele.

— Deus a ouça, Glorinha! Meu coração está apertado no peito só de pensar em ficar longe de minhas filhas. Queria ter fugido com elas e levado os meninos! Somente assim sairíamos deste inferno que é viver com um homem violento como José Amâncio.

— Como se isso fosse possível, mãe. Não teríamos dinheiro para viver em outra cidade! Onde encontraríamos couro de graça para fabricar as bolsas e vender?

— Seu avô não dá o couro de graça para seu pai. Ele trabalha um período na roça e no curtume e recolhe as sobras. São dessas sobras que eu costuro as bolsas. Nada é de graça, filho.

— A senhora tem certeza, mãe? O pai saiu hoje bem cedo para o curtume no sertão e já está de volta.

— Não sei o que aconteceu para ir num pé e voltar no outro! Será que ele trouxe o couro de cabra?

— Não sei o que aconteceu! Seu pai costuma deixar o saco com o couro aqui mesmo, mas não vi nada.

— Será que não está lá no fundo, próximo ao local em que a senhora costura? Fique parada, Maria, ou a compressa de gelo não fará efeito, aliviando sua dor.

— Desculpe, Glorinha, é que fiquei preocupada em pensar que não terei material suficiente para fabricar as bolsas. É o nosso sustento! Não suporto mais passar fome nesta casa.

— Calma, mãe. Vou olhar lá nos fundos para ver se ele trouxe o saco de couro.

Sebastião deixou o cômodo, e os batimentos cardíacos de Maria do Socorro estavam acelerados. Glorinha percebeu que ela estava pálida e que uma veia de seu pescoço estava pulsando forte.

— Maria, é melhor a senhora se deitar um pouco. Sua pressão arterial parece estar alterada. As veias do seu pescoço estão saltadas e pulsando rápido. Minha mãe também fica assim quando está nervosa. O médico receitou remédios para controlar a pressão. Vou pegar um para a senhora e um calmante também.

— Não precisa, Glorinha. Estou bem! Apesar de estar toda machucada, meu coração é forte! Eu sou como bambu: envergo, mas não quebro.

Sebastião retornou para o único cômodo da casa. Seu semblante estava preocupado. Maria do Socorro percebeu e perguntou aflita:

— Você encontrou o saco com os retalhos de couro?

— Olhei em todos os lugares. Não há nada lá.

— Eu sabia! Ele retornou para casa muito rápido! O que será que ele fez para seu avô não dar o couro para ele?

— Não sei, mas não deve ter feito coisa boa por lá. Se é que esse homem chegou ao sítio do vovô.

— Nós teremos de economizar ainda mais este mês, ainda que sejam duas bocas a menos para comer. Espero que consiga vender para os turistas as bolsas que estão prontas — disse Maria do Socorro.

— Se precisar, eu ajudo os meninos com as vendas, Maria.

— Você é um anjo, Glorinha, mas não precisa se preocupar com nossa família. Nós daremos um jeito.

— Eu tenho guardado alguns trocados, se precisarem.

— Moça como essa não se encontra em qualquer lugar, meu filho. Eu teria gosto se os dois se casassem. Imaginou todos nós mudando para mais próximo da praia e deixando Zé Amâncio sozinho nesta casa?

— Mãe, assim a senhora nos deixa envergonhados. Glorinha pensará que está me empurrando para ela.

— Eu estou mesmo.

Glorinha ficou com a face ruborizada. Desde criança, ela sentia algo especial por Sebastião, mas não deixava que ele percebesse. Maria do Socorro, contudo, notou com sua sensibilidade feminina que entre os dois existia um sentimento bonito.

— Perdoe minha mãe, Glorinha. Ela pensa que uma moça bonita e letrada como você poderia se interessar por este zé-ninguém aqui! Sou um analfabeto, que mal consegue unir as letras para formar uma palavra. Não tenho nada para oferecer a uma moça linda e inteligente como você.

— Não se deprecie, Tião! Você tem bondade no coração, é um rapaz honesto e bonito também.

— Não sou bonito!

— Filho, Glorinha o elogiou! Aceite o elogio. Os dois podem ficar aí conversando. Tenho que voltar ao trabalho na máquina de costura. Glorinha, fique com o endereço para onde minhas meninas seguiram. É perigoso ficar com este papel nesta casa.

Maria do Socorro abriu a bolsa, que ficara caída na entrada da casa, e tirou de lá um pedaço de papel de pão. Ela entregou-o para Glorinha.

40

— Guardarei o endereço com muito carinho, não se preocupe. A senhora está melhor?

— Estou. Meu lombo já calejou de tanto levar as pancadas do Zé Amâncio. As feridas abrem e depois fecham. Tenho de me acostumar! Essa foi a vida que Deus escolheu para mim. Quem sabe não fiz por merecer esse tratamento?! Dizem que quem sofre muito... quando morre, ganha o paraíso celestial e fica ao lado de Deus e de Jesus Cristo!

— Não creio que isso seja possível, Maria, mas quem sou eu para questionar a crença alheia? Se essa forma de pensar lhe faz bem.... siga em frente e amenize sua dor com esses pensamentos. Tenho que voltar para casa. Os meninos ficaram sozinhos.

— Onde está sua mãe, Glorinha?

— Deve estar na casa de alguma vizinha falando da vida alheia. A senhora sabe como ela é. Deixa o trabalho todo para eu fazer.

Sebastião ficou olhando Glorinha afastar-se de sua casa. Seu coração estava acelerado, pois ele nutria pela moça um sentimento profundo.

Ele foi até o alpendre dos fundos para comer alguma coisa e depois seguir para as praias de Fortaleza para vender o que restava das bolsas prontas. Sebastião estava preocupado com o próximo mês, pois presumia que não teriam bolsas para vender. E, por consequência, não teriam como comprar a farinha para fazer o cuscuz e o feijão que os alimentavam.

CAPÍTULO
5

Dentro do ônibus, depois de algumas horas rodando, Soninha ficou eufórica quando percebeu que ficaria longe dos maus-tratos do pai. A menina sentia pavor de José Amâncio e, todos os dias, pedia em suas orações para ficar distante dele. Em sua imaginação, quando o pai chegava em casa, ela transformava-se em uma linda borboleta e ficava invisível aos olhos dele. Às vezes, dava certo, mas, em outras, ela sentia o fio do ferro tocar forte no seu corpinho.

Solange deixava as lágrimas rolarem e secava-as com a ponta da manga do vestido. Soninha ainda não havia percebido que a irmã estava triste, pois estava olhando pela janela e admirando a paisagem. Quando o ônibus deixou o perímetro urbano e entrou na rodovia, a paisagem urbana foi substituída pela caatinga e não despertou mais o interesse da garotinha. Soninha, então, encostou-se no banco e finalmente percebeu que Solange estava chorando. Ela perguntou:

— Por que está chorando, Lange? Finalmente, vamos crescer na vida. Mamãe me disse que um dia voltaremos ricas para levá-la embora da casinha pobre onde vivíamos. Poderemos dar um castelo para nossa mãe?

— Nunca mais voltarei para Fortaleza! Nossa mãe não terá seu castelo.

— Não seja egoísta! Nós seremos ricas quando crescermos. Mamãe me disse, e eu acredito. Cuidarei dela quando estiver velhinha e não tiver mais força para costurar, pedalando naquela máquina velha.

— Seu otimismo me dá medo, Soninha! Serei uma empregada doméstica! Já viu uma empregada doméstica ficar rica?

— Não, eu sou criança e não conheço nenhuma empregada doméstica. Mas, se não existe uma que tenha ficado rica.... você será a primeira! A mamãe afirmou que serei rica, e eu acredito nela. Você deveria acreditar em nossa mãe... Ela é a mulher mais inteligente do mundo! Sem falar de Glorinha! Ela é muito esperta.

— Glorinha realmente é esperta! Se não fossem os conselhos dela, eu ainda estaria em casa à mercê de nosso pai.

— Eu tenho medo dele, Lange! Se não fosse pelas surras, eu teria ficado com nossa mãe lá em casa.

— Nós sentiremos saudades da mamãe. Você se recorda do que ela disse antes de entrarmos no ônibus?

— Ela disse para sermos fortes e educadas com todos. Prometi ser uma boa menina. Não fique triste, ou eu também vou chorar.

Sônia deixou as primeiras lágrimas rolarem por seu rosto, e o barulho que ela fazia, uma espécie de gemido agudo, incomodou os outros passageiros do ônibus. Uma mulher que estava atrás da poltrona das meninas tocou no braço de Solange e pediu:

— Faça essa menina parar com o choro ou vou colocar as duas para fora deste ônibus! Paguei minha passagem com sacrifício e não quero chegar ao meu destino com os nervos exauridos por ouvir o choro dessa menina.

Solange passou a mão sobre a cabeça de Sônia e disse:

— Chore em silêncio como eu para não atrapalhar os outros passageiros. Sei que ficou triste, mas você prometeu à mamãe que seria forte, Soninha.

A menina secou as lágrimas e tentou acabar com os soluços. Solange fez o mesmo, e as duas permaneceram abraçadas e caladas até a noite cair e o motorista realizar a primeira parada em um posto de combustível.

Todos os passageiros deixaram o veículo para jantarem no pequeno restaurante. Solange estava com medo de descer, perder o ônibus e ter que voltar para casa. Beatriz havia lhe recomendado muito para que ficasse atenta à saída do ônibus em cada parada que o motorista fizesse.

Solange desceu do veículo pela insistência de Sônia, que desejava esticar as pernas do lado de fora. Elas não gastariam o pouco dinheiro que tinham para jantar no restaurante. Sentiam o cheiro gostoso da comida no ar e sentaram-se no chão em um canto para se alimentaram-se com o cuscuz e um pouco de feijão que Maria do Socorro preparara para as duas levarem em um prato de metal dentro de uma trouxinha. As meninas comeram um pouco para deixar a refeição para o almoço do dia seguinte.

Depois de se alimentarem, apressaram-se para ir ao banheiro, fizeram as necessidades fisiológicas, lavaram as mãos, o rosto, e encheram de água uma garrafinha de plástico que Soninha encontrara vazia no lixo. Elas correram para não perder o ônibus e foram as primeiras a entrar. O motorista deu partida após vinte minutos, quando todos estavam a bordo do veículo.

O tempo previsto de viagem de Fortaleza, no estado do Ceará, até Governador Valadares, no estado de Minas Gerais, era de aproximadamente trinta e uma horas, ou seja, de um dia e sete horas.

Sônia e Solange tentavam descansar quando a madrugada chegou. Reclinaram o banco para se ajeitarem melhor, mas a mulher que estava atrás delas, enfurecida, dava socos no banco para que as duas levantassem a poltrona. Para não brigar e mesmo sentindo dores nas costas, Solange levantou o banco, deixando-o reto novamente, e fez o mesmo com o assento de Sônia, para que a mulher e o companheiro parassem de reclamar.

A noite foi longa para Solange. Sônia ajeitou-se colocando a cabeça nas pernas da irmã, que tentou não se mover para não acordar a garotinha. Ela estava nervosa e temerosa com o que encontraria na casa de sua patroa. Não tinha medo do trabalho pesado, mas conhecia suas limitações com objetos pesados, pois não tinha muita força nos braços. Sua saúde era debilitada devido à alimentação pobre em nutrientes, que o corpo humano necessita para se manter saudável.

Quando Solange conseguiu cochilar, o ônibus parou para o café da manhã. Todos desceram, e as meninas sentaram-se do lado de fora do restaurante e abriram a trouxa. O cheiro não estava agradável. O feijão havia azedado. As duas comeram o cuscuz e tiraram o feijão que haviam colocado nele. Depois, correram para o banheiro, refrescaram-se como puderam e voltaram para o ônibus rapidamente.

45

Era noite quando o ônibus entrou na plataforma da rodoviária de Governador Valadares. Solange estava preocupada, pois temia não encontrar a patroa, que já deveria estar esperando por elas na plataforma de desembarque. Solange olhava para todos os lados procurando uma mulher com as características que Beatriz descrevera.

As meninas desembarcaram do ônibus, pegaram as trouxas de roupas e ficaram ali paradas, esperando que alguém viesse buscá-las. Todos os passageiros se foram, e as duas continuaram esperando. O ônibus se foi, deixando a plataforma vazia, e Soninha começou a chorar.

— Ela não virá, Lange. O que vamos fazer? Não quero morar na rua como uma mendiga!

— Fique calma! A mãe da Beatriz deve ter se atrasado. Logo, logo ela estará aqui para nos levar para sua casa. Não vamos entrar em pânico! Está tudo bem.

— Está escuro fora da rodoviária. Estou com medo das bruxas e dos fantasmas que vivem no escuro. Quero voltar para casa! Quero a mamãe...

— Não chore. Você prometeu que seria forte. Veja. Um policial está se aproximando. Fique quieta e deixe que eu falo com ele, pois não quero ser presa.

O policial percebeu que as meninas estavam abandonadas e levou-as para a sala do juizado da infância e juventude, que ficava dentro da rodoviária.

Duas horas depois, uma senhora aparentando ter quarenta anos, bem-vestida e elegante chegou à plataforma onde as meninas haviam desembarcado e perguntou para um dos seguranças sobre as jovens que vieram de Fortaleza e que deveriam estar por perto esperando por ela. O segurança respondeu:

— Um policial levou as meninas para a sala do juizado. Elas estavam assustadas! Esperaram paralisadas nesta plataforma por duas horas. A menorzinha chorava bastante abraçada à mocinha.

— Onde fica esse lugar?

O segurança deu o endereço a Dirce, que seguiu para lá, e comentou com seu companheiro de trabalho:

— Essas madames pensam que podem tudo! Espero que o juiz a penalize por esse desleixo. Onde já se viu deixar duas crianças esperando por horas em uma cidade em que tudo é estranho para elas? É covardia! Deveria ser proibido mandar trazer essas meninas para o trabalho doméstico. Quando esse Brasil acordará para as necessidades de nossas crianças?!

— Você não sabe quem é aquela mulher?

— Não. Não a conheço.

— Essas meninas têm sorte. Aquela é dona Dirce, a dama mais nobre de nossa cidade. Ela ajuda muita gente... É muito rica.

— Não sabia! Será que fui grosseiro com ela?

— Não julgue as pessoas apenas pela aparência. Ela é uma dama. Voltarei para minha ronda. Esta noite promete ser agitada.

— Verdade. Vai ter futebol no estádio. Lá vem confusão com esses torcedores fanáticos!

Dirce chegou ao local citado pelo segurança. Ela entrou altiva, demonstrando que estava muito contrariada com aquela situação.

Dirce conversou com a atendente do balcão, que a encaminhou para uma sala para falar com a assistente social. Ela queria resolver o contratempo rapidamente e levar as meninas para casa.

Não foi fácil convencer a assistente social que ela era a responsável pelas meninas. Mas, como era uma pessoa conhecida e respeitada na cidade, Dirce conseguiu resgatar as duas e levá-las para casa.

No caminho, Dirce repreendeu Solange por ela ter sido encaminhada ao juizado da infância e juventude:

— Por pouco, vocês não foram encaminhadas para um orfanato, mocinhas.

Dirce estava irritada. Beatriz descrevera a fisionomia de Solange, mas Dirce não encontrou na jovem nenhuma semelhança com a descrição eufórica que sua filha fizera. Ela conhecia bem Beatriz e sabia que a filha adorava ser caridosa e ajudar a todos que sofriam. Dirce desconfiava que, nessa história, havia a interferência do espírito de Luís, seu falecido marido, e falou alto ao volante:

— Beatriz e Luís agiram juntos para ajudá-las.

— Não conheci esse Luís... A senhora tem certeza de que ele estava junto com os amigos de sua filha em Fortaleza?

— Me desculpe. Acabei pensando alto. Luís não estava entre os amigos de minha filha. Ele é meu falecido marido. Preciso deixá-la informada de como eu gosto das coisas em minha casa, pois não quero ser repetitiva. Ensino apenas uma vez como gosto da limpeza. Se tudo não ficar do meu agrado, a mandarei de volta para sua família.

— Eu aprendo rápido. A senhora verá, dona Dirce.

Dirce estava nervosa. Não gostava de dirigir e atrapalhava-se com as marchas do carro. Seguindo para a rodoviária, por pouco não causou um grave acidente. Ela deixara

Everton, seu motorista, no hospital. A filha dele sofrera uma queda na escola. O caso não era grave, mas o funcionário pediu para ser dispensado naquela tarde. Dirce, então, teve de dirigir até a rodoviária e acabou se atrasando.

— Espero que esteja falando a verdade, menina. Sua irmã é pequena. Ela parece estar desnutrida e cheia de vermes. Darei um vermífugo para acabar com os vermes dessa barriguinha e depois darei vitaminas para fortalecer seu porte franzino. Quantos anos tem, criança?

— Eu tenho cinco anos.

— Qual é seu nome?

— Sônia.

— Que belo nome. Não precisa ter medo, Soninha. Eu cuidarei bem de você; a colocarei em um bom colégio. Você será minha dama de companhia.

— Solange também irá para a escola?

— Sua irmã estudará à noite em um colégio público, se assim desejar. Ela terá muito trabalho para deixar a casa em ordem. Zenaide, a cozinheira, reclama demais, fala que o trabalho é pesado, mas não sei o porquê disso. Vivemos apenas eu e minha filha em nossa casa.

— O que uma dama de companhia faz, dona moça? O que terei que fazer?

— Pode me chamar de tia Dirce, Soninha. Quanto ao que faz uma dama de companhia, é bem simples: você precisa estudar e ter bons modos. Uma dama de companhia acompanha a patroa em todos os lugares, é educada e tem um sorriso agradável. Você gostará do seu trabalho, querida.

— Solange também acompanha a patroa nos lugares?

— Não, meu bem. Solange é a empregada doméstica, e você, pequena, é minha companheira. Chegamos em casa, meninas. Vocês já viram um jardim mais belo que esse?

— Não, senhora! É cheio de flores coloridas. É muito bonita sua casa.

— Eu sei, e é grande também. Você terá muitos cômodos para limpar.

— Quero agradecer por nos receber em Minas Gerais. Não sabe o que passávamos em Fortaleza. Meu pai é...

— Não fale de tristeza nesta casa, Solange. Deixe tudo o que aconteceu de desagradável em sua vida ficar no passado. Vida nova, Solange! Coloque alegria e positividade para seguir em frente.

Solange calou-se, pois encontrou bom senso nas palavras de Dirce. Ela pegou a trouxa de roupa no porta-malas e entrou pelo caminho que a patroa lhe indicara. A jovem pisou com o pé direito na bela e elegante residência. Sônia acompanhou Dirce caminhando como ela ensinara e entrou na casa com o pezinho direito e de mãos dadas com a mulher.

CAPÍTULO 6

Solange entrou na cozinha e impressionou-se com a beleza dos móveis e dos eletrodomésticos. Parecia que ela havia entrado em uma loja. A cozinheira apresentou-se dizendo:

— Seja bem-vinda! Meu nome é Zenaide. Pode colocar sua trouxa de roupas na lavanderia.

— Sou Solange Aparecida da Silva. Venho de Fortaleza, no Ceará. Minhas roupas na trouxa estão limpas. Não precisam lavá-las.

— Devem estar limpas, mas obedeço a ordens, Solange. É melhor aprender uma coisa agora, se quiser continuar trabalhando nesta casa. Siga à risca as ordens que serão dadas. A patroa paga bem, mas tem manias estranhas, que aprendeu no refinamento da alta sociedade mineira. Diga apenas: "Sim, senhora".

— Sim, senhora.

— Aprendeu rápido. Coloque as roupas na máquina de lavar. Ensinarei como ligar e programá-la.

— Mas o que vestirei esta noite? A roupa não secará até o horário de dormir.

— Não se preocupe. Temos secadoras de roupas. Todas as suas roupas, inclusive a que está vestindo, estarão secas em poucas horas. Mostrarei seu quarto. Venha comigo. Você precisará tomar um banho depois que eu passar o remédio para piolhos em seus cabelos.

— Eu não tenho piolhos!

— Não discuta, Solange. São ordens da patroa. Não vai doer nada. Eu passarei com muito cuidado. É um xampu apenas.

— Sônia também terá de passar esse remédio contra piolhos?

— Se a patroa assim determinar, será feito. Não se preocupe com sua irmãzinha. Parece que a patroa caiu de amores por ela. Sua irmã tem sorte, pois terá uma vida de princesa nesta casa.

— A patroa gosta muito de crianças?

— Digamos que gosta muito, e as meninas que ela elege para damas de companhias serão as princesas desta casa.

— Existiu outra dama de companhia antes de Sônia nesta casa?

— Sim. Acho que você a conheceu em Fortaleza.

— Ela estava no grupo de amigos que comemoravam felizes na praia? Qual é o nome dela?

— Beatriz.

— A moça que nos ajudou a chegar aqui? Mas ela me disse que era filha da patroa.

— Sônia também será considerada filha da patroa. Quando Beatriz chegou aqui, ela tinha a mesma idade que sua irmã. Era uma menina tímida, vestida de chita como você e Sônia. Garota, é por essa razão que digo que sua irmã teve muita sorte. Beatriz se formará em alguns anos em medicina. É muito educada e simpática, um amor de pessoa. Ela quer ajudar a todos os necessitados, pois tem uma alma muito caridosa. Se não fosse se formar em medicina, penso que ela seria freira.

— Fala dessas mulheres que vestem aquelas roupas estranhas e vivem presas nos conventos?

— Essas mesmas.

Zenaide passou o xampu nos cabelos de Solange e massageou o couro cabeludo suavemente. Minutos depois, ela terminou de aplicar o remédio na cabeça de Solange e apressou-se para preparar o jantar na cozinha.

Solange ficou no pequeno quarto de empregada, esperando o tempo indicado para que o xampu fizesse efeito e ela pudesse entrar no banho. Apesar de ser um quarto minúsculo, tratava-se de um suíte, e somente ela usaria o banheiro e o quarto.

Solange estava feliz por estar ali. Ela nunca havia imaginado que teria coragem de deixar a família e seguir para tão longe de casa. A jovem sentia falta da mãe e dos irmãos, mas também alívio por estar longe do pai. Ela passou a mão sobre a cama e agradeceu a Deus por se libertar da faca que o pai colocava em seu pescoço todas as vezes em que abusava de seu corpo.

Aquele pensamento lhe trouxe de volta o asco que sentia, e o corpo de Solange reagiu de uma forma para se defender, contraindo-se como se ela tivesse tido um espasmo muscular. A jovem sentiu náuseas e correu para o banheiro para vomitar. Não havia se alimentado e vomitava a água que estava em seu estômago.

Neste momento, Zenaide entrou no quarto e ouviu Solange passando mal no banheiro. Ela ficou preocupada, imaginando que o remédio para matar os piolhos tivesse provocado o enjoo na nova empregada da casa. Zenaide, então, esperou que Solange saísse do banheiro e, ao notar que estava pálida, perguntou:

— Você está melhor, Solange?

— Eu estou bem. O enjoo faz parte de minha rotina ultimamente. Desculpe se a assustei.

— Você está pálida e trêmula! Precisa de ajuda para tomar banho e tirar o xampu dos cabelos?

— Esse mal-estar logo passará. Preciso apenas descansar um pouco para seguir para o banho.

— Não demore muito. Acho que o remédio que passei em seus cabelos talvez esteja lhe fazendo mal. Você tem sentido muito enjoo ultimamente?

— Eu sinto enjoo diariamente. É horrível essa sensação! Eu acordo enjoada.

— Você pode estar grávida!

— Isso não é possível! Eu não estou grávida!

— É melhor ter certeza de que não está. Amanhã cedo, passarei na farmácia para comprar o exame de gravidez. Se estiver esperando um bebê, não precisa desarrumar sua trouxa. Dona Dirce a colocará no primeiro ônibus de volta para casa. — Zenaide colocava medo em Solange para ela ter juízo e não se entregar ao primeiro homem que jurasse amor a ela.

— Para lá eu não volto nunca mais! Prefiro morrer a voltar para o inferno que enfrentava naquela casa.

— Era tão ruim assim? Você passava fome ao lado dos seus?

— A fome não era nada se comparada às surras que eu levava. Veja as marcas em meu corpo.

54

Solange levantou o vestido e ficou de costas para Zenaide, mostrando as marcas roxas e as cicatrizes das feridas que o fio do ferro de passar roupa deixou em sua pele alva.

— Quem teve coragem de fazer uma coisa dessas com você?

— Meu pai. Ele é muito violento! Você está vendo essa marca aqui em meu pescoço? Também foi ele. Com uma faca, ele ameaçava me matar e a todos naquela casa.

— Que horror! Esse homem deveria estar na cadeia!

— Mas não está! E tenho certeza de que continuará espancando minha mãe e meus irmãos. Pode ter certeza de que eu e Sônia tivemos muita sorte de conseguir esse emprego em outro Estado. Ficar longe dele era tudo o que eu pedia para Deus em minhas preces.

— Sinto muito por tudo pelo que passou. Agora, compreendo os motivos que Beatriz teve para mandar as duas para Minas Gerais. Ela sentiu compaixão de você e de sua irmã.

— Serei eternamente grata a ela e aos amigos dela.

— Deixemos de conversa. Você está melhor? Tenho que voltar para a cozinha para terminar o jantar.

— Eu estou bem. Tomarei um banho para tirar esse remédio de meus cabelos. Só peço que não conte nada para a patroa sobre o mal-estar.

— Não contarei, mas é melhor fazer o teste de gravidez. Comprarei escondido quando for à padaria pegar o pão para o café dá amanhã. Não se demore no banho e vista esse uniforme. Dona Dirce gosta de nos ver impecáveis. Não se suje.

Zenaide voltou para a cozinha, e Solange tirou a roupa e entrou embaixo do chuveiro. O enjoo havia passado, e ela pôs a mão sobre o ventre e notou uma pequena saliência abdominal. Solange era muito magra devido à desnutrição desde a primeira infância. Seus ossos destacavam-se salientes em seu corpo. Assustada, apertou a barriga com a mão e sentiu um grande desconforto na região. Nesse momento, teve medo de estar grávida. Glorinha havia previsto que isso poderia ocorrer pelo abuso paternal que a jovem sofria diariamente. Apavorada, Solange começou a chorar. Ela pouco sabia sobre sexo, pois não tivera de Maria do Socorro orientação sobre o assunto. Tudo o que aprendeu foi Glorinha quem lhe ensinara. Quando Solange menstruou pela primeira vez, aos doze anos, a amiga lhe explicou as regras de uma mulher ou ela continuaria a pensar que estava doente.

Solange tirou o xampu dos cabelos, terminou o banho e vestiu o uniforme que ficara largo em seu corpo três números a mais. Olhou-se no espelho e apertou o cinto para ficar mais apresentável. Penteou os cabelos, prendendo-os em um rabo de cavalo, e foi para a cozinha.

Zenaide instruiu-a sobre o serviço da casa. Depois, as duas foram servir o jantar para Dirce e Sônia. Todas as tarefas foram cumpridas, e Solange pôde, enfim, se alimentar e depois voltar para seu quarto.

A jovem sentiu um grande alívio por estar segura dentro daquelas quatro paredes e orou, agradecendo a Deus por tudo de bom que acontecera com ela e, principalmente, por sua irmãzinha ter caído nas graças de uma pessoa boa como Dirce. A menina estava exausta da longa viagem e adormeceu rapidamente.

CAPÍTULO 7

    Amanheceu, e Zenaide, como de costume, levantou-se cedo e apressou-se para sair. Ela correu até a farmácia e depois passou na padaria. Na volta, colocou a água para ferver para preparar o café, entregou o teste de gravidez para Solange e orientou a jovem como ela deveria proceder. Após Solange realizar o exame, as duas foram para a cozinha. Era preciso esperar o tempo determinado para obter o resultado.

    Zenaide caminhava de um lado a outro na cozinha, preparando as guloseimas que Dirce apreciava à mesa do café da manhã. Solange tentava ajudá-la, mas não sabia onde encontrar os materiais que a cozinheira lhe solicitava. A jovem nem sequer conhecia alguns produtos, pois nada daquilo fazia parte de seu cotidiano em Fortaleza.

    Zenaide terminou os preparativos e dispôs a mesa da copa para Dirce e Sônia, mas as duas ainda dormiam tranquilamente. A cozinheira, então, fez Solange sentar-se ao seu lado e alimentar-se na segunda mesa posta para o café da manhã dos empregados da casa. Zenaide começou contar o que conhecia sobre a história de Beatriz e de suas irmãs.

— Preciso alertá-la sobre seu futuro e o de sua irmã nesta casa, Solange. Mas antes quero lhe contar como a filha adotiva da patroa chegou aqui. Beatriz foi uma menina muito pobre, que nasceu no sertão de Minas Gerais, não muito distante daqui. Ela era a quinta filha de um casal que vivia em grande miséria. O pai era alcoólatra, e a mãe se prostituía para conseguir alimentar as filhas.

A família tinha uma vida chafurdada na miséria. Não havia uma estrutura familiar sólida, pois o pai afirmava não ser o pai biológico das meninas. Quando elas cresciam, deixando a primeira infância e passando para a adolescência, seguiam o mesmo caminho da mãe: a prostituição. O pai exigia que trouxessem dinheiro para casa, e grande parte desse montante era usado para pagar sua dívida no bar e seu vício em cigarros e cachaça. Ele era um homem violento e abusava das filhas em todos os aspectos, se é que você me entende...

— Você não tem ideia de como compreendo o que isso significa! Essa história, em parte, é muito familiar.

Zenaide passou a mão na cabeça de Solange, fazendo um carinho, e continuou:

— Dona Dirce encontrou Beatriz, quando fazia um passeio a cavalo pelas estradinhas de terra batida nos arredores da fazenda do sogro dela. Patrícia, a irmã de Beatriz, surgiu correndo pela estradinha, segurando a mão da irmãzinha. Beatriz tinha quatro anos, e Patrícia, quinze. As duas estavam desesperadas, pedindo ajuda na estrada quase deserta. Dirce e o marido passaram cavalgando e pararam os cavalos, puxando as rédeas bruscamente. Por pouco, o cavalo não derrubou Luís, o marido de Dirce. Patrícia estava chorando, e o sangue ainda escorria de seus lábios devido à surra que o pai lhe dera. O casal, então, tentou acalmar as meninas, perguntando o que estava acontecendo e quem as havia ferido daquela forma. Patrícia respondeu entre soluços que havia sido o pai e que ele estava bêbado. Dirce perguntou onde elas moravam, e a moça respondeu que moravam na casa de pau a pique próximo à vendinha. Ainda muito aflita, ela pediu à dona Dirce e ao marido que levassem a irmãzinha com eles... disse que o pai a queria...

— Eu sei o que ele queria. Será que todo pai é assim com as filhas?

— Não! Não é comum isso acontecer. Os pais respeitam seus filhos. O meu sempre me respeitou; é um homem maravilhoso.

Solange deu um sorrisinho sem graça. Ela não acreditava que poderia existir um homem que fosse bom para os filhos ou para as mulheres em geral.

— Continuando a história... O patrão ficou pálido, pois, apesar de ser jovem, seu coração era frágil. Luís tinha Doença de Chagas. Ele nasceu na fazenda, e, mesmo com todos os cuidados da família abastada, não existe uma cura para essa doença. Ele ainda era criança quando foi picado pelo inseto barbeiro. Contaram que ele pegou a rédea de seu cavalo, fez o animal mudar de direção e seguiu furioso em direção ao casebre que a Patrícia havia descrito. Dirce ficou muito nervosa e foi atrás dele, pedindo para as meninas esperarem por eles mais adiante na estradinha. Luís estava furioso. Ele desceu do cavalo, entrou na casa e pegou Antônio pelo colarinho. Depois de acertar um soco na cara do sujeito, disse: "Você nunca mais tocará em suas filhas, seu desgraçado! Desapareça de nossas terras, ou a polícia virá prendê-lo!". Antônio havia ganhado permissão para morar naquelas terras e sido um dos empregados da fazenda, mas foi demitido por estar sempre embriagado durante o horário de trabalho. Augusto, o pai de Luís, fez vista grossa e permitiu que a família continuasse vivendo ali.

— Essa fazenda deve ser muito grande!

— Trata-se de uma fazenda com muitos alqueires. Eu vivia lá. Toda a minha família mora na fazenda. Bem, Luís e Dirce reuniram as outras duas meninas, filhas do casal, e as levaram com eles. Antônio ficou com muito medo e desapareceu. Dona Dirce e o marido retornaram para a estrada, puxando os cavalos pelas rédeas com as meninas montadas neles. Luís estava pálido e trêmulo. Dona Dirce estava muito preocupada com a saúde do marido e se arrependeu de ter aceitado passar as férias na fazenda dos sogros. Mas, quando eles reencontraram Patrícia e Beatriz, a menina mais velha ajoelhou-se diante de Luís e Dirce pedindo ajuda.

— E eles ajudaram as meninas?

— Sim, ajudaram e ainda ajudam. São pessoas de coração bom. A comitiva encontrou alguém que não desejava a entrada das meninas em sua fazenda: a mãe de Luís. Regina, que conhecia as meninas e a reputação das maiores, ficou indignada com a presença delas em sua casa e, mostrando sua contrariedade, disse: "Como se atrevem a trazer essas rameiras para minha casa?!".

— Que tristeza! Como pode haver pessoas que não percebem o sofrimento?!

— Luís ficou triste com a mãe e defendeu as meninas, mostrando as marcas da violência que sofriam. Dona Dirce interveio para que os dois não brigassem, e, assim, as meninas foram separadas. Dona Dirce seguiu com elas até a casa de Janete, a cozinheira, com quem ela tinha grande afinidade. A polícia foi chamada, e eles fizeram a denúncia de maus-tratos de menores. Antônio passou a ser procurado, mas não o encontraram. Ele fugiu. A mãe das meninas tinha várias passagens pela polícia e não estava em condições de ser responsável pelas filhas. A polícia entregaria todas as meninas a um abrigo de menores, mas Luís decidiu que levaria Patrícia e a pequena Beatriz para sua casa em Governador Valadares. Ele acabou convencendo Dirce que Patrícia daria uma ótima empregada doméstica para a casa deles. Ele fez a proposta para a jovem, que aceitou, imaginando que todas as suas irmãs seguiriam com ela para a casa do seu benfeitor, mas as duas irmãs do meio permaneceram na fazenda com o consentimento do pai de Luís e aos cuidados da cozinheira. O juiz concedeu a guarda provisória de Beatriz e Patrícia para o casal. As outras jovens ficaram sob a responsabilidade de Augusto, o pai de Luís, na fazenda. A mãe de Luís não estava de acordo com a permanência das meninas, afinal, elas eram filhas de uma "vadia de beira de estrada".

— Que mulher ruim!

— Ela sempre foi uma madame de nariz em pé. Dona Regina proibiu as meninas de circularem perto da sede da fazenda. Assim, Luís e Dirce encerraram as férias na fazenda e retornaram para Governador Valadares.

— Todas as irmãs vieram com eles?

— Não. Duas delas ficaram, pois Augusto era um homem de uma só palavra e, quando decidia, nada o fazia mudar de ideia. Regina, com o passar o tempo, acabou aceitando as meninas como arrumadeiras em sua casa. Joana estava com doze anos, e Cleide, com sete. As duas eram crianças com sérios problemas de comportamento. A timidez e o medo faziam as meninas se esconderem quando um homem se aproximava delas. Regina penalizou-se por esse comportamento, que é até natural em crianças que sofrem abuso sexual. A mãe de Luís levou as duas para fazerem terapia com uma ótima psicóloga.

— Penso que também necessitarei de ajuda para minha cabeça.

— Você passou por um trauma grande. Tenho certeza de que dona Dirce vai ajudá-la. Bem, dez anos se passaram, e as duas irmãs continuaram a trabalhar na fazenda de Augusto como domésticas. Continuavam solteiras e se esquivando do contato com o sexo oposto. Não faltavam pretendentes para cortejá-las, mas as duas se fechavam na casinha que ocupavam na fazenda. Viviam felizes, se sentindo protegidas depois do tratamento psicológico. Joana acabou se casando com um dos empregados da fazenda, e, anos depois, Cleide também se casou com outro funcionário. A família cresceu com o nascimento dos filhos das duas. Beatriz adora visitá-los em alguns fins de semana que passa na fazenda.

— Essa história me deu esperança!

— Beatriz cresceu tendo tudo do bom e do melhor. Ela é considerada a filha que o casal não pôde gerar. Dirce teve um filho natimorto logo no início do casamento e nunca mais pôde gerar uma criança. Beatriz correspondeu ao amor que recebeu do casal e se mostrou uma criança muito inteligente. Estudou nos melhores colégios particulares da cidade e foi a companheira inseparável de dona Dirce em todos os eventos que frequentava.

— E quanto à irmã mais velha? O que aconteceu com... qual é o nome dela?

— Patrícia estava feliz em ver sua irmãzinha bem e longe do ataque violento de seu pai. Ela não sentia saudade da vida que levava ao lado dos pais, pois havia passado fome e sofrido todo tipo de violência da parte do casal desajustado. Patrícia também teve oportunidade de estudar, então, frequentou o curso noturno de um colégio estadual. Dona Dirce incentivava Patrícia a estudar gastronomia e ensinou muito a ela na cozinha. A patroa sentia que ela tinha boa mão para preparar pratos apetitosos. Assim, Patrícia terminou o ensino médio e conseguiu uma bolsa de estudos com uma ajuda especial de Luís e ingressou na faculdade de gastronomia. Depois de formada com louvor, ela decidiu montar seu restaurante de comida típica mineira no sul de Minas Gerais, próximo ao estado de São Paulo. Luís e Dirce a ajudaram financeiramente para que ela pudesse realizar esse sonho. Ficaram tristes quando ela partiu levando toda a gratidão por esse casal.

— Patrícia também fez terapia?

— Sim, por vários anos. Doutor Lucas ajudou muito as meninas. Mas, por fim, Patrícia usou sua força para se libertar do medo do sexo oposto. Ela se casou aos vinte e cinco anos e formou uma linda família. Sempre que pode, retorna para visitar Dirce e Beatriz.

— Mas o que aconteceu com o marido da patroa? Onde está o senhor Luís?

— Infelizmente, o patrão faleceu há dois anos. Dona Dirce ficou muito triste e caiu em depressão... Agora está começando a reagir. Foi bom você e sua irmã aparecerem nesta casa. Se você tiver juízo, prevejo um belo futuro para as duas, mas mostre interesse em estudar e quem sabe não se tornará médica como Beatriz, que cursa a faculdade na cidade de Itajubá?

— Beatriz não mora nesta casa?

— Infelizmente, não. Ela teve de se mudar para Itajubá para estudar. Depois de se formar, tenho certeza de que retornará para casa.

— Será que também terei meus estudos pagos por dona Dirce?

— Não creio, mas pode estudar em ótimos colégios estaduais na cidade. Quanto à sua irmãzinha, tenho certeza de que estudará em colégios particulares como Beatriz.

— Obrigada por me contar essa história, Zenaide. Tenho certeza de que ficaremos bem! Tudo o que eu desejava era livrar Soninha das garras de meu pai. Deus seja louvado por ter me colocado diante de Beatriz naquela praia! Continuarei agradecendo a Ele em minhas orações. Quem sabe um dia nossa família esteja toda reunida nesta cidade, longe do porco de meu pai?

— Ore! Se tem fé, ore bastante. Mas agora vamos organizar suas tarefas. Dona Dirce gosta da casa impecável, bem limpa. Mostrarei os produtos que você deverá usar em cada cômodo da casa.

CAPÍTULO 8

  Solange encontrou tantos afazeres que acabou esquecendo-se de ver o resultado do teste de gravidez. Quando se lembrou, correu para seu quarto, mas não compreendeu o que a cor significava. Com o teste na mão, foi até a cozinha para mostrá-lo a Zenaide e saber se estava ou não grávida.

  Ela entrou na cozinha, mas não esperava encontrar Dirce ao lado de Zenaide. Tentou esconder o teste para que a patroa não notasse nada, mas, quando Solange levou a mão rapidamente para trás, Dirce reconheceu o teste de gravidez no primeiro olhar e perguntou assustada:

  — A menina está grávida? Beatriz deveria ter me avisado! Sente-se aqui, Solange. Você se sente bem?

  — Eu estou bem. Ainda não sei se estou grávida, patroa. Não sei ver o resultado.

  — Deixe-me ver — disse Zenaide pegando o teste e comparando ao que estava escrito na bula. — Comprei-o essa manhã na farmácia, dona Dirce. A menina estava enjoada ontem... Fiquei preocupada e não descartei a possibilidade de uma gravidez. A senhora está lembrada do que ocorreu com a Patrícia?

— Você fez bem, Zenaide. Qual é o resultado?

— Não sei se dou parabéns ou meu pesar para Solange. No teste de farmácia, o resultado é positivo.

Solange levou as duas mãos ao rosto e debruçou-se sobre a mesa. Zenaide e Dirce ouviam os soluços abafados dela. Soninha estava sentada à mesa tomando seu café da manhã na copa e também ouviu os soluços abafados da irmã. Ela ficou assustada e correu para lá. Vendo Solange chorar, a menina abraçou a irmã e começou a chorar também. Soninha disse entre as lágrimas:

— Não chore, Lange! Eu também sinto vontade de chorar. Nosso pai virá com o fio do ferro?

Solange limpou os olhos com a mão e disse:

— Estamos longe dele, você se esqueceu? Não sei o que acontecerá comigo e com o bebê que estou esperando.

— Terá um bebê, Lange! Ora! Nós cuidaremos dele, não é, tia Dirce?

— Eu não esperava que estivesse grávida, Solange. Quem é o pai de seu filho? Pode me dizer?

— Eu posso, mas não quero falar perto da minha irmãzinha. Ela não precisa saber da maldade humana e da covardia dos homens.

— Por que não posso saber?! Eu sou uma mocinha! Não é, tia Dirce?

— Você tem razão, querida. Você é uma mocinha linda e educada. Agora, respeite o desejo de sua irmã. Solange, venha comigo ao meu quarto. Lá, conversaremos em particular. Soninha, fique com Zenaide aqui.

Tome seu café da manhã, mocinha. Depois, vamos ao cabeleireiro tratar do seu cabelinho. Cuide dela, Zenaide.

— Com prazer, patroa.

Solange estava trêmula e pálida. Ela temia ser mandada embora da casa de Dirce, pois não tinha a menor noção do que a patroa faria com sua gravidez indesejada.

Dirce penalizou-se com o estado de Solange, por isso, não colocaria a menina para fora de sua vida. Ela estava encantada com Soninha, que lembrava muito Beatriz quando ela chegara à sua casa. Dirce sentia-se muito sozinha depois da morte de seu marido e com a partida de Beatriz.

Elas entraram no quarto, e Dirce apontou para um canto onde havia duas cadeiras confortáveis ao lado da janela e disse:

— Sente-se. Então, me diga quem é o pai de seu filho.

— Eu nunca conheci outro homem em minha vida. Tenho nojo deles!

— Você está falando de quem? — Dirce soube que Solange sofrera abuso sexual do pai por meio dos relatos de Beatriz, mas ela desejava que a jovem colocasse para fora o que estava sentindo. Nesse momento, Luís conectou-se à esposa e, pelo pensamento, induziu-lhe palavras que confortariam a jovem. Dirce torcia para que a criança pudesse ser de algum namoradinho que ficara em Fortaleza. — Pode me dizer, Solange, quem é o pai de seu filho? Você deixou algum namorado em Fortaleza?

— Não, senhora! Eu nunca namorei ninguém.

— Então, como engravidou? Quem abusou de você? Foi um de seus irmãos?

— Não! Sebastião me respeitava, e Matias é muito criança. Eles jamais tocariam em meu corpo com maldade.

— Fale, Solange. Coloque para fora o nome do safado que plantou essa semente em seu ventre. Diga, e eu lhe garanto que se sentirá melhor.

— O nome do monstro que me violentou, colocando uma faca em meu pescoço todas as noites quando minha família estava dormindo, é José Amâncio.

— Qual é o parentesco entre vocês? Pode me dizer, querida.

— Ele é meu pai!

Solange cobriu o rosto com as mãos e abaixou a cabeça soluçando envergonhada. Dirce puxou-a de encontro ao seu peito e fez a jovem sentar-se em seu colo, envolvendo-a em um caloroso abraço. A patroa acariciou a cabeça da jovem com carinho e disse:

— Chore! Coloque para fora, querida. Sinto muito por tudo que teve de enfrentar vivendo ao lado de um homem desprezível. Não abaixe sua cabeça! Você não tem culpa de nada. Às vezes, encontramos pessoas sem evolução suficiente para compreender que é errado o que estão fazendo e que ferem a integridade do outro. Seu pai deveria protegê-la e lhe mostrar o caminho do bem para você seguir, mas ele não teve condições de dar nada de bom aos filhos. Ele não conheceu o respeito e o que é ético para se conviver em sociedade.

— Ele é um animal! Eu o comparo a um porco! Aquele homem é asqueroso, nojento! Eu o odeio demais!

— Acalme-se. Não o odeie, Solange, pois esse sentimento lhe trará uma energia muito desagradável. O ódio tem uma energia grudenta e cola em seu campo áurico.

É uma massa escura condensada muito negativa, que vem dessa ligação que é o inverso do amor. Por essa razão, não o odeie! Você quer se libertar do jugo desse homem?

— Quero!

— Então, não sinta nada por dele. Vamos trabalhar para que todos os laços negativos que existem entre vocês se dissolvam. O amor liberta; o ódio une.

— Quer que eu o ame?

— Sei que isso ainda não é possível, mas quem sabe, depois de aprender como as engrenagens espirituais funcionam... talvez você mude seu sentimento a respeito dele para se libertar desse laço negativo.

— Desculpe, mas não consigo compreender o que está me dizendo, dona Dirce.

— Não se preocupe. Um dia, você compreenderá. Agora me diga... O que pretende fazer com a criança que está gerando?

— Não sei! Não tenho como cuidar dessa criaturinha.

— Vamos deixar as coisas bem claras, Solange. A criança não tem culpa de nada. Eu digo que é um espírito encarnando para ter a oportunidade de vencer seus desafios neste planeta. Este ser a escolheu como mãe.

— Eu não quero ser mãe... quando o maldito pai é também o avô dessa criança.

— Quer tirar a criança? Você sabe que a lei estará do seu lado para que o aborto seja realizado, mas digo que não estou de acordo. Eu sou contra o aborto.

— Não tenho como criar esta criança, dona Dirce.

— Nós temos mais duas opções para lhe oferecer. Eu me posiciono contra o aborto e tenho a obrigação de ajudá-la em tudo que puder para seguir em frente com essa gestação indesejada. A primeira opção é: deixar que a criança nasça. Você poderá cuidar bem dela nesta casa. Mas, se você não quiser educar seu filho... A segunda opção seria entregá-lo para a adoção. Entregá-lo para uma boa família, que dará a ele o amor e a educação que você não está apta a oferecer. O que me diz? Qual é sua escolha?

— A senhora me ajudaria a fazer dessa criança uma pessoa de bem?

— Claro que sim! Eu permiti que você e sua irmã viessem para minha casa. Você é menor de idade ainda. Eu me responsabilizei por você e por sua irmã perante o juiz da vara da infância e juventude.

— A senhora tem um grande coração! Ainda estou atordoada com o que está acontecendo comigo, dona Dirce. Não sei o que escolher. Penso que será difícil ficar diante de meu filho sem me recordar da violência que vivi. Tenho medo de que a presença de meu pai fique estampada no rosto do bebê, mas também não tenho coragem de abortar! Seria como se eu estivesse matando uma pessoa! Não quero fazer isso. Só me resta entregar a criança à adoção. A senhora me ajuda?

— Tão jovem e já tendo de enfrentar um grande desafio na vida! Eu a ajudarei, Solange. Pode contar comigo em tudo o que precisar.

— A senhora promete que encontrará uma boa família, que cuidará bem desse pequeno que não tem culpa de nada?

— Você tem minha palavra. E, se desejar criar seu filho, estarei aqui de braços abertos, como meu Luís também faria.

— Luís era o nome de seu marido?

— Sim. Ele era um grande homem, que me ensinou muito. Luís amava a humanidade. Para ele, não havia distinção entre as classes sociais. Ele não gostava de ver covardia acontecendo sem fazer nada. Neste momento, sinto sua presença neste quarto me dizendo que somente o bem nos trará a paz.

— Seu marido devia ser um homem muito bom. Zenaide me contou como Beatriz chegou a esta casa.

— Então, você compreende o que estou lhe dizendo sobre Luís. Ele me ensinou a ter compaixão pelas pessoas. Se estivesse aqui, ele a abraçaria, a colocaria no colo e a protegeria como um pai deve proteger seus filhos. É por essa razão que permiti que as duas viessem viver em minha casa. Luís não suportava o abuso dos homens para com as mulheres, principalmente quando elas ainda eram crianças desamparadas. Eu criei Beatriz com todo o meu amor ao lado dele. Nós demos para a irmã dela, Patrícia, tudo o que estava ao nosso alcance. Com você e Soninha não será diferente. Garanto-lhe que seu filho será amparado. Força, menina! Você não está mais sozinha nesta vida. Eu estou aqui.

Solange estava sentada sobre as pernas de Dirce. Ela levantou a cabeça e abraçou Dirce com tanta gratidão que fez os olhos de sua protetora marejarem.

As duas voltaram para a copa abraçadinhas, o que causou espanto em Soninha e Zenaide, que não esperava essa reação da patroa.

As três sentaram-se à mesa para o café, e Dirce convidou Zenaide para sentar-se com elas, dizendo:

— Sinto a presença de Luís ao meu lado. Venha, Zenaide. Traga o pão de queijo e se alimente conosco.

O espírito de Luís estava ao lado de Dirce no quarto e a seguira até a copa, abraçando sua amada. Luís não estava sozinho. Ao seu lado estava seu orientador, que o convidou a se desconectarem, pois precisavam resolver outras questões no mundo dos espíritos. Os dois se desconectaram, cientes de que Dirce estava no caminho certo ao estender a mão às crianças necessitadas, que sofriam com os abusos e a ignorância humana.

CAPÍTULO
9

Zenaide demonstrou surpresa ao ouvir a patroa se referir ao espírito do marido como alguém que estivesse presente ao seu lado. Ela sentiu um arrepio percorrer seu corpo e desejou sair daquele ambiente. Zenaide colocou o pão de queijo que retirara do forno sobre a mesa e encontrou um pretexto para não ficar com elas. Ela disse:

— Preciso ver a roupa que coloquei na máquina de lavar. Quando terminarem, eu tiro a mesa e como um pãozinho de queijo.

— Deixe as roupas para depois, Zenaide! Sente-se conosco. Quero todas aqui, formando um time com o compromisso de encontrar a felicidade nesta vida. Nós somos quatro pessoas que a vida uniu nesta casa. Uma cuidará da outra com amor e respeito. Nossa Zenaide prepara nossos alimentos, e Solange deixará a casa limpa. Soninha estuda para se tornar uma ótima profissional em qualquer área que ela escolher atuar. Eu estou aqui para apoiar todas e financiar como posso o nosso sustento. Quando Beatriz voltar para casa, nos encontrará felizes e com a saúde perfeita.

— Quando ela voltará para casa, patroa? — perguntou Zenaide, ainda demonstrando medo na voz.

— Não sei, mas minha menina tem um longo caminho para trilhar na universidade. Formar-se em medicina requer muito tempo de estudo. Ela sempre desejou ser médica!

— Evandro também será médico?

— Evandro? Quem é Evandro, Solange?

— A senhora não o conhece! Ele estava ao lado de Beatriz em Fortaleza. É um rapaz muito bonito e educado.

— E você gostou dele? — perguntou Zenaide com um tom malicioso.

Soninha respondeu apressada:

— Ela ficou encantada com a beleza dele. A Lange queria namorar ele!

— Pare com isso, Soninha! Conheço meu lugar! Evandro é um rapaz estudado e educado. Ele jamais se interessaria por uma pobre coitada como eu.

— Não se diminua dessa forma, Solange. Agindo assim, você coloca uma barreira de energia negativa em seu campo áurico. Você não é pior ou melhor do que ninguém! Todos nós somos iguais, querida. Você tem muito para aprender! Se soubesse a força que as palavras ditas têm... não se menosprezaria dessa forma.

— Eu cometi um erro, senhora?

— Cometeu. Não quero vê-la se diminuindo diante de nada nesta vida. Levante essa cabeça, menina! Você não é um ser sem valor, que nasceu neste planeta. Você é Deus em ação aqui e agora! A energia do Criador está em você! Respeite-O em seu ser. Ou você imagina que Deus errou quando a criou?

— Não sei o que dizer... Nunca ouvi nada parecido de onde venho.

— Pois bem! Daqui para frente, esta é sua casa, e eu serei sua orientadora para otimizar sua positividade e modificar sua vida. Aceita minha orientação?

— Sim, aceito... mas suas palavras me parecem estranhas demais. Minha mãe falava que Deus está na igreja e não dentro de nós.

Soninha prestava atenção na conversa e, em sua ingenuidade, perguntou:

— Tia Dirce, Deus cabe dentro da Solange?

— Deus cabe dentro de você, de Solange, de Zenaide e aqui em meu peito. Um pedacinho de nosso Pai Maior está conosco. É a energia que permite que você esteja viva.

— Eu posso ver Deus?

— Pode, minha querida. Olhe para o espelho que está sobre o aparador na sala de jantar. O que vê?

Dirce estava sentada na cadeira próximo à porta de entrada da copa. Havia sobre um aparador um grande espelho, onde dava para ver Soninha apreciando sua imagem.

— Estou me vendo, tia.

— Aí está Deus, querida. É por essa razão que é preciso se respeitar e se amar incondicionalmente. Nós somos a obra do Criador, que é perfeita e única! Não existe uma pessoa que seja igual à outra. Elas até podem ser parecidas fisicamente, mas não são iguais. Deus faz tudo certo, por isso Ele a fez um ser único e perfeito, Soninha.

— Então, eu não tenho defeitos como Matias falou. Ele disse que eu era uma menina feia e chata. Tia, meu irmão estava ofendendo a Deus, não é verdade?!

— Ele a criticava, mas não deseje seu mal por esse motivo. Às vezes, as pessoas falam bobagens em momentos de raiva. Matias não a ofendia por maldade, ofendia?

— Não. Às vezes, nosso irmãozinho descontava sua raiva em nós. Ele apanha muito de nosso pai. Esqueça as bobagens que ele falava, Soninha. Nosso irmãozinho sofre com a fúria do velho porco.

— Solange! Não se refira ao seu pai dessa forma! Não se esqueça da força das palavras. Você quer se libertar da energia ruim que está em seu sentimento?

— Eu quero muito que aquele velho porco apodreça no inferno! Se pudesse, eu o mandaria para lá.

— Melhor nos alimentarmos caladas. A energia se modificou na copa. Peço-lhes que tragam para a mente algo muito bom e agradável que ocorreu com vocês. É preciso modificar a vibração negativa que se formou aqui.

Zenaide terminou de tomar uma xícara de café e de comer o pão de queijo e foi para a lavanderia. Ela fez o sinal da cruz diversas vezes, na esperança de se livrar dos fantasmas que existiam na casa.

Havia poucos meses que Zenaide estava trabalhando para Dirce. Desde o início, ela percebeu que a patroa não era como as outras pessoas que ela conhecia e viviam na fazenda. Para ela, Dirce dizia coisas estranhas e tinha a mania exótica de falar sozinha. Zenaide imaginava que ela se comportava dessa forma por viver muito sozinha.

Com a chegada das meninas, Zenaide percebeu que a patroa era realmente diferente na forma de se posicionar na vida, teve a certeza de que Dirce acreditava em espíritos e deveria atrair muitos para sua casa. A cozinheira temia as pessoas que eram adeptas à doutrina espírita, pois ouvira dizer que atraíam o mal por mexerem com o que deveria ser oculto para os homens. Para Zenaide, que fora criada por pais extremamente religiosos e tacanhos, presos a dogmas com os quais a religião comungava, falar sobre espíritos era ter contato com o mal. Ela estava apavorada, e, para seu desespero, sua mediunidade aflorara na infância, o que a fazia sentir a presença de espíritos ao seu lado. Às vezes, tinha sonhos — que pareciam ser reais — com pessoas que ela sabia que haviam falecido e acordava com o corpo molhado de suor e o coração batendo acelerado. Depois do despertar abrupto, Zenaide ajoelhava-se no tapete posto na beirada da cama e orava pelo resto da noite, com medo de adormecer novamente e ter o mesmo sonho estranho e real.

O que Zenaide não sabia era que a vida estava a seu favor e a colocara para trabalhar na casa de uma pessoa que poderia orientá-la sobre sua mediunidade. Dirce percebia o nervosismo de sua empregada quando tocava no assunto espiritualidade e tentava despertá-la para o que lhe era novo. Ela sabia que Zenaide necessitava ampliar a mente para aprender sobre o mundo espiritual que a cercava e a lidar com a mediunidade.

Dirce era paciente e esperava um pedido de ajuda de sua empregada, que se queixava de estar sendo atormentada durante o sono e de ver os espíritos. Dirce apenas se manifestava quando Zenaide solicitava um esclarecimento, mas agora, diante das meninas, ela precisava se posicionar para orientá-las e não se calaria para deixar sua empregada mais tranquila sobre essa questão.

Solange terminou de tomar seu café da manhã, um verdadeiro banquete que lhe foi servido. Ela não estava acostumada com tanta fartura. Dirce pediu que a jovem se arrumasse para ir ao laboratório e realizar um exame de sangue para ter certeza de que estava realmente grávida.

Solange ficou com muito medo, pois nunca havia feito exame de sangue. Ela recordou-se de quando era pequena e a mãe a levava para tomar as vacinas e do quanto sentia pavor da agulha entrando em seu corpo. Ela tentou fugir dizendo:

— Não posso fazer esse exame! Meu sangue não pode ser tirado do meu corpo! Eu preciso dele! Não dá para pegar das feridas que ainda sangram nas minhas costas?

— Não, querida. Não funciona dessa forma. Não precisa ter medo! Será somente uma picadinha. Não dói nada.

— Tia Dirce, a agulha espeta e dói, sim. Quando eu furei o dedo na máquina de costura da minha mãe, doeu e sangrou. Coitada da Lange!

— O exame precisa ser realizado. Quando nós tivermos o resultado, eu marcarei uma consulta com o ginecologista e o obstetra que farão seu pré-natal.

Dirce precisou explicar para Solange o que era um pré-natal e terminou dizendo:

— Precisamos cuidar bem da mãe e do bebê para que ele nasça com saúde e você fique bem. Você é tão magrinha... deve estar desnutrida e anêmica. Ligarei agora mesmo para o convênio médico para incluir as duas.

— Dona Dirce, a senhora fez tudo isso também para a outra empregada que vivia aqui, como Zenaide me disse?

— Pode ter certeza de que tudo foi feito para a saúde da mãe e do bebê. Patrícia teve tudo de que precisou, e o filho dela tem saúde boa. Quero apenas o melhor para vocês. Não tenha medo de um exame de sangue. Onde está a menina corajosa que deixou Fortaleza para vir até aqui com sua irmãzinha?

— Eu estou aqui e, se precisasse, fugiria novamente para não deixar Soninha enfrentar o que enfrentei. Vou trocar de roupa para ir até o médico.

— Eu sabia que você era uma garota valente! Vista seu melhor vestido. Pegue na lavanderia com Zenaide. Esperarei por você na garagem. É melhor nos apressarmos. Passaremos depois no cabeleireiro e ainda teremos que comprar roupas novas para as duas.

— Dona Dirce, Patrícia teve um filho?

— Sim, e fizemos tudo para ajudá-los. O parto foi perfeito, e tudo correu bem.

Solange abraçou Dirce e foi até a lavanderia. Chegando lá, encontrou Zenaide dobrando a roupa que retirava da secadora.

— Zenaide, pode me passar o vestido azul com flores? Esse é o melhor vestido que eu tenho. Dona Dirce está me esperando no carro.

— Você decidiu fazer o exame de sangue?

— Sim. Não quero desapontar a patroa. Preciso ser corajosa. Uma espetada de agulha não deve ser nada para mim, que suportava uma faca perfurando meu pescoço todas as noites.

— Estou orgulhosa de você, criança. Eu estava aqui pensando... como sua vida foi difícil até aqui! Aquele canalha merece ser castigado! Como pode um homem ser tão covarde e indecente? Usar a própria filha para satisfazer seu desejo.

Solange trocou de roupa diante de Zenaide para ser mais rápida e não deixar Dirce esperando muito tempo no carro. Ela ficou de costas para a empregada, que não pôde deixar de reparar nas cicatrizes que marcavam as costas, as pernas e os braços da jovem. Marcas roxas misturavam-se com grandes cicatrizes, e havia feridas que ainda sangravam, o que deixou a empregada ainda mais penalizada pelo sofrimento que Solange enfrentara. Ela ficou indignada e perguntou:

— Sua mãe não fazia nada quando o covarde de seu pai batia em você dessa forma?

— O que ela poderia fazer? Ela apanhava junto comigo! Muitas vezes, eu e ela nos colocávamos diante de Soninha para que ela não sofresse com o estalar do fio nas costas.

— Compreendo. Soninha é tão franzina que o canalha poderia matá-la com essa pancadaria.

Tentando disfarçar as lágrimas que rolavam por sua face, Zenaide passou a mão no rosto rapidamente e virou-se para Solange. A jovem, contudo, pôs o vestido, saiu apressada da lavanderia e não notou a comoção da nova amiga.

O motorista de Dirce abriu a porta do carro para Solange, que entrou apressada, pedindo desculpas. Soninha respondeu:

— Você foi rápida, Lange! Tia Dirce não terminou de contar uma historinha muita engraçada. Tia, pode contar para Lange também?

— Depois continuarei a historinha, querida. Agora é melhor ouvirmos boa música no caminho até o laboratório. A música pode acalmar Solange, que está nervosa.

— Não precisa ficar nervosa, Lange. Você sentirá apenas uma picadinha de abelhinha. Tia Dirce prometeu que não vai doer.

— Eu estou bem. Sou valente, e você também é, irmãzinha. Quando chegar a sua vez, mostrará que não tem medo de uma picada de abelha, certo?

— Tia Dirce, eu não gosto de picada de abelha! Não sou valente como a Lange. Não quero levar picada!

— Não chore, Soninha! Você não levará essa picadinha hoje. Nós vamos seguir em silêncio ouvindo música. Everton, aumente o som do rádio.

— Claro, madame.

CAPÍTULO
10

Com os olhos atentos ao percurso do veículo, Solange observava as belas construções próximas à casa de Dirce e percebeu que estava morando no lado nobre de Governador Valadares. Everton dirigiu por mais alguns quilômetros dentro da cidade e estacionou o carro na frente do laboratório. Ele abriu a porta para Solange e, em seguida, para Dirce e Sônia. As três entraram no laboratório, e o motorista ficou esperando do lado de fora.

Dirce era conhecida pela equipe de enfermagem do laboratório. Elas foram atendidas rapidamente, passando discretamente à frente de outras pessoas. Solange foi encaminhada para a sala de coleta e, ao entrar, ficou pálida. Seu corpo tremia, e o ar lhe faltou. A enfermeira chamou Dirce para acompanhar sua protegida.

— O que está acontecendo, Solange? Eu disse que não há necessidade de ficar nervosa. Será uma picadinha de nada em seu braço. Respire fundo e olhe para o lado. Segure minha mão. Está tudo bem. Aposto que as marcas que o fio do ferro deixou em seu corpo doeram muito mais.

— Doeram muito! Não gosto de me recordar do quanto apanhei do maldito.

A enfermeira sorriu e disse:

— Acabamos! Você viu? Não doeu nada! Podem esperar o resultado na sala de espera ou voltar daqui a uma hora, dona Dirce.

— Vamos ao cabeleireiro aqui perto. Você poderia mandar um mensageiro levar o resultado do exame até o salão?

— Sim. Deixe o endereço do salão com a atendente. A mocinha está bem?

— Estou um pouco tonta e enjoada.

— Venha para a sala de repouso. É melhor tomar um suco e comer alguma coisa. Mandarei lhe servir algumas bolachas. Dona Dirce, a senhora se importa de esperar um pouco mais para sair do laboratório?

— Ficaremos o tempo necessário para Solange se reequilibrar.

Solange foi colocada no leito de um quarto onde cabia apenas uma cadeira. Dirce pegou Sônia no colo e acomodou-se na cadeira ao lado da cama. Ela segurava a mão de Solange, e Sônia fazia o mesmo, demonstrando seu carinho pela irmã.

Solange ficou enjoada e vomitou. Por sorte, havia um recipiente que a enfermeira deixara ao lado do travesseiro. Depois que colocou tudo para fora, as cores na face da jovem retornaram, e o suor frio deu lugar ao calor natural de seu corpo.

Uma das médicas responsáveis pelo laboratório passou para examinar a paciente. Ela apertou o abdômen de Solange, auscultou o coração da jovem e pediu para a enfermeira aferir a pressão arterial de Solange, constatando, minutos depois, que estava alta. Preocupada com a paciente, ela decidiu apressar o exame de sangue que comprovaria ou não a gravidez.

Após meia hora, Dirce foi chamada à sala da médica, acomodou-se diante da mesa e esperou que ela lhe entregasse o envelope. Dirce abriu-o rapidamente. Não estava gostando da expressão da médica, pois sentia que algo estava errado. Por fim, viu, em letras garrafais escritas em vermelho, que o resultado fora positivo e que a gestação já entrava na oitava semana.

— Como suspeitei, ela está grávida. O que a prcocupa, doutora?

— A pressão arterial de Solange não deveria estar tão alta. Talvez, a gravidez tenha de ser interrompida para que a moça viva. Sei que ainda é cedo para dar esse prognóstico, mas, pela minha experiência com gestantes que desenvolvem eclampsia, talvez esse seja o caso. Procure imediatamente um obstetra para iniciar o pré-natal. Esse é mais um caso como o de sua antiga empregada, Patrícia?

— Sim! O pai a engravidou, como no caso de Patrícia.

— Você conhece o procedimento nesses casos. A denúncia é o melhor que você pode fazer. Esse homem tem de responder por seus atos.

— Beatriz se condoeu com o estado das meninas e as despachou de Fortaleza para cá. Chegaram ontem, e minha empregada desconfiou que a menina pudesse estar grávida.

— Dirce, você tem um coração muito generoso! Se precisar de ajuda, pode contar comigo. A menina menorzinha... você pretende ficar com ela?

— Soninha é uma criança adorável. Ela traz a meiguice no olhar. Me encantei por ela! Recordou-me de Beatriz quando chegou para nós.

— Compreendo. Você adotará a menina. Se mudar de ideia, aquele casal que desejou adotar Beatriz ainda espera por uma menininha para encher a casa de alegria.

— Eles ainda vivem nos Estados Unidos?

— Sim. Minha irmã e meu cunhado têm negócios lá. Eles construíram uma vida confortável nos Estados Unidos. Dinheiro não é problema para eles. Mas, por serem estrangeiros, é difícil adotar uma criança legalmente por lá.

— Eles entraram na fila de espera de adoção no Brasil?

— Sim. Estão cadastrados, mas ainda não apareceu a menininha que eles tanto almejam.

— Querem adotar um bebê?

— Sim, e, de preferência, de pele clara. Você sabe como é difícil encontrar. A fila é muito longa para quem deseja um bebê com essas características.

— Se não fossem tão exigentes... quem sabe já não estariam com uma criança agora.

— Dirce, algo passou por minha mente neste momento... Sua protegida deseja criar o bebê?

— Ela ainda não decidiu. Nós queríamos ter certeza de que estava realmente grávida. Essa criança é fruto de um incesto, então, acredito que Solange não conseguirá criá-la. — Compreendi onde deseja chegar, doutora. Vamos esperar que a mãe tome a decisão. Disse a ela que, se fosse o caso, encontraríamos uma boa família que cuidaria da criança.

— Ela concordou?

— Ela ficou de pensar nessa possibilidade. Eu afirmei que sou contra o aborto, mas deixei claro que ela tem esse direito perante a lei de nosso país — falou Dirce, já abrindo a porta da sala da médica.

— Então, faça logo a denúncia contra o canalha do pai e não se esqueça de que minha irmã está na fila de adoção.

— Não esquecerei, fique tranquila. Se essa criança nascer e Solange não a desejar... talvez ela possa ser de sua irmã.

Dirce saiu da sala da médica e retornou para o quarto onde Solange estava. Ela percebeu que as cores haviam retornado à face da jovem e que ela estava bem. As três, então, seguiram para o salão de cabeleireiro. A pressão arterial de Solange fora normalizada pela medicação que a doutora Ivana receitara para ela.

As três desceram do carro, e Dirce dispensou Everton, pois sabia que demorariam no salão de beleza.

CAPÍTULO 11

A manicure fazia as unhas de Dirce, enquanto Valter cuidava dos cabelos de Solange. Ele caprichou no corte, como Dirce, sua melhor cliente, exigira.

Dirce conheceu Valter por meio de uma amiga, que a levou até o local humilde onde ele atendia as mulheres de seu bairro. Ela adorou o que o cabeleireiro fez com seus cabelos e decidiu ajudar o rapaz. Pagou o curso para ver seu protegido se profissionalizando e tendo um diploma nas mãos e depois montou o salão para ele.

Valter era muito grato a Dirce, que era umas das únicas pessoas que não o discriminava por ele ser homossexual. Ela mostrava respeito pela natureza de Valter e sempre foi muito carinhosa com ele. Os dois eram grandes amigos.

Valter percebeu uma leve palidez em Solange. Quando terminou o corte, ele levou-a para uma sala reservada. Era nessa saleta que o cabeleireiro recebia os clientes mais especiais.

— Sente-se aqui, querida. Você está tão pálida! Aceita um copo de água gelada?

— Aceito, obrigada. Estou nervosa. Pode chamar dona Dirce?

— Ela não gosta de ser interrompida quando está fazendo as unhas. Melhor ter um pouco de paciência. A manicure está terminando o trabalho. Quer conversar? Sei que não me conhece, mas lhe garanto que tudo que me contar não sairá de meus lábios. Não gosto de fofoca.

— Eu agradeço. Percebi que dona Dirce tem grande estima por você. Vocês se conhecem há muito tempo?

— Sim. Nós nos conhecemos desde a minha adolescência. Dirce foi minha benfeitora e me trouxe até aqui. Devo este salão e meu sucesso a ela. Sou leal a quem me estendeu a mão, e se ela a trouxe até meu salão... você deve se considerar uma garota de muita sorte! Não existe mulher melhor que Dirce nesta cidade.

— Eu concordo. Dona Dirce é minha salvadora! Ela...

— Estão falando sobre o quê? — Dirce entrou na sala, e suas mãos estavam perto do rosto. Ela assoprava as unhas.

— Falávamos de uma mulher extraordinária, que acabou de entrar nesta sala — disse Valter.

Dirce abriu um sorriso amoroso e disse:

— Você que é especial, meu querido. Faz maravilhas com nossos cabelos para nos deixarmos lindas e apresentáveis. Minha autoestima se eleva quando saio do seu salão.

— Dona Dirce, onde está Soninha?

— Solange, não abaixe a cabeça para falar comigo. Ela sentou-se na cadeira da manicure, pois quer pintar as unhas. Levante a cabeça, Solange. Deixe-me ver seus olhos. Eles são lindos e expressivos. Não acha, Valter?

— Solange é uma moça muito bonita. Ela precisa trabalhar essa timidez e entrar na vida com toda vivacidade. Se solte, mona!

Solange abriu um sorriso tímido para Valter. Dirce entregou à jovem o envelope com o resultado do exame, mas ela não compreendeu o que o positivo indicava. Dirce percebeu que Solange estava confusa e confirmou que ela estava grávida.

Valter respirou fundo e disse:

— Parabéns, mocinha. Que essa criança seja bem-vinda.

Solange emocionou-se. Ela tentou segurar o choro, mas não conseguiu. As lágrimas rolavam por sua face convulsivamente, enquanto Dirce tentava consolá-la dizendo:

— Não fique nesse estado, querida. Eu estou do seu lado. Nada faltará para você ou para sua irmã e seu filho. Tudo será resolvido.

— O que está acontecendo, Dirce? A menina está muito aflita.

— Ela tem motivos para estar nesse estado, querido. Acho que ela não suporta a presença dessa criança em seu ventre.

— Que absurdo! Eu daria tudo para estar no lugar dela! Mas, infelizmente, nasci em um corpo masculino e não posso gerar um filho. Tem que ser grata, Solange. Você é abençoada por poder gerar uma criança.

— Eu não quero esse filho! O pai é um porco... maldito!

Valter ficou horrorizado e teve a intenção de revidar, mas Dirce tocou em seu ombro e fez-lhe sinal para que se calasse.

— Vou deixar as duas conversarem. Dirce, eu não tenho estômago para ouvir certas coisas! Depois conversamos. Sinto que não sou o melhor conselheiro neste momento.

— Espere, querido. Se Solange permitir, contarei o motivo de ela recusar essa vida que se desenvolve dentro de seu corpo. Posso contar a ele, Solange?

Solange não conseguiu falar entre os soluços e assentiu com a cabeça. Dirce, então, sentou-se em uma das cadeiras ali disponíveis e fez Valter sentar-se ao seu lado. Ela disse:

— Essa criança é fruto de violência sexual. Solange era abusada pelo pai.

— Que horror! Canalhas como esses não deveriam ser chamados de pai! Eu sinto muito, Solange! O que pretende fazer com a criança?

Solange balançava a cabeça, tentando dizer que não sabia o que fazer.

— Ela ainda não decidiu o que fazer, Valter, mas já deixei claro para ela que sou contra o aborto. A lei, contudo, está do lado dela, se Solange desejar realizá-lo.

— Penso que Solange possa ter a criança e entregá-la para ser adotada. Eu estou na fila para adoção há tanto tempo e ainda não consegui ser agraciado com uma criança. Adoraria dar meu amor e minha proteção para seu bebê.

— Valter, tenho certeza de que você seria um pai maravilhoso, mas vamos esperar a decisão de Solange. Estou com ela para tudo o que precisar. Até mesmo se ela desejar criar o filho.

— Você tem sorte, menina! Dirce a apadrinhou e apadrinhou sua irmãzinha e seu filho. Agora, vamos secar os cabelos para que vocês saiam impecáveis e belas de meu salão.

Solange controlou o choro, permitindo que Valter terminasse seu trabalho. Ela gostou do resultado. Nunca havia se admirado diante do espelho. Ela deslizava a mão sobre o rosto para ter a certeza de que a imagem que ele mostrava era a sua. Solange sentiu-se bela e abriu um lindo sorriso.

A jovem ficou perdida em seus devaneios diante do espelho até que Dirce a convidou para deixarem o salão.

— Vamos, Solange. Você está melhor? Liguei para o Everton para ele vir nos pegar. Quero levá-las ao *shopping* para fazermos compras para as duas.

— Eu estou bem. A maquiagem escondeu meu nariz vermelho de chorar. Obrigada, Valter. Você fez um ótimo trabalho.

— Eu agradeço a preferência pelo meu salão. Dirce, não se esqueça de que desejo ser mãe. Estou na fila, compreendeu?

— Compreendi, querido, mas segure a ansiedade. O que tiver de ser, será.

Everton regressou até o cabeleireiro. Já no carro, Solange perguntou para Dirce:

— Valter tem a intenção de ser mãe de que forma, dona Dirce?

— Como pode ver, nosso amigo é homossexual, Solange. Ele quer formar uma família com seu companheiro. A única forma para ser mãe de uma criança seria adotando.

— Valter me pareceu ser uma boa pessoa. Será que ele tem condições de educar uma criança?

— Naturalmente, sim. Valter é a melhor pessoa que conheço nesta cidade. Ele tem conceitos éticos e morais fantásticos. Sem falar de sua boa índole. Ele é extremamente amoroso. A criança que for criada por nosso amigo terá sorte.

— É bom saber disso.

— Tomou alguma decisão a respeito de seu filho?

— Ainda não, mas sinto que não tenho coragem de fazer um aborto. Afinal, ele não tem culpa de nada.

— Lange, você vai ter um bebê?! — perguntou Soninha, com uma expressão assustada na face. Ela completou: — Nosso pai vai matar você com o fio do ferro, quando descobrir. A mamãe me disse que a filha da vizinha se perdeu e estava com um bebê na barriga bem grande, assim. — Soninha fez um gesto com as mãos em forma de arco aumentando a barriga e jogou o tronco para frente. Depois, continuou: — Quando ela foi encontrada, trouxe um bebê e um namorado junto com ela. Você também se perdeu?!!! Você tem um namorado lá na praia, Lange?!!!

— Querida Soninha, não faça perguntas indiscretas para sua irmã. Você ainda é criança para saber de certos assuntos de adultos. Solange teve um lindo namorado, mas você não o conheceu. O rapaz era um turista estrangeiro que partiu para seu país de origem.

— É verdade, Lange?

— Sim, dona Dirce não mentiria para você. Eu dei um mau passo, como mamãe diria.

— Então, você se tornou uma perdida como a Raimunda que morava em nossa rua? Mamãe disse que ela tinha se tornado uma perdida! Não quero que você se perca, Lange. Promete que não sumirá como a Raimunda?

— Eu prometo que não irei a lugar algum. Não me perderei como a Raimunda. Prometo.

Dirce sorriu ao ver a expressão de Soninha. Ela estava encantada com a esperteza da menina. O carro seguiu para o *shopping*. Dirce desejava comprar roupas mais modernas e de qualidade para as duas.

Solange e Sônia estavam maravilhadas com a beleza da cidade e ansiosas para entrarem no *shopping*. Em Fortaleza, não tiveram a oportunidade de conhecer um. Everton parou o carro no estacionamento vip como Dirce gostava e deixou as três à porta de entrada do *shopping*. Dirce levou as meninas para almoçarem em um restaurante de comida italiana e depois seguiram para as compras. Everton juntou-se a elas.

Os olhos das meninas expressavam encantamento a cada vitrine que olhavam, e a compra do primeiro vestido fez Soninha pular de alegria.

As três deixaram o *shopping* com várias sacolas, que Everton carregava enquanto caminhava atrás delas.

CAPÍTULO
12

Era tarde da noite quando Dirce e as meninas retornaram para casa. Solange estava exausta de tanto caminhar pelos intermináveis corredores do *shopping*. Dirce comprara vestuário completo para as meninas e não se esqueceu de trazer presentes para sua amada Beatriz.

Dirce levou as meninas para lanchar antes de saírem do *shopping*. Sônia estava radiante com a mudança de vida. Tudo ali era fartura e beleza. A agitação de pessoas de um lado para outro dentro do *shopping* fora para a menina uma grande distração, que acabou fazendo-a esquecer a tristeza que trazia em seu coração por estar distante da mãe. Dirce ficou encantada com a alegria de Soninha, e Solange ficou despreocupada, pois não notava naquele momento a tristeza no olhar da irmã, que persistia desde que partiram da rodoviária de Fortaleza.

Soninha mostrava que estava exausta. Chegando em casa, Dirce a mandou para o banho. Solange ajudava Everton colocando as sacolas no quarto da irmã. Ele também estava cansado e esperava ser dispensado para voltar para casa. Sua família aguardava-o para o jantar.

94

Dirce rapidamente separou as sacolas de Solange e a mandou para a ala dos empregados. Everton levou as sacolas ao quarto dela e despediu-se dizendo:

— Boa noite, Solange. Não fique triste. Você não está desamparada. Nossa patroa é uma mulher maravilhosa. Aproveite a mão que ela lhe estendeu e cuide de seu filho. Existem tantas pessoas que desejam gerar uma criança e não conseguem. A vida a abençoou com a maternidade. Não abra mão disso. Seja mãe. Se precisar, estarei sempre por perto.

— Obrigada por seu apoio, mas não compreende o que me deixa triste! Se você soubesse das lembranças horríveis que a presença dessa criança me força a recordar. Eu sinto que não suportarei olhar para o bebê sem ter de volta dor e raiva.

— Não conheço sua história, mas não deve ser diferente do que Patrícia passou com o pai. Ela teve o filho e não teve coragem de entregá-lo para uma família cuidar. Quem sabe você, ao olhar para seu filho, também volte atrás em sua decisão.

— Eu ainda não decidi o que fazer.

— Então, pense bem no que fará, menina. A vida é cheia de desafios e cabe a nós enfrentá-los e provar para nós mesmos que somos capazes de vencê-los um a um. A vida lhe deu de presente a oportunidade de ser mãe. Aproveite a chance. Tenha uma boa-noite.

— Boa noite. Pensarei no que me disse. Só não compreendo por que fala dessa forma da maternidade. Você tem tristeza na voz quando menciona a gestação.

— Tenho meus motivos para ficar triste. Em outra ocasião, conversaremos sobre esse assunto. Tenho que ir. Minha mulher me espera para o jantar. Enquanto não chego em casa, ela não se alimenta.

Everton saiu apressado, deixando Solange pensativa. "Quais serão os motivos para ele ficar nessa tristeza?", pensou.

Solange tomou um banho e foi direto para cama. O cansaço a fez adormecer rapidamente. Sonhos confusos com um bebê chorando tumultuavam seu sono.

No quarto de Sônia, Dirce contava uma historinha infantil, tentando fazer a menina adormecer depois de um dia agitado, mas ela estava radiante por ver tantos presentes em seu quarto. Havia um urso de pelúcia com quase dois metros de altura. Para trazê-lo da loja, Everton colocou o brinquedo no banco da frente ao seu lado, e, mesmo assim, foi preciso apertar os braços do urso para não o atrapalhar ao volante. Soninha pulava sobre o urso que estava no canto do quarto.

Ela desejava dormir sobre a pelúcia, mas Dirce não autorizou, imaginando que a menina poderia escorregar e cair no chão durante a noite. Ela usou sua autoridade para acalmar Soninha. Estava quase no final da historinha, mas a menina ainda não pegara no sono.

— Querida, se você não dormir agora, ficará sozinha no quarto. Eu estou cansada e quero dormir em minha cama.

— Tia, estou tão feliz por ganhar todos esses presentes que não consigo dormir.

— Compreendo. Você nunca havia ganhado tantos presentes de uma só vez.

— Tia, eu nunca ganhei um presente na minha vida. Olha quantas sacolas com roupas, sapatos e brinquedos... Até maquiagem para criança eu tenho!

— Venha, querida. Vamos para meu quarto. Lá não tem todos esses atrativos que está tirando seu sono.

— Vou dormir na sua cama, tia Dirce?! Oba!

— Não quero bagunça em meu quarto, tudo bem?

— Prometo ficar quietinha.

Dirce seguiu para o quarto ao lado e colocou Soninha na cama. Ligou a TV, colocou em um canal de desenho e seguiu para o banho. Quando retornou depois de quinze minutos, não encontrou a menina na cama. Procurou por Soninha pelo quarto e no *closet*, mas não a encontrou. Seguiu para o quarto da menina, e ela não estava na cama. Dirce olhou para o canto onde estava o grande urso de pelúcia e lá estava Soninha adormecida sobre o peito dele. Ela, então, pegou um edredom, cobriu a pequena, deixou o abajur ligado e voltou para seu quarto adormecendo em seguida.

Dirce estava feliz por ter uma criança novamente para dar seu amor. Sentia-se sozinha depois que Beatriz fora estudar fora e do desencarne de seu amado Luís. Ela adorava presentear as crianças para ver o sorriso em seus lábios. Todos os anos, fazia questão de levar presentes para as crianças do orfanato com o qual colaborava. Dirce foi uma criança que teve de tudo, mas ela não teve o que mais lhe importavam: o amor e a atenção de seus pais.

Nascida em uma família abastada, Dirce, na primeira infância, fora criada por babás. Quando chegou a época de ingressar no colégio para ser alfabetizada, foi colocada em um colégio interno, e as visitas de seus pais eram raras.

Dirce sentia que era uma pessoa muito sozinha. Quando saiu do colégio, as coisas não melhoraram para ela. Ela imaginou que teria a companhia de sua mãe ao seu lado, mas isso não ocorreu. A mãe de Dirce tinha uma doença rara e passava muito tempo no exterior em tratamentos experimentais em busca da cura. Ela não esteve presente na vida da filha.

Aos dezoito anos, Dirce conheceu Luís. Ele estava saindo da igreja com a família, quando o padre apresentou a jovem aos pais do rapaz. A família encontrou em Dirce o melhor partido para o filho, pois a moça vinha de uma família muito abastada e possuía uma educação refinada.

Luís não se importava com a opinião de seus pais. Ele ficou encantado com a beleza de Dirce e nesse dia a convidou para tomar um sorvete na pracinha depois da missa. Ela aceitou por insistência do padre Aurélio, que disse baixinho em seu ouvido:

— Você tem minha bênção quanto a esse rapaz. Seus pais concordariam com esse encontro. Vá tomar o sorvete.

Dirce sorriu e aceitou o braço que Luís lhe ofereceu. Vendo os dois afastarem-se, Regina, a mãe de Luís, disse:

— Bela moça! Não acha, padre? Faço gosto nesse casamento.

— A senhora está apressando as coisas. É melhor ir com calma para não espantar a moça. Dirce é muito inteligente e não gosta de ser pressionada.

— Padre Aurélio tem razão, Regina. Nosso filho também não gosta de ser pressionado, então, é melhor não demonstrar que fazemos gosto nessa união. Tenho certeza de que formarão um lindo casal e terão belos filhos. Não vejo a hora de ver os netos correndo em nossa fazenda e enchendo de vida aquele lugar.

— Agora é você quem está exagerando, Augusto! Está pensando em netos! A moça acabou de conhecer nosso Luís.

Parados na porta da igreja, os três sorriram, chamando a atenção das pessoas que, naquele domingo ensolarado de primavera, saíam depois da missa. O padre se despediu do casal amigo e retornou para dentro da igreja.

Regina e Augusto retornaram para a fazenda, deixando Luís em Governador Valadares.

Depois do sorvete na pracinha em frente à igreja, Luís convidou Dirce para almoçar em um restaurante afastado da cidade. Ela tentou recusar o convite, para não parecer que era uma moça fácil, mas Luís insistiu, e, Dirce, encantada com o sorriso do rapaz, acabou aceitando.

Luís mostrou-se um verdadeiro cavalheiro, abrindo a porta do carro para que ela entrasse. Dirce adorou o restaurante que ficava à beira de um rio caudaloso, em cujas margens as pessoas faziam piqueniques. Um pouco afastadas do restaurante, as crianças brincavam na água com seus pais, e a alegria estava no ar. A moça sentiu a energia positiva e desejou entrar na água para brincar com as crianças, mas se conteve.

Eles entraram no restaurante, e Dirce não tirava os olhos da algazarra dentro d'água. Luís perguntou:

— Gosta da brincadeira das crianças?

— Adoro esse som de alegria que elas fazem. Tenho vontade de entrar no rio e brincar com elas.

— Depois do almoço, podemos fazer isso.

— Não seria de bom-tom. Sou uma moça recatada. Tenho uma reputação a zelar.

— Percebo que foi criada pelas freiras do convento ou estou enganado?

— Passei minha vida dentro do colégio interno dirigido pelas freiras. Isso o incomoda?

— Moça, você precisa se soltar um pouco. Esqueça a reputação e zele por sua felicidade. Se tomar banho de rio rodeada de pessoas a fizer feliz, é isso o que deve fazer! Se solte! Não sou um homem que gosta dos jogos amorosos que muitas mulheres fazem, pois elas escondem quem realmente são. Ao tentarem esconder a personalidade, acabam se tornando mulheres maçantes e desagradáveis de se conviver.

— Compreendi. Você é desses rapazes moderninhos irresponsáveis.

— Não sou irresponsável! Sou livre das regras e dessa ética estranha que você aprendeu no colégio de freiras. Se deixar, eu lhe ensinarei como viver do lado de fora daqueles muros que a aprisionavam.

Luís levou Dirce para brincar no rio, e ela adorou passar aquela tarde ao lado dele. Depois desse dia, eles nunca mais se distanciaram. O casamento aconteceu três anos após esse primeiro encontro. Amavam-se profundamente e desejavam ter muitos filhos, mas a gravidez de Dirce não chegou até o final. O tempo passou rápido, e, ao adotar Beatriz, o casal finalmente pôde conhecer a alegria de ser responsável pela vida de uma criança.

Dirce acordou no meio da noite sentindo a presença de Luís ao seu lado. Ela desejou muito que ele estivesse deitado no lado de que mais gostava na cama. Dirce recordou-se do primeiro encontro e de tudo o que viveram juntos.

O espírito de Luís foi atraído para junto de sua amada Dirce. Ele também estava saudoso da presença dela. Luís depositou um beijo demorado no rosto da esposa e esperou que ela adormecesse para tirá-la do corpo e levá-la para um passeio no mundo espiritual que ele habitava.

CAPÍTULO 13

Luís percebeu que a consciência de sua amada não estava lúcida para perceber onde estava. Ele acariciava seus cabelos e beijou seus lábios com carinho. Dirce olhou para ele e perguntou:

— Por que você me deixou sozinha? Sinto tanto sua falta, amor!

— Foi preciso partir, meu amor. Seu prazo de permanência também se esgotará um dia e não há como continuar na Terra.

— E, neste dia, ficaremos juntos pela eternidade! Não sabe como eu o amo, Luís.

— Também a amo, mas, para ficarmos juntos, é preciso que você siga para o mesmo plano evolutivo que eu habito. Dirce, se esforce para vencer os desafios que a vida lhe impuser. Tente se conhecer melhor e, acima de tudo, se ame! Coloque-se em primeiro lugar.

— A vida me trouxe uma riqueza de nome Sônia. Ela se parece tanto com Beatriz quando tinha a mesma idade. Sinto que Soninha é a filha que não pude gerar. Eu estou encantada por ela.

— Ela é uma boa menina, mas não pode ser o centro de sua vida. A menina tem uma mãe que sofre por estar distante da filha. Não se apegue tanto a ela. Se você deseja ficar ao meu lado quando seu prazo na Terra terminar, olhe mais para si. Não se coloque no cantinho da vida, esperando que alguém venha salvá-la, pois isso não ocorrerá, Dirce. Você é a única que pode sair dessa tristeza saudosista! Deixe o passado passar e se abra para as novidades que virão. Use sua força para vencer os desafios que vierem.

— Não sei por que você fala tanto em desafios! Minha vida é tranquila! Não há nada me desafiando! Estou fazendo o meu melhor. Tento dar meu amor para minhas filhas. Para minha pequena Sônia e nossa amada Beatriz.

— Continue dando seu amor, no entanto, seja forte e não desanime, minha amada Dirce. Você pode muito mais do que imagina, pois a vida lhe trará surpresas. Use seu bom senso e não se esqueça de que o amor é o único sentimento que eleva nosso espírito.

— Estava com muita saudade de seus conselhos pacificadores. Eu o amo, Luís.

— Também a amo! Porém, neste instante, você precisa despertar para mais um dia que se inicia. Tente se recordar dessas palavras quando acordar: só o amor a transformará e abrirá o caminho de sua evolução. O amor não deve ser egoísta. Dessa forma, estaremos juntos quando regressar. Acorde, Dirce!

O corpo de Dirce levou um choque, quando seu espírito retornou muito rápido para ele. Ela tentou mover o corpo, mas não conseguiu. Tentou pedir ajuda, contudo, sua voz não saía. Ela não sabia o que estava acontecendo e ficou desesperada, imaginando que estava paralisada, imóvel. Tentou controlar a respiração e foi se acalmando até conseguir mover a mão e os pés lentamente.

Dirce conseguiu sentar-se na cama e, rapidamente, se pôs de pé no quarto, sentindo ainda a presença de Luís no ambiente. Ela tentou recordar-se do assunto sobre o qual conversara no sonho agradável que tivera com o marido, mas só se lembrou das últimas palavras que Luís dissera sobre o amor: "Só o amor a transformará e abrirá o caminho de sua evolução. O amor não deve ser egoísta".

Ainda estava escuro lá fora. Dirce foi ao banheiro, lavou o rosto e secou-o com cuidado. Seu coração ainda estava acelerado, e ela sentou-se no vaso sanitário. Tentava acalmar-se e compreender o que se passara com ela e o espírito de Luís. Sentiu sede e resolveu ir à cozinha tomar um copo de água gelada. Abriu a porta de seu quarto com cuidado para não fazer barulho e acordar Soninha, que dormia no quarto ao lado. Pé ante pé, chegou à cozinha e assustou-se com a presença de Solange, que saboreava uma fatia generosa de queijo fresco com goiabada. Quando ela viu Dirce entrando, também se assustou e perguntou:

— A senhora precisa de alguma coisa? Estava com fome e me deu vontade de saborear queijo com goiabada. Me desculpe por abusar de sua generosidade, dona Dirce.

— Está tudo bem. Mulheres grávidas têm desejos. Eu tive um sonho estranho e acordei sem poder mover meu corpo! Preciso de um copo de água gelada.

— Pode deixar que eu pego para a senhora. Eu também, às vezes, desperto com esse tipo de paralisia.

É horrível! Minha mãe fala que, quando isso ocorre, é sinal de que nosso corpo está crescendo.

— E você acredita nessa tolice?

— Hoje, não acredito mais. A senhora acabou de descrever a mesma sensação que eu tinha, mas a senhora não está mais na fase de crescimento.

— Não estou mesmo. Pode esquecer essa hipótese. Sua mãe não acertou.

Dirce pegou o copo de água que Solange lhe ofereceu. Suas mãos estavam trêmulas. A jovem percebeu e comentou:

— A senhora teve um pesadelo? Está trêmula! Quer desabafar?

— Não foi um pesadelo. Tenho certeza de que estava com Luís.

— Luís, seu falecido marido?

— Sim.

— Creio em Deus pai...! Ele deve estar assombrando esta casa! Quanto tempo faz que ele morreu?

— Dois anos, quatro meses e cinco dias. Ele não é assombração! Que modo esdrúxulo de falar, menina!

— Desculpe, ele era seu marido. O que desejo dizer é que o espírito dele pode não ter seguido para o mundo dos mortos. Ele ficou preso aqui por amá-la muito. Lá na minha terra, ouvi uma história igual a essa. O marido morreu, e a esposa chamava por ele o tempo todo. O espírito do homem não tinha paz e ficou colado nela. Até que ela adoeceu, e nenhum médico conseguia curá-la ou descobrir a doença dela.

— E ela morreu?

— Não, mas foi por pouco! A senhora já ouviu falar nessas pessoas que sabem lidar com os espíritos?

— Sim, os sensitivos.

— Sensi... O quê?

— As pessoas que têm contato com os espíritos são sensitivas.

— Entendi, mas quem foi chamada para cuidar da mulher à beira da morte foi uma benzedeira. Ela mandou embora o espírito do marido, e a mulher recuperou a saúde rapidamente.

— Não se preocupe, Solange. Não estou doente, e o espírito de Luís não é prisioneiro nesta casa. Estive com ele em um lugar agradável, e a sensação era boa. Não me recordo de muita coisa, mas penso que estava sob a sombra de uma árvore frondosa, coberta de flores miúdas e amarelas. Ele estava muito bonito e jovem, como era quando nos conhecemos. Luís era tão bonito! Ah, que saudade daquele tempo! Eu chego a sentir a presença dele na minha cama!

— Seria bom passar em uma benzedeira por garantia e quem sabe chamá-la para limpar esta casa dos maus espíritos. A senhora conhece alguma?

— Não. Qual seria o motivo para você desejar uma purificação dessas?

— Eu também tenho sonhos estranhos e acordo assustada e nervosa. Às vezes, sinto que alguém aperta meu pescoço e me sufoca. Acordo sem ar e tenho medo, muito medo!

— Você precisa fazer terapia. O que enfrentou não foi fácil e lhe deixou marcas e muita perturbação mental. Você se sente culpada pela violência que sofreu?

— Eu sinto culpa, mesmo sabendo que meu pai é um homem violento e alcoólatra.

— Vou levá-la ao melhor psiquiatra que conheço. A terapia a fará muito bem. Solange, tire essa culpa de sua mente. Agora é melhor voltarmos para cama. Mais algumas horas, e o sol estará reluzindo em nossa janela.

— Boa noite, dona Dirce. Preciso tentar dormir um pouco antes que Zenaide acorde e passe as tarefas do dia.

— Boa noite. Tente dormir tranquila. Diga a Zenaide que não precisa me chamar no horário costumeiro. Quero dormir um pouco mais e conto com você para cuidar de Soninha enquanto descanso. Ela estava muito agitada essa noite e não queria dormir. Acabou adormecendo sobre a barriga do grande urso de pelúcia.

— A senhora está acostumando Soninha a muitos mimos. Eu agradeço pelo carinho com minha irmãzinha. Ela jamais teria um quarto repleto de brinquedos somente para ela. Se continuasse em nossa casa, o destino de minha irmã seria como o meu — Solange passou a mão sobre o ventre, que já começava a evidenciar a gravidez.

— Esqueça isso! Soninha está segura aqui.

Dirce retornou para o quarto, e Solange fez o mesmo e rapidamente pegou no sono.

A madrugada se findava. Solange dormia, e seus batimentos cardíacos estavam acelerados, devido a mais um pesadelo, que se tornara constante em sua vida. Agora, contudo, o pano de fundo do pesadelo mudara. Solange não estava mais em sua antiga residência; ela estava ali mesmo, no quarto de empregada que ocupava na bela casa de Dirce. A jovem ouvia as pancadas na porta, que a deixavam apavorada. Ela sabia que o pai estava lá para matá-la e levar Sônia de volta para casa. Solange sabia que ele tinha a ideia fixa de que ela e Soninha, por serem suas filhas, lhe pertenciam e eram sua propriedade. Na mente conturbada de José Amâncio, era obrigação da filha servi-lo sexualmente.

O espírito de José Amâncio estava ao lado dela, enquanto seu corpo estava também adormecido. Ele estava furioso devido à fuga de Solange. Para um espírito, não importa a distância ou se esteja encarnado ou não. O pai de Solange era um obsessor, que perseguia a filha aonde quer que ela fosse, pois o ódio os colocava na mesma sintonia.

Solange despertou muito assustada e tentou acalmar-se, tomando um pouco de água que estava no aparador do lado de sua cama. Zenaide acordou com o barulho que Solange fazia no cômodo e foi até o quarto da menina.

Encontro-a com o corpo molhado de suor. Ela aproximou-se com calma e carinho e conduziu Solange para o banho, dizendo:

— Foi apenas um pesadelo! Aquele homem não sabe onde vocês estão. Fique tranquila. Ele não aparecerá aqui.

— Você tem certeza disso, Zenaide? Eu fico apavorada pensando que, como no meu pesadelo, ele pode aparecer e levar Soninha consigo. Tenho certeza de que ele sabe onde estamos. No pesadelo, senti a faca em meu pescoço. Ele disse que Soninha pertencia a ele.

— Ei! Esqueça esse pesadelo! Passou! É seu medo que está mexendo com sua cabeça. Aquele homem não entrará aqui. Sônia está segura. Você conseguiu poupar sua irmã de viver uma desgraça dessas. Depois do banho, volte para cama e tente dormir um pouco mais. Você está abatida e com grandes olheiras.

Antes de Zenaide iniciar suas tarefas e sair do quarto de Solange, a jovem lembrou-se do recado de Dirce.

— Espere, Zenaide. Não acorde dona Dirce no horário costumeiro. Ela me pediu para lhe transmitir esse recado. A patroa quer dormir um pouco mais hoje. Ela também teve um sonho estranho, que a deixou com saudade do marido falecido.

— Compreendi. A patroa tem sonhos fortes com o falecido. Ela me disse que sente a presença do marido do seu lado na cama.

— Tenho muito medo dessas coisas! Que Deus nos proteja!

— Eu também não me sinto confortável em falar sobre esse assunto de espírito. O sangue de Jesus tem poder! Afaste o mal desta casa. Agora, descanse um pouco e, quando estiver melhor, volte para o trabalho.

Solange obedeceu às ordens de Zenaide. Vestiu uma roupa confortável, deitou-se novamente, fechou os olhos e rapidamente adormeceu.

CAPÍTULO 14

Uma semana passou rapidamente, e Dirce acompanhou Solange ao psiquiatra. Doutor Lucas era amigo de infância de Luís e tornara-se um grande amigo de Dirce. As consultas foram marcadas para o fim das tardes. Desse modo, Dirce estaria sempre na sala de espera do lado de Soninha, que saía do colégio e seguia direto para lá na companhia de Everton.

Essa rotina seguiu por três meses, e Solange passou a dar os primeiros sinais de melhora. Os pesadelos não eram mais diários e sim esporádicos. A gestação, que entrava no sexto mês, já estava em evidência. O pré-natal de Solange era semanal para que seu médico pudesse controlar a eclampsia.

A ultrassonografia mostrou que o bebê era um menino e estava saudável. Muitos exames foram realizados para detectar alguma anormalidade na criança, que fora gerada por incesto.

Solange estava frágil emocionalmente e, devido aos hormônios, chorava muito de saudade da mãe e dos irmãos. Lucas aconselhou a paciente a escrever uma carta para a mãe, e, quando chegasse a resposta, a saudade amenizaria.

Ele aconselhou Solange a escrever uma carta para a mãe e enviá-la ao endereço de Glória, que entregaria a carta para Maria do Socorro sem que José Amâncio soubesse. Na missiva, constaria o endereço do consultório. Ele achou melhor usar esse recurso para não correr o risco de o homem descobrir o paradeiro das filhas.

Tudo que Solange contou sobre o comportamento do pai permitiu que Lucas constatasse um distúrbio de personalidade comum em homens com a sexualidade perturbada e total falta de moral e ética. Lucas sabia, por experiência, que homens como José Amâncio sentiam que os filhos eram sua propriedade. Por ser o progenitor, o pai de Solange acreditava que as filhas estavam ali para seu prazer sexual.

O psiquiatra sabia que José Amâncio não se sentia constrangido ou culpado por abusar sexualmente de sua filha, pois para ele isso era natural.

Solange ditou a carta para Lucas, que a escreveu no consultório. Soninha estava animada e também queria mandar beijos para a mãe na mesma carta. Lucas pediu a Dirce que escrevesse um bilhete ditado por Soninha, que seria entregue à mãe por meio de Glória.

Dirce não gostou muito da ideia de enviar a carta, pois temia que o pai das meninas as encontrasse.

Solange terminou de ditar a carta para Lucas, que pediu para sua secretária postá-la no correio. A jovem desejava escrever a mensagem de próprio punho, mas só havia estudado até a segunda série do ensino fundamental. Quando aprendeu a ler as primeiras palavras, o pai a tirou da escola. Solange foi obrigada a sair para vender as bolsas para os turistas junto com Sebastião.

A jovem estava ansiosa para receber a resposta da carta. Esperava que Glorinha mandasse notícias o mais rápido que pudesse. Enviaram um envelope com um selo dentro da carta para que a menina não tivesse despesas com a resposta.

Um mês se passou. Em todas as sessões com seu psiquiatra, Solange perguntava sobre a resposta da carta, e Lucas era obrigado a frustrar as expectativas de sua paciente. Glorinha não enviara uma resposta. Lucas ajudou Solange a escrever outra carta e usou o mesmo recurso para evitar despesas para Glorinha.

Vinte dias após o envio da segunda carta, a correspondência finalmente chegou ao consultório de Lucas. Estava endereçada a Solange, mas o nome do remetente não era o de Glória. Lucas achou melhor levar a carta para a paciente. Uma nova sessão aconteceria apenas na próxima semana, e ele sabia que Solange estava ansiosa.

Já era noite quando Lucas tocou a campainha da casa de Dirce. Zenaide reconheceu o amigo da patroa no visor do interfone e imediatamente abriu a porta. Em seguida, foi receber a ilustre visita.

— Quem é, Zenaide? — perguntou Solange.

— Tenho quase certeza de que é seu médico.

— Doutor Lucas! Ele deve ter novidades!

Solange passou por Zenaide e abriu a porta. A moça abriu um sorriso para Lucas e perguntou:

— A carta chegou, doutor?

— Chegou e fiz questão de trazê-la aqui. Mas o remetente não é sua amiga Glória.

— Quem escreveu essa carta?

— Você conhece Sebastião da Silva?

— É meu irmão mais velho. Ele pouco sabe escrever! Estranho...

Dirce veio receber a visita e abriu um sorriso ao ver Lucas parado no meio de sua sala.

— Querido, entre. Sente-se. Aceita um cafezinho?

— Aceito, se tiver aquele pão de queijo que só Zenaide sabe fazer. Estou faminto, pois saí do consultório e segui direto para cá. Eu sabia que Solange estava ansiosa para receber essa carta.

— Venha para a sala de jantar. Pedirei para Zenaide trazer um saboroso lanche para você, meu querido. Entregou a carta para Solange?

— Sim, ela pegou e se escondeu dentro da casa.

— Não se preocupe. Ela retornará para a sala pedindo ajuda para ler a carta. Infelizmente, ela sabe ler pouco. Pretendo matricular Solange em um colégio depois que o bebê nascer.

— Você sabe que minha paciente não suporta a ideia de criar esse filho, Dirce. Eu tenho trabalhado bastante com ela para que aceite a criança, mas devo admitir que estou tendo dificuldades com ela nesse sentido.

— Não se preocupe com isso. Se ela rejeitar o bebê, eu conheço pessoas maravilhosas que adorarão recebê-lo como filho.

Dirce estava certa. Solange não conseguiu ler a carta de Sebastião. A moça surgiu na sala de jantar e entregou a correspondência para que Dirce a lesse.

— Pode ler, patroa. Meu irmão tem a letra horrível. Não consegui compreender nada do que está escrito aí.

Dirce pegou a carta e tentou decifrar os garranchos do irmão de Solange para depois ler a carta na íntegra, sem interrupções, pois, às vezes, parava e pedia ajuda para Lucas para decifrar uma palavra ou outra. Quando conseguiu terminar de ler, Dirce ficou pálida e trêmula. Solange percebeu, e Lucas, também. A menina perguntou:

— O que está escrito aí, patroa? A senhora está pálida!

— Impressão sua, Solange. Seu irmão escreveu dizendo que está tudo bem com a família. Ele disse para as duas ficarem tranquilas que o pai aceitou a partida das filhas com naturalidade.

— O que ele disse sobre minha mãezinha?

— Que ela está bem e cheia de saudades de suas meninas. Ela manda beijos e sua bênção para as duas.

— Mamãe nos abençoou. — Solange deixou que algumas lágrimas caíssem e foi para seu quarto beijando a carta e apertando-a contra o peito, como se beijasse e abraçasse a mãe e os irmãos. Soninha ouviu a conversa e foi com ela para o quarto. A menina pulava à sua volta para pegar a carta.

— O que estava escrito naquela carta? Diga a verdade, Dirce. O que você conseguiu ler naqueles garranchos?

— Sinto muito em dizer que teremos problemas pela frente. O irmão escreveu que o pai está vindo buscar as meninas. Ele seguirá direto para seu consultório, meu amigo. O menino escreveu que o homem está furioso e quer levar as duas de volta para casa. O que vamos fazer?

— Defender as meninas! Não podemos deixá-las nas mãos daquele psicopata.

— Ele é o pai e tem o direito de levar as filhas de volta para casa.

— Por que não contou para Solange o que estava escrito na carta?

— Não tive coragem. Ela estava tão ansiosa esperando por essa carta!

— Aquele homem deve estar por perto. É melhor contar o que está realmente acontecendo para que ela fique preparada. Já imaginou se os dois se encontrarem na cidade?

— Podemos fazer isso amanhã, Lucas? Deixemos Solange e Soninha dormirem tranquilas esta noite. Tenho medo de que Solange passe mal devido ao seu estado. A pressão arterial está controlada, e não quero que ela volte a ter picos. Você sabe o quanto ela teme esse homem.

— Eu sei! E, por essa razão, penso que devemos seguir agora para a delegacia e fazer uma denúncia, ou teremos problemas mais tarde. Ele pode levar as meninas, Dirce.

— Quando chegaram à cidade, as meninas foram levadas ao juizado de menores, na rodoviária. Fui até lá e me responsabilizei por elas. O juiz me deu a guarda provisória das meninas, pois somos velhos amigos. Ele conhece meu trabalho beneficente nesta cidade.

— Penso que isso não tira o direito daquele homem de levá-las com ele. Ele é o pai e, que eu saiba, não existe queixa contra ele na justiça, então, temos que provar que ele abusou sexualmente de Solange.

— A gestação!

— E como comprovaríamos que o filho no ventre dela é filho dele?

— A medicina está tão adiantada. Deve haver algum exame que comprove a paternidade! E nossa palavra deve valer alguma coisa, Lucas! Nós somos pessoas idôneas e respeitadas nesta cidade. Falarei com um amigo que é juiz. Ele poderá nos orientar sobre como agir nesse caso. Ligarei para ele agora mesmo.

— Faça isso. Ficarei aqui saboreando esse delicioso sanduíche. Estou faminto.

— Fique à vontade, Lucas. Usarei o telefone do meu quarto. Não quero ser ouvida ou interrompida pelas meninas. Por favor, não deixe Soninha entrar lá.

Depois de meia hora, Dirce retornou para a sala de jantar. Lucas estava sentado lá esperando por ela, sozinho.

— As meninas saíram do quarto? — perguntou Dirce.

— Não. Fiquei aqui de plantão, saboreando meu sanduíche. O que ficou definido a respeito do nosso segredo?

— O juiz pediu que fôssemos à delegacia, como você sugeriu. Imaginei que conseguiria poupar Solange no fim da gestação! Pobre menina! Ela ficará tão temerosa!

— Amanhã, na primeira hora, iremos todos à delegacia para fazer a denúncia. Não quero ser pego de surpresa por aquele homem batendo em minha porta e fazendo exigências descabidas. Ele não levará minha paciente a lugar algum.

— Obrigada, Lucas. Você sempre se mostrou um grande amigo. Eu o coloco em encrencas, mas você não me decepciona e acaba entrando nas batalhas ao meu lado.

— Você não tem que me agradecer. Eu primo pelo que é justo e correto. Conheço bem o estrago que esse homem fez na mente de Solange. Não admitirei que faça o mesmo com Soninha! Estamos juntos nessa, Dirce.

Vou para minha casa. Quero descansar um pouco antes de ir à delegacia amanhã. Tente ter uma boa noite de sono. Até amanhã.

— Tomarei aquele comprimido que você me receitou. Dormirei profundamente. Preciso recuperar minhas energias, meu amigo, e não há nada melhor do que uma boa noite de sono para me deixar inteira e mais calma. Até amanhã, Lucas.

Dirce colocou Soninha na cama depois de a menina insistir muito para ficar ao lado da irmã naquela noite feliz para elas. Naquele momento, Dirce agradeceu por Solange não ser totalmente alfabetizada e não conseguir ler o que o irmão escrevera com os garranchos quase indecifráveis. Ela convenceu Soninha a ir dormir, dizendo que o urso estava triste sem a presença dela no quarto.

CAPÍTULO
15

Naquela noite, Dirce tomou um remédio para dormir e não percebeu a presença do espírito de Luís ao seu lado. Ele desejava levar sua amada para um passeio extradimensional para deixá-la mais relaxada, pois estava ciente de que um grande desafio estava prestes a começar para a esposa e as meninas. O espírito de Dirce, contudo, estava dopado, deitado a alguns centímetros acima do corpo físico, sem a menor possibilidade de ficar lúcido e compreender o passeio que Luís lhe proporcionaria.

Luís saiu dos aposentos de Dirce para ver como as meninas estavam. Ele atravessou a porta e entrou no quarto de Soninha, que, novamente, estava dormindo sobre o peito do grande urso de pelúcia. Luís percebeu que o espírito da menina havia se afastado do corpo físico e estava em algum plano habitado por espíritos. Ele imaginou que ela talvez estivesse em uma sala de aula. Antes de deixar o cômodo, Luís lançou energia positiva para o corpo físico de Soninha.

Ele, então, seguiu para a ala dos empregados, pois desejava fazer o mesmo com Solange e Zenaide. Luís entrou no quarto da cozinheira e notou que o espírito dela registrara sua presença e se assustara, despertando-a. Zenaide deu um pulo, sentou-se na cama e soltou um gritinho:

— Alma penada! Me deixe em paz, coisa ruim!

Zenaide agiu como sua crença limitada compreendia as manifestações espirituais, temendo o desconhecido. Ela ignorava o quanto os espíritos mais evoluídos poderiam colaborar para seu crescimento evolutivo e afastava de si todas as possibilidades de aprender e expandir sua mente para a existência dos espíritos. Zenaide estava em seu compromisso de aprendizado e, nesta encarnação, constava que ela deveria aprender a lidar com a espiritualidade.

A cozinheira nasceu com sensibilidade mediúnica bastante desenvolvida, contudo, negava as experiências que tivera ao longo dos seus trinta e seis anos de jornada encarnatória. Para ela, a presença de Luís era a manifestação do mal, e Zenaide associava a presença do espírito a um ser extremamente negativo, que estava ali para prejudicá-la. Infelizmente, a mulher caminhava na contramão de sua evolução. Doutor Lucas, que era um estudioso do assunto, tentou ajudá-la. O grande amigo de Luís não perdia a oportunidade de orientá-la.

Luís sorriu quando ela atirou o travesseiro para acertá-lo e, mesmo assim, lançou energias positivas que acalmaram Zenaide. Ele deixou o quarto da cozinheira e entrou no cômodo onde Solange dormia.

O espírito da jovem estava encolhido em um canto do quarto. Ela estava assustada com a notícia que recebera de seu irmão. Ao contrário da mente humana de

Solange, o espírito da jovem era alfabetizado e estava muito angustiado e temeroso com a situação que se armava à sua volta. Ela sentia verdadeiro asco do progenitor, sem perceber que seu medo e nojo exacerbados atraíam José Amâncio para perto dela. O ódio que ela sentia puxava de seu campo áurico um fio viscoso, que esticava, distanciando-se, e a outra extremidade estava ligada ao campo áurico do espírito de José Amâncio.

Luís sentiu que a vibração do quarto estava pesada e negativa. Alguns espíritos, que gostavam de brincar com a fragilidade dos encarnados, estavam presentes, aumentando a angústia que o espírito de Solange sentia. Mentalmente, ele chamou seu orientador, que o atendeu prontamente. A presença de espíritos trajados com armaduras brilhantes, que carregavam nas mãos espadas que reluziam como se as lâminas forjadas no fogo ainda ardessem pelo calor, fez todos os espíritos zombeteiros desaparecerem na penumbra do quarto e afastaram-se o mais rápido que conseguiam.

Alguns não tiveram a mesma sorte de sair pelas sombras e foram capturados e levados à presença de autoridades espirituais que cuidavam do setor da justiça. Com certeza, seus atos seriam avaliados e julgados por juízes que atuavam sob o comando do grande juiz espiritual conhecido como Miguel, o arcanjo da justiça.

Não era a primeira vez que Luís presenciava a ação da justiça e dos soldados que primavam por nesse setor. Ele esperou que todos deixassem o ambiente e agradeceu a intervenção eficaz. Depois, com a ajuda de seu orientador, que se fez presente no quarto, os dois começaram a espargir energias positivas, e um perfume agradável e suave tomou conta das narinas de Solange.

Com essa intervenção, o espírito da jovem pôde, enfim, elevar sua vibração e notar a presença positiva e iluminada de Luís. Solange levantou-se rapidamente do canto do quarto onde estava encolhida e se pôs aos pés de Luís, beijando-os incessantemente. Esse ato deixou-o extremamente constrangido, pois ele não esperava uma reação dessas da parte da jovem. Luís tentou levantá--la, mas o espírito de Solange estava tão emocionado que não o ouvia implorando para que ela parasse com aquilo. Ele não se sentia merecedor de uma expressão de gratidão tão forte.

Luís, como qualquer espírito lúcido, primava pela humildade. Afinal, ele não tinha feito nada; apenas pedira ajuda para expulsar os espíritos que ignoravam as leis que regem o universo. Luís sabia que eles se comprometiam ainda mais com o mal feito.

Luís levantou Solange e disse:

— Não mereço que beije meus pés. Não faça isso, minha irmã. Você sabe quem eu sou?

— Você é um anjo que veio me salvar!

— Não sou um anjo! Sou um amigo que ainda busca a evolução espiritual.

— Seu rosto não me é estranho. Nós nos conhecemos?

— Não nos conhecemos nesta jornada de aprendizado, mas nos conhecemos há muito tempo. Não tente recordar. As memórias foram temporariamente apagadas de sua lucidez mental. Não tente abrir os arquivos do passado, pois isso pode prejudicá-la no presente.

— Eu queria tanto saber quem é meu herói. Se nós nos conhecemos, por que não me recordo de você?

— A densidade deste planeta apaga suas lembranças, querida. Seria estranho se tivesse todas as recordações do passado ativas em sua mente. Estou aqui para orientá-la, se permitir minha intervenção. Senti sua aflição ao saber que seu algoz descobriu seu paradeiro.

— Tenho tanto medo dele! Ele prometeu que me mataria se eu fugisse! Ele deseja Sônia. O que posso fazer para protegê-la?

— Você já fez. Sônia tem a proteção e o amor de Dirce. Ela está bem amparada.

— Sou muito grata a Dirce, mas temo por essa criança que meu corpo físico gera. Não sei o que fazer para auxiliar a mente do meu corpo físico. Diga-me o que fazer com o fruto dessa violência absurda que me atingiu?

— No momento oportuno, saberá que caminho deve seguir. Fique sempre no positivo e não abra espaço para ataques de seres negativos. Use sua força. Você sabe o que fazer. O tempo de provar o que aprendeu está sendo despojado na sua frente. Faça o melhor que puder e lembre-se de que somente o amor é capaz de modificar o destino. Escolha o caminho do amor e ficará livre.

Luís desapareceu junto com seu orientador, cuja presença não foi percebida por Solange, pois ele vibrava em um nível mais alto.

Pela manhã, Zenaide despertou ainda temerosa com os fantasmas que assombravam a casa de sua patroa. Ela sempre notou a presença deles na ala social da casa, mas agora estavam ficando atrevidos, entrando na área dos empregados, e isso ela não admitiria. Zenaide decidira que pediria ajuda ao seguimento religioso no qual depositara sua crença. Ela estava caminhando pela casa, queixando-se da ousadia dos fantasmas, quando se deparou com Dirce na cozinha preparando o café da manhã.

— Bom dia, Zenaide. Eu tenho que sair. Você pode levar Soninha para a escola esta manhã? Por favor, acorde Solange e diga a ela que vamos sair daqui a pouco.

— Bom dia, patroa. Eu chamarei Solange agora mesmo. Se me perguntar onde irão, o que digo?

— Não diga; mande-a colocar um belo vestido e me acompanhar, apenas isso. Se apresse. O doutor Lucas logo estará batendo na porta.

— Quer que eu prepare o almoço para o doutor? Coloco mais um prato à mesa?

— Não sei. Hoje, está fazendo perguntas demais. Chame Solange e volte para pôr a mesa do café da manhã.

— Sim, senhora. Deseja que eu asse mais pão de queijo?

— Não precisa. Eu já os coloquei no forno.

Zenaide apressou-se em acordar Solange, ajudou a moça a colocar um vestido de gestante e correu para atender à porta da frente. Lucas realmente havia acordado cedo, pois ainda não eram seis horas e ele já estava no portão da casa de Dirce. Zenaide perguntava-se o que estava acontecendo. Dirce estava agitada e apressada como ela nunca vira antes.

Zenaide convidou Lucas para entrar e levou-o para a cozinha, onde estava a patroa.

— Bom dia, meu amigo. Que bom que foi pontual. Venha tomar um cafezinho fresquinho comigo. Teve alguma novidade essa noite?

— Não. Está tudo tranquilo. Passei na frente de meu consultório e não havia ninguém rondando por lá. Estava tudo em ordem.

— Que bom. Ainda temos tempo de nos precaver. Seria aconselhável que você contratasse um segurança para ficar de plantão naquele endereço. — Dirce parou de falar, pois Solange entrara na cozinha dando um bom-dia a todos. A jovem estranhou a presença de seu psiquiatra.

Solange foi convidada para tomar café com eles e ficou nervosa. Zenaide também estranhou. Ela queria muito ficar na cozinha para ouvir a conversa, mas Dirce ordenou que ela fosse acordar Soninha e vesti-la para despachá-la para a escola de inglês.

Contrariada, Zenaide obedeceu e tentou ser rápida em sua tarefa, mas Soninha pedia seus cuidados. Ela estava lenta devido ao sono que sentia. Quando Zenaide conseguiu voltar para a cozinha, não encontrou ninguém, pois todos já haviam saído. Ela continuou curiosa, permitindo que seus pensamentos tumultuassem sua mente ao tentar descobrir o que havia acontecido na casa pela manhã.

CAPÍTULO 16

Depois que contaram o que estava acontecendo a Solange, ela ficou pálida e teria caído se Lucas não a houvesse amparado. Dirce, por sua vez, tentou evitar que Soninha descobrisse que o pai estava indo para Governador Valadares. Ela segurou no braço de Solange e praticamente a arrastou para fora de casa, colocando-a no carro de Lucas, que estava estacionado na rua.

Apavorada, Solange suava frio, e sua cabeça acabou pendendo para o lado, no banco de trás do carro, onde ela foi colocada rapidamente antes que Dirce e Lucas tomassem assento nos bancos da frente.

Lucas ligou o carro, olhou pelo espelho retrovisor e notou que Solange havia desmaiado. Rapidamente, ele tomou o caminho contrário à delegacia e seguiu para o hospital. Dirce não percebeu o que estava acontecendo e questionou o que o amigo estava fazendo:

— Para onde está indo? A delegacia fica no lado oposto!

— Solange desmaiou. Não podemos levá-la para a delegacia nesse estado. Não se esqueça de que a pressão arterial dela se eleva com facilidade. É melhor corrermos para o hospital, pois de nada adiantará registrar o boletim de ocorrência se ela e a criança não estiverem entre nós.

— Pobre Solange! Tão jovem e já enfrentando o horror da violência sexual e agora ameaças contra sua vida e de sua irmãzinha, que ela tenta proteger. Eu me sinto pequena diante da força dessa menina. A vida foi suave comigo, se compararmos com o que ela sofreu.

— O que você não percebeu é que a vida não joga para perder. Creio que todo esse sofrimento faça parte do aprendizado de Solange. Não sabemos o que ela veio buscar nesta experiência terrena. Nós não reencarnamos sem objetivos, Dirce. Não existe um ser humano reencarnado que esteja aqui de férias.

— Não creio que exista um local para os espíritos ficarem à toa se refestelando em férias eternas. Não acredito nisso. Com o pouco conhecimento que tenho do assunto, imagino que não possa existir tal lugar ou todos nós buscaríamos a morte — disse Dirce.

— Você sempre deixando para outro dia para estudar a espiritualidade. Sabia que existem vários livros que abordam o assunto, Dirce? Luís era um grande conhecedor do tema. Eu não a convidarei mais para fazer parte do grupo de estudos que frequento e do qual Luís também fazia parte.

— Quem sabe, um dia, eu conseguirei entrar nesse grupo de estudos espirituais. Ando sentindo a presença de Luís antes de pegar no sono. Não sei o que está acontecendo comigo.

Eles chegaram ao hospital, e Lucas entrou pedindo uma maca para Solange. A equipe de enfermagem apressou-se para atender à emergência, e, quando a enfermeira aferiu a pressão arterial da jovem, mobilizou imediatamente uma equipe médica para o caso da gestante. Pouco depois, o obstetra e a equipe de UTI neonatal chegaram.

Toda aquela movimentação deixou Dirce agoniada, que percebeu que o caso era muito sério. Solange foi levada para a sala de parto, e Dirce tentou protestar dizendo que a gestação estava entrando no oitavo mês. Lucas teve de intervir para que ela soltasse a maca e deixasse os médicos tomarem as providências cabíveis para salvar mãe e filho.

— Dirce, Solange ficará bem! Não entre em desespero, pois equilíbrio e lucidez são fundamentais nesses momentos.

— Desculpe, é que pareceu tão precipitado fazer o parto no início do oitavo mês de gestação. Queria apenas que eles encontrassem outra solução que não o parto prematuro. Você sabe que a criança ainda não está totalmente pronta.

— Todos os pedacinhos desse pequeno ser já estão lá, Dirce. Solange me mostrou a última ultrassonografia, e, pelo laudo, a formação da criança está normal. Fique tranquila! Tenho certeza de que os dois ficarão bem.

— Estou tão nervosa... não esperava por isso! Queria fazer a denúncia e voltar para casa tranquila. Pretendo contratar um segurança para minha casa. Preciso proteger Soninha desse pai desmiolado! Já imaginou se ele encontrar a menina?

— Não vamos pensar no pior. Esse homem precisa de tratamento psiquiátrico. Depois que o bebê nascer, iremos até a delegacia e faremos a denúncia. Confie na eficiência de nossas leis para afastá-lo das meninas.

Dirce e Lucas foram encaminhados para a sala de espera do hospital. Dirce não conseguia ficar sentada e tranquila como o amigo, que tentava ler uma matéria em uma revista velha que estava sobre uma mesinha no centro da sala.

Nesse momento de impaciência de Dirce, Valter entrou na sala. O cabeleireiro abraçou-a dizendo:

— Você não se esqueceu de que estou na fila para adotar essa criança.

— Como soube que o parto está ocorrendo neste momento?

— Ora, querida! Nesta cidade, todos se conhecem. Eu estava abrindo meu salão, quando uma de minhas clientes disse que a viu junto com o doutor Lucas entrando na maternidade com Solange em uma maca. Como ela está? O bebê já nasceu? Quero tanto vê-lo.

— Valter, não seja abusado! Não percebeu que estou aflita? O parto é prematuro... Solange e o bebê estão correndo risco de morte. Volte para o salão. Não prometi nada. Solange não decidiu ainda se deseja ou não entregar o filho para a adoção.

— Desculpe por me antecipar. É que já amo essa criança como se fosse minha. Todas as vezes em que a mocinha esteve em meu salão, ela permitiu que eu acariciasse seu ventre. Tenho muito amor para dar a essa criança! Não se esqueça do meu amor, Dirce.

— Por favor, senhor. Dirce pediu para você sair. Se não o fizer agora, eu o colocarei para fora com meus punhos.

— Acalme-se, doutor! Estou saindo! Sei quando estou sendo inconveniente. Dirce, estarei lá embaixo

128

esperando por notícias. Por favor, peça a uma enfermeira para me avisar quando o parto terminar.

— Saia daqui, Valter! Você conseguiu deixar Lucas nervoso com sua ousadia.

Valter saiu da sala depois que Lucas ameaçou partir para cima dele com os punhos fechados.

— O que foi isso, Lucas? Você perdeu seu equilíbrio e sua lucidez?

— Às vezes, é preciso ser um troglodita para assustar pessoas inconvenientes. Não usaria os punhos contra ele. Você teria coragem de entregar uma criança a ele?

— Não! Francamente, Valter perdeu minha confiança hoje. Estou desapontada com ele. Valter ainda é muito jovem e tenho certeza de que terá tudo o que desejar, inclusive o filho. Solange talvez cogitasse de alguma forma entregar a criança para ele criar. Eu disse a ela que a decisão final seria dela.

— Imagino que ela tenha dado a ele muita esperança nesse sentido ou não há como explicar o atrevimento desse rapaz.

— Vocês não conversaram sobre esse assunto nas sessões que tiveram em seu consultório?

— Conversamos, mas, assim como você, eu também não opinei sobre o que ela deveria ou não fazer. A decisão cabe somente a ela.

— Penso da mesma forma. Acredito que ela não tenha chegado ainda a tomar uma decisão final. Ainda restava mais um tempo de gestação para ela pensar.

— Tem mais alguém esperando na fila para adotar essa criança?

— A notícia se espalhou como uma bomba na cidade. Algumas amigas minhas deram a entender que adorariam ser as escolhidas de Solange. Mas por que perguntou?

— Estou vendo um movimento estranho no corredor do hospital. Notei que metade das pessoas desta cidade passou por aquela porta em um vaivém frenético.

— Será que isso está acontecendo? Não pode ser verdade!

— Veja você mesma. Sente-se um pouco aqui, onde estou, e tire suas próprias conclusões.

Dirce sentou-se e observou que as amigas passavam diante da sala de espera na maternidade anexa ao pronto-socorro, olhando atentamente para dentro. Dirce viu a dona da loja onde costumava fazer compras no *shopping*; a vendedora de flores do quiosque da praça central; algumas professoras do colégio particular em que Sônia estudava; e alguns amigos de Zenaide, como o filho do açougueiro, a esposa do padeiro e a mulher da quitanda, onde a cozinheira realizava as compras da casa.

— Você tem razão. O que está acontecendo no corredor deste hospital? Será que temos alguma epidemia na cidade e não sabemos?

— Melhor falar com elas antes que a direção do hospital nos notifique, desaprovando o frenesi no corredor.

Dirce foi até a porta da sala, e todas as pessoas que esperavam ansiosamente por notícias se aproximaram dela. Alguns perguntaram por Solange e outras não sabiam o nome da gestante de quem desejavam adotar o filho. Dirce contou o que estava acontecendo e pediu que todos voltassem para seus afazeres e orassem para que tudo corresse bem no parto. Ela explicou que a parturiente estava sofrendo de eclampsia.

Ouve uma comoção entre as pessoas do grupo, e todos se foram disfarçando a ansiedade que sentiam. Dirce retornou para a sala de espera, sentou-se ao lado de Lucas e disse:

— Que loucura foi essa? Não esperava que essas pessoas desejassem tanto criar uma criança.

— Há muitas mulheres que não conseguem ser mães e frustram o sonho bonito de criar um ser humano com valores e éticas.

— Eu também passei por isso! Tentei ser mãe por muitos anos e me submeti a muitos tratamentos para engravidar. Acabei desistindo depois de ter quatro filhos natimortos. Então, Luís e eu encontramos Beatriz. Ela é uma bênção em minha vida. Eu sou abençoada! Agora Soninha entrou em minha vida, e ela também precisa do meu amor.

— E você tem a Solange. Ela é uma jovem que precisa de proteção e carinho. Quem sabe você não a ajudará a criar a criança que está chegando?

— Eu estou pronta para tudo! Solange decidirá o que for melhor para si. Eu ofereci minha proteção a ela e ao filho. Meu Deus! Esse parto não tem fim! Estou ficando mais preocupada.

As horas passavam, e ninguém aparecia para dar notícias na sala de espera.

CAPÍTULO
17

Na sala de parto, a vida de Solange estava por um fio. A jovem fora submetida a uma cesariana de alto risco. Os batimentos cardíacos estavam acelerados, e havia o perigo de Solange sofrer um aneurisma cerebral. Luís acompanhava o parto e ficou preocupado, pois, pela experiência que adquirira nos estudos, sabia que o fio que ligava o espírito de Solange ao corpo físico estava prestes a romper. Ele pediu ajuda de seu superior, e, imediatamente, a sala ficou repleta de espíritos. Uma equipe de médicos e enfermeiros cuidava de Solange e do bebê.

O médico do astral induziu a mente do obstetra para que ele mandasse chamar com urgência um neurologista para ajudá-lo. O quadro ficou ainda mais crítico. Rapidamente, decidiram pôr Solange em coma induzido para diminuir o risco de um acidente vascular, e, por fim, o bebê foi tirado com sucesso do útero da mãe.

O pediatra estava presente e constatou que a criança nascera com uma fissura labiopalatal, conhecida popularmente como lábio leporino. Uma abertura no lábio superior e a ausência do céu da boca. Era uma criança

132

prematura, que lutava para viver. O pequenino ser estava com dificuldade para respirar. Ele pesava oitocentos gramas e media vinte e dois centímetros. O bebê foi entubado e levado para a UTI neonatal. Solange não chegou a vê-lo.

O espírito da jovem estava na sala observando todos os movimentos dos médicos e enfermeiros. Após a retirada de seu filho da sala, Solange notou a equipe de espíritos que estava presente. Acompanhando o grupo espiritual, um rapaz estava ligado ao minúsculo corpo do seu filho por meio de um fio prata. Ela sentiu algo estranho e teve a nítida impressão de que o conhecia, mas não se recordava de onde. Uma profunda ternura brotou nela.

Uma enfermeira da equipe espiritual aproximou-se de Solange, segurou sua mão e, por meio de telepatia, perguntou:

"Você o reconheceu? Prometeu recebê-lo com amor e educá-lo com mais rigor desta vez."

"Desta vez?!!!"

"O passado está temporariamente em segredo no seu consciente. Não tente forçar sua mente ou será tomada por duras recordações. Não será agradável que essas lembranças venham à tona. Aproveite a chance e faça seu melhor desta vez. Peço-lhe que não vire as costas para ele. Fique por perto."

"Não posso educá-lo! Não tenho nada para oferecer a ele."

"Você tem tudo para oferecer a ele. Ofereça seu amor e sua proteção. Seja uma boa mãe desta vez. Você terá ajuda."

"Eu fui a mãe dele em outra experiência terrena?"

"Faça o seu melhor e não procure descobrir por que a presença dele mexeu com seus sentimentos mais profundos."

"Não sei se poderei cumprir o que me pede. A presença dele me trará recordações de como ele foi gerado e..."

"Quem sabe o amor materno não modifique esse sentimento ríspido e carregado de amargura? Afinal, Peter não é culpado pela estupidez do progenitor. Cuide bem dele."

"Peter?! Esse nome não me soa estranho!"

"Você tem informações suficientes para saber que essa maternidade estava entre os compromissos que você ajudou a programar antes de reencarnar. Somente o amor constrói pontes onde há abismo."

A equipe espiritual partiu, deixando o espírito de Solange pensativo. Ela desejava recordar-se de onde conhecia aquele jovem e perguntava-se por que não notara a presença dele antes. Ela viu o fio cor de prata partir de seu útero e desaparecer no espaço e questionou-se por que não trouxeram o espírito de seu filho antes do parto. Muitos questionamentos tumultuavam a mente de Solange.

Entre os seus devaneios, Solange decidiu que precisava olhar novamente para o jovem Peter. Ela tinha esperança de que recordaria de onde o conhecia. A jovem tentou sair da sala de parto, mas, naquele momento, seu corpo físico despertou abruptamente do coma induzido e seu espírito foi puxado para o corpo. Ela sentiu um forte atordoamento mental, e a lucidez de seu espírito desapareceu. Solange, então, ficou tentando colaborar para a melhora de seu estado de saúde física e mental.

Na sala de espera, Dirce recebeu a notícia de que Solange estava correndo risco de morte. Ela olhou para Lucas, buscando ouvir uma palavra amiga. Ele percebeu que Dirce precisava de um abraço naquele momento e a abraçou demoradamente. Quando sentiu que a amiga ficara mais calma, soltou-a, e ela disse para a enfermeira:

— Cuidem dela. Façam o melhor que puderem por Solange. Não quero ter que ligar para Beatriz, minha filha, e dizer que sua protegida se foi.

— A paciente está sob os cuidados do neurologista neste momento. A criança foi levada para a UTI neonatal. Se quiserem, podem vê-la.

Dirce e Lucas seguiram a enfermeira até a UTI e procuraram entre os pequenos berços um menino que tivesse os traços de Solange. Havia outras crianças prematuras, e Dirce não soube dizer qual deles era o filho da jovem. A enfermeira empurrou o carrinho do berço até um ponto próximo à porta, e Dirce e Lucas puderam olhar para a criaturazinha que se mexia dentro do bercinho de vidro. Ela perguntou:

— Machucaram o lábio superior dele durante o parto? Que ferimento é esse?

— A cesariana foi um sucesso! Essa pequena deformidade é chamada de fissura labiopalatal ou lábio leporino, popularmente falando. Um bom cirurgião plástico deixará o rosto dele perfeito.

— É verdade, Dirce. Isso é fácil de ajeitar. O que não gosto é o fato de ele estar entubado. Foi realmente necessário colocar esse tubo na garganta dele?

— Infelizmente, sim. Eu chamarei o pediatra responsável para conversar com vocês.

A enfermeira afastou-se, e Dirce comentou:

— Ele é tão bonitinho! Tão frágil! Quero muito protegê-lo. Seria bom tê-lo correndo em minha casa... E me chamando de vovó.

— Dirce, você tem um grande coração. Podemos tentar convencer Solange a ficar com ele. Sinto que esse menino tem muito para nos ensinar.

O pediatra chegou e explicou o quadro clínico da criança. Dirce aproveitou para pedir um exame de sangue que comprovasse que a criança era fruto de incesto paterno.

O pediatra ficou chocado com o que Dirce contou e fez questão de dizer:

— Se precisarem, contem comigo. Darei meu depoimento na delegacia.

— Obrigada, doutor. Podemos ver como Solange está?

— A enfermeira tem mais informações sobre a mãe. Creio que, em breve, o bebê será extubado. As primeiras vinte e quarto horas são decisivas. Esse pequeno é valente! Ele luta bravamente pela vida.

Dirce e Lucas foram levados até a sala de pós-parto e lá estava Solange ainda atordoada pela anestesia. O médico explicou que a pressão arterial da jovem ainda estava desregulada e que a paciente corria certo risco.

Dirce acariciou os cabelos de Solange e depositou um beijo suave em sua testa. Ela disse:

— Você não está sozinha! Estou aqui para tudo o que precisar. Não tenha medo. Nós vamos formalizar a queixa na delegacia.

Solange tentou sorrir, mas uma lágrima brotou de seus olhos. Lucas também acariciou a cabeça de sua paciente e disse:

— Você é uma moça forte e inteligente. Confie em Dirce. Eu estarei sempre do seu lado. Fique bem, pois seu filho luta bravamente pela vida. Ele é um menino frágil e pede por seu amor. Sei que não posso lhe pedir que fique com ele, mas posso aconselhá-la e tenho certeza de que seu coração materno estará em paz, se permitir que ele faça parte de sua vida. Pense no assunto e não decida nada precipitadamente. Pegue-o no colo, sinta a energia dele.

Eles foram convidados a deixar a sala, pois Solange necessitava de descanso.

O resultado do exame de sangue ficou pronto, e Dirce saiu do hospital com o laudo que comprovava que o crime fora cometido pelo pai de Solange.

Lucas acompanhou-a até delegacia, e a denúncia foi feita. Depois, ele deixou Dirce em casa e dirigiu-se ao seu consultório. Chegando lá, ainda na rua, Lucas notou que havia um homem encostado na parede do prédio próximo à porta de entrada. O homem parecia esperar por alguém. O psiquiatra não gostou da aparência suspeita do sujeito ali parado e pensou em chamar a polícia, mas o que alegaria? Estacionou o carro em uma vaga em frente à clínica e abriu a porta. Quando Lucas passou do lado do homem, ele agarrou seu braço e perguntou:

— Onde estão minhas filhas?

— Eu não conheço o senhor! Solte meu braço!

— Quero saber onde escondeu Solange e a pequena Sônia. Sou o pai delas e tenho o direito de levar as duas de volta para Fortaleza!

— Não sei do que você está falando! Me deixe em paz.

— Escute aqui, seu safado, você não tem o direito de ficar com as meninas! Eu conheço bem o seu tipo! Você se faz de santo, mas quer explorar as crianças! Fique sabendo que elas são minhas!

Alguns transeuntes pararam para assistir ao escândalo na calçada. José Amâncio puxava Lucas pelo braço até o meio da calçada e estava pronto para desferir um soco, quando amigos de Lucas do comércio local impediram que o psiquiatra sofresse a agressão. José Amâncio foi contido por dois homens fortes e teria apanhado deles se Lucas não houvesse intervindo, pois ele não acreditava que a violência poderia resolver os conflitos. Ele pediu para soltarem seu agressor e disse com firmeza:

— Se voltar a me perturbar, chamarei a polícia.

José Amâncio assustou-se quando ouviu a palavra polícia, então, se afastou prometendo voltar.

Lucas entrou em seu consultório e ligou para Dirce.

— Prepare-se, Dirce. O homem é violento e quer levar as filhas de volta para Fortaleza.

— Ele o agrediu?

— Os seguranças de algumas lojas aqui por perto não deixaram. Amigos vieram ao meu socorro. Prepare-se, pois essa tempestade está apenas no início.

— Desculpe-me por ter colocado você nessa confusão, meu amigo. Eu sinto muito.

— Não sinta, Dirce. Eu entrei nesta briga para vencer. Não poderia ficar passivo diante desse absurdo que ocorre em muitos lares brasileiros. Não ficarei calado. Tive uma ideia. Eu fui convidado para falar em um programa de televisão local e abordarei esse caso. Se for preciso, eu tirarei uma fotografia desse ser desprezível e mostrarei na TV. Quero ver se ele sairá dessa.

— Você está nervoso! Não está pensando com clareza. Isso prejudicaria as meninas também. Não quero expô-las dessa forma. Por favor, não faça isso.

— Eu estou nervoso! Desculpe-me. Farei uma meditação para voltar ao meu equilíbrio. Depois nos falamos. Por enquanto, vocês estão seguras. Ele não tem seu endereço.

Lucas desligou e tentou acalmar-se.

CAPÍTULO 18

Voltando um pouco no tempo.

Quando Glorinha recebeu a carta de Solange, a moça, após fazer uma rápida leitura do conteúdo, apressou-se em levar a correspondência para Maria do Socorro, pois sabia que a mulher estava ansiosa para ter notícias das filhas, afinal, havia muitos meses que não sabia como as meninas estavam. Sua intuição materna, contudo, dizia que as filhas estavam bem, e essa certeza a acalmava.

Maria do Socorro levou várias surras de José Amâncio com o fio do ferro para dizer onde as filhas estavam, pois ele não se conformava em ficar distante delas. Principalmente de Solange, que já considerava sua mulher.

Maria do Socorro apanhava calada, mas nunca revelou o paradeiro das filhas. E estava aliviada por Solange ter se libertado do assédio do pai. Ela descobriu o que acontecia com a filha em uma noite que o vento soprou mais forte, e o pano, que separava uma cama da outra, deixou transparecer o que ocorria na cama ao lado da sua. Maria do Socorro ouvia baixinho os soluços abafados de Solange com o corpo do pai sobre o dela. No início, ficou indignada e teve o ímpeto de abrir a cortina e acabar com aquela pouca-vergonha. Chegou a puxar parte da cortina, no entanto, parou abruptamente quando notou o brilho de uma lâmina pronta para ser cravada no pescoço da filha.

Assustada, Maria do Socorro pôs a cortina no lugar e, novamente, abriu a divisória com cuidado para não ser notada pelos dois. Assim, pôde, enfim, ter a certeza de que era o brilho de uma faca que ela viu reluzir no pescoço da filha. Depois disso, Maria não conseguiu mais dormir e chorou em desespero pelo resto da noite, tendo o cuidado de não deixar que sua dor e sua impotência ecoassem pelo quarto diante de tanta covardia da parte do marido.

Quando José Amâncio retornou para se deitar ao seu lado, Maria fingiu que estava dormindo. Pela manhã, seus olhos estavam inchados de tanto chorar. Ela olhou para Solange, que também trazia o mesmo inchaço nos olhos, e ficou ainda mais penalizada quando observou que havia um corte no pescoço da filha e que estava sujo de sangue. A jovem vestia uma camiseta clara e uma parte da gola estava manchada de vermelho. Solange comeu um pedaço do cuscuz, pegou as bolsas e puxou Sônia pela mão para acompanhá-la até a praia para vender a mercadoria.

O que Maria do Socorro não percebia era que Solange fazia questão de levar a irmãzinha consigo para não deixá-la em casa e para que o pai não tomasse a mesma liberdade que tomara com ela.

Naquela tarde, Maria do Socorro e Matias apanharam. Sebastião não estava em casa, quando José Amâncio entrou bêbado e violento. Maria do Socorro tentou proteger o filho das pancadas do fio do ferro que estalava em suas cotas, mas José Amâncio possuía ótima mira e acertava onde desejava com aquele maldito fio.

As estaladas do fio pararam quando Glorinha bateu palmas na frente do portão. José Amâncio ouviu e escondeu-se, levando Matias para o banheiro junto com ele e dizendo:

— Não diga a Sebastião que estou aqui ou matarei Matias.

Maria do Socorro estava nervosa, mas tentou disfarçar, fingindo para Glorinha que tudo estava bem ali. A moça, contudo, sentiu no ar o peso da negatividade do ambiente e perguntou:

— Está tudo bem, Maria? Você está trêmula e pálida!

— Estou bem, sim. Só estou trabalhando bastante, como sempre.

— Que bom que seu sogro resolveu ajudar e continuar mandando as sobras do couro para fazer as bolsas. Não sei o que seria de vocês se perdesse esse trabalho. Mas não foi para falar de trabalho que bati na sua porta. Olhe o que tenho em minhas mãos.

Glorinha mostrou a carta de Solange, e Maria do Socorro emocionou-se ao saber que haviam chegado notícias das filhas. Ela, no entanto, disfarçou dizendo:

— Muito bonito esse tecido florido que tem nas mãos. Dará um belo vestido, Glorinha. — Maria do Socorro piscou para Glorinha, que rapidamente compreendeu o nervosismo da mulher.

Glorinha guardou rapidamente a carta no bolso de sua calça e despediu-se dizendo:

— Amanhã, eu voltarei com o modelo do vestido para a senhora cortar o tecido. Antes, preciso mostrar para minha mãe o corte que acabei de comprar. Até amanhã.

Glorinha voltou para casa em disparada, mas era tarde demais. José Amâncio espiara por uma fresta da porta e viu a carta que a jovem mostrara.

Naquele fim de tarde, quando o sol se pôs no horizonte, José Amâncio entrou na casa de Glorinha pulando a janela, revirou o quarto da jovem e encontrou a carta. Depois, fugiu pulando a janela novamente. Glorinha estava na cozinha terminando de preparar o jantar, e os irmãos da jovem jogavam bola no quintal. Um deles viu um vulto saindo da casa pela janela e gritou para Glorinha, mas a moça não chegou a tempo de ver José Amâncio correndo em direção ao portão, que ele pulara com facilidade.

Todos ficaram assustados, pois não era comum ocorrer assaltos por ali. Tratava-se de um bairro muito pobre de Fortaleza, e não havia nada para ser roubado naquela comunidade. Glorinha e os irmãos entraram na casa e encontraram o quarto da moça completamente revirado. As roupas da jovem estavam espalhadas por toda parte. Ela avistou o baú, onde havia guardado a carta, jogado no chão próximo à janela. Procurou pela correspondência, mas não a encontrou.

Imediatamente, Glorinha foi até o portão. Ela pensou em seguir para a casa de Maria do Socorro, mas viu que o pequeno Matias estava entre os meninos que jogavam bola na frente de sua casa. Ela chamou-o, e ele foi mancando. O corpo do garotinho tinha hematomas por toda parte. Glorinha penalizou-se com o estado de Matias, que, apesar das marcas, jogava bola com os amigos na rua.

— Matias, diga para sua mãe que a carta de Solange desapareceu e que preciso conversar com ela com urgência.

— Pode ir até lá, Glorinha. Meu pai não entrou em casa. Quando Sebastião está lá, ele fica longe. Meu pai não tem coragem de bater no meu irmão. Sebastião cresceu, ele completou dezesseis anos e sabe se defender agora. Quando eu crescer um pouco mais, também saberei me defender dele.

Glorinha condoeu-se das palavras de Matias. Ela desejava protegê-lo, mas não sabia como fazer. A jovem passou a mão nos cabelos do menino e disse:

— Se precisar se esconder de seu pai, corra para minha casa. Aqui ele não entra.

— Entra sim! Ele acabou de sair daí com um papel na mão. Você não viu? Não falou com ele? Achei estranho ele pular o portão e correr rua abaixo.

— Eu não o vi! Ele deve ter falado com minha mãe, pois eu estava na cozinha preparando o jantar.

— Sua mãe vem chegando ali. Ela está subindo a rua. Que coisa estranha! O que meu pai queria em sua casa? Que papel era aquele que ele pegou?

— Infelizmente, deve ser a carta que Solange me enviou! O que faço agora?! Ele tem o endereço das meninas! Não tenho como avisar que elas correm perigo!

— Correm perigo mesmo! Meu pai, com certeza, irá atrás delas. Nem quero ver a surra que as duas levarão quando voltarem para casa debaixo do fio do ferro. Coitadas!

— Não vamos pensar no pior, Matias. Volte para sua brincadeira. Eu irei para sua casa mais tarde para conversar com sua mãe. Preciso terminar de preparar o jantar antes que minha mãe entre e descubra que não está pronto.

Glorinha apressou-se em terminar de preparar a refeição, e, depois que a família terminou de comer, a mãe seguiu até a rua para ficar conversando com as vizinhas sobre tudo o que se passava na vizinhança. Glorinha, então, pôde seguir para a casa de Maria do Socorro e ficou aliviada quando encontrou Sebastião. Desta forma, pôde ter a certeza de que não encontraria com José Amâncio.

Sebastião cumprimentou Glorinha com um sorriso terno e apaixonado e convidou a moça para entrar. Seu coração estava saltando dentro do peito.

— Entre, Glorinha. Que surpresa boa a sua visita! Minha mãe está lá no fundo terminando uma bolsa que uma cliente encomendou essa manhã na praia.

— Tudo bem, Sebastião? Venha comigo. Preciso de sua ajuda para resolver um problema, pois não trago boas notícias.

Diante de Maria do Socorro e Sebastião, Glorinha contou o que havia acontecido com a carta de Solange e terminou dizendo:

— Não tenho o endereço delas! Não sei como avisaremos a Solange que José Amâncio sabe onde ela está.

Maria do Socorro ficou triste por não ter notícias das filhas e pelo perigo que estavam correndo. Ela tinha certeza de que, assim que conseguisse o dinheiro para pagar a passagem, o marido seguiria para o endereço que estava na carta.

Glorinha recordou-se do conteúdo da carta e contou para Maria e Sebastião o que estava escrito. Nesse momento, a moça recordou:

— Esperem um pouco... Lembro que, quando recebi a primeira carta de Solange, anotei o endereço no meu diário. Não disse nada para vocês sobre a carta, pois não tive tempo de ler... Minha mãe rasgou dizendo que não queria que eu tivesse contato com uma perdida. Eu uni os pedacinhos do envelope e anotei o endereço. Queria escrever imediatamente para Solange, mas minha mãe não deixou que eu escrevesse a carta para minha amiga. Temos como entrar em contato com elas! Eu havia esquecido. Anotei o endereço no cantinho de cima do meu caderno. Hoje, quando o carteiro passou, eu estava em casa e recebi a correspondência. Eu me apressei para entregar a carta, pois tinha a intenção de deixá-la com você, Maria, mas, quando cheguei aqui, percebi que havia algo errado.

— O que houve de errado em nossa casa, mãe? Não me diga que aquele safado esteve aqui e bateu em você e em Matias novamente!

— Ele esteve, sim. Matias está todo marcado e com hematomas nas costas — disse Glorinha, que ignorou o olhar assustado de Maria. A mulher não desejava que Sebastião descobrisse que o pai voltava para casa às vezes e usava de violência contra ela e Matias. Maria do Socorro temia que Sebastião cumprisse o que havia prometido no dia em que colocou o pai para fora de casa à força. Ele jurou que da próxima vez mataria José Amâncio com as próprias mãos! Esse fato ocorrera havia dois meses. Foi em um entardecer, quando Sebastião, que sempre temeu o pai, chegou do trabalho e notou que no minúsculo banheiro havia diversas gotas de sangue por toda parte. O rapaz ficou furioso e saiu do banheiro para procurar a mãe. Maria do Socorro estava encolhida em um canto do quintal abraçada a Matias, que, nesse dia, não havia acompanhado o irmão na venda das bolsas, pois havia acordado indisposto. Diante das lágrimas da mãe e do olhar de pânico de Matias, Sebastião enfureceu--se a tal ponto que sua força física redobrou. Sem olhar o que havia em sua frente, o rapaz foi ao encontro do pai, que estava descansando tranquilo sobre a cama. Sebastião partiu para cima de José Amâncio e lhe deu um violento soco no rosto. O homem não teve tempo para sacar sua faca ou apanhar o fio do ferro que estava preso ao cinto de sua calça. Sebastião, em um momento de fúria, carregou o pai para a frente da casa e lá usou o fio do ferro, que ele conseguira tirar do cinto do pai, para estalar no corpo de José Amâncio. Toda a vizinhança se reuniu na frente da casa para assistir ao espetáculo violento.

Alguns gritavam para Sebastião parar, outros, contudo, pediam mais chibatadas. Foi preciso que Maria do Socorro interferisse chamando Sebastião à razão. Devido à sua crença religiosa, para ela era inaceitável um filho ser violento com o pai.

Sebastião ouviu a mãe gritar que era pecado o que ele estava fazendo. Assim, o rapaz jogou o fio do ferro longe e pegou o pai pelo colarinho da camisa, já poída pelo tempo de uso, e o lançou portão afora, prometendo matá--lo se ele retornasse para casa.

José Amâncio ficou assustado e ferido demais para reagir e notou que o filho, de repente, se tornara um homem forte. O homem perguntava-se de onde surgira toda aquela força no rapaz franzino.

Passados quinze dias, José Amâncio retornou para casa em um horário que ele sabia que não encontraria o filho.

Ele desejava pegar o dinheiro que Maria do Socorro juntava das vendas das bolsas. E, assim, ele continuava estalando o fio do ferro de passar roupas, que resgatara do meio-fio quando foi expulso de casa por Sebastião. Mas, desta vez, procurava acertar a esposa e, às vezes, o filho mais novo nas costas, onde as marcas não ficavam aparentes. Por essa razão, Sebastião não notava que o pai continuava retornando para casa e usando de violência contra sua mãe e seu irmão.

— Ele esteve aqui, mãe? Por que não me disse nada? Eu vou matar aquele covarde miserável! Como ele ainda se atreve a entrar nesta casa e bater em vocês?! Mãe, a senhora não percebe que ele pode matar o Matias?! O menino é fraquinho, e a senhora também é. Vou acabar com aquele miserável! Covarde!

— Não, Sebastião. Um filho não pode se voltar contra o pai! É pecado! Está escrito na Bíblia. Não cometa um pecado desses, meu filho.

— Pecado é ficar parado, vendo aquele maldito matar minha mãe e meu irmãozinho!

— Sebastião tem razão, Maria. Essa situação não pode continuar. Já basta o que ele fez com Solange!

— Calada, Glorinha! — disse Maria do Socorro.

— Vocês devem estar brincando! Isso não pode ser verdade! Ele abusou de Soninha também?

— Acalme-se, Sebastião. Solange fugiu e levou Soninha. Ela sabia que a irmã seria a próxima a ser violentada pelo pai — e ela continuou: — Ele não tocou em Soninha; apenas em Solange. Pobre coitada... Minha amiga sofria muito com as ameaças que seu pai fazia para ela. Ele jurava que mataria toda a família e violentaria

Soninha. Solange estava desesperada! Penso que foi intervenção divina, quando uma turista percebeu o que estava acontecendo com ela e a convidou para ser empregada doméstica em Minas Gerais. Ela só aceitou quando a moça e a patroa concordaram em aceitar que Solange levasse Soninha junto.

— Vou acabar com aquele maldito!

— Não, meu filho! Não estrague sua vida com esse porco. Eu preciso de você aqui comigo para me ajudar a criar seu irmão. Não tenho saúde para viver muito tempo! Não quero que seja preso. Se acalme, filho.

— Sua mãe tem razão, Sebastião. Eu também não desejo vê-lo na cadeia. A violência não resolve nada. Vamos ter calma. Solange e Soninha estão seguras. Eu escreverei uma carta avisando às meninas que o José Amâncio descobriu o paradeiro delas. Cuide de sua família, Sebastião. Matias precisa de sua proteção. Ele está sendo um saco de pancadas e não resistirá a essa covardia por muito tempo. Eu temo que ele possa ser o próximo a ser violentado. Não deixe isso acontecer. Agora tenho que voltar para casa. Minha mãe não pode saber que saí e deixei os meninos sozinhos.

— Glorinha, eu mesmo escreverei para Lange. Traga o endereço dela, por favor.

Glorinha se foi, e Sebastião abraçou a mãe. Os dois choraram juntos. Matias entrou em casa e também se emocionou ao ver os dois chorando. O menino chorou junto com eles.

CAPÍTULO 19

Nos dias que se seguiram, Sebastião ficou atento aos passos do pai. O rapaz perseguiu José Amâncio por três dias, sem que ele notasse, pois estava enfurecido com o pai por sua covardia. Ele deixou de vender as bolsas para os turistas na praia, pois sua vontade era pegar José Amâncio desprevenido e dar-lhe uma grande surra para que nunca mais ousasse estuprar e espancar quem quer que fosse.

Nesses três dias de perseguição, Sebastião acabou descobrindo que José Amâncio tinha uma amante no bairro vizinho. Ele viu a jovem senhora que o recebia como esposo e trazia nos braços uma linda menina. Especulando com a vizinhança, Sebastião descobriu que a garotinha era filha do casal e ficou penalizado ao saber que ela corria perigo e que ele nada podia fazer para ajudá-la.

José Amâncio não notou a presença de Sebastião. Após o terceiro dia, o homem voltou para a casa de Maria do Socorro. Ele estava embriagado e entrou chutando a porta, pronto para bater na esposa e no franzino Matias. José Amâncio tirou o fio do ferro que levava pendurado em sua cintura e começou a bater nas paredes até chegar aos fundos da casa, onde Maria costurava debruçada sobre a máquina de costura. Ele soltou o fio com toda a sua força e fúria nas costas da esposa, que estava distraída trabalhando e não percebeu que José Amâncio havia entrado na casa.

Maria do Socorro gemeu de dor. Ela tentou se levantar, mas era tarde demais. O marido soltou outra chibatada em suas costas. Matias estava na cozinha lavando a louça para ajudar a mãe com os afazeres de casa e tentou segurar o braço do pai para dar tempo à mãe de se levantar e tentar se esconder, e foi nesse momento que José Amâncio se virou contra o filho e soltou várias chibatadas com aquele fio grosso. Maria do Socorro levantou-se o mais rápido que conseguiu e tentou fazer o marido parar de bater em Matias. O menino estava esticado no chão, e José Amâncio não parava de bater nele.

Mesmo sentindo muita dor, Matias tentou correr. No momento em que ele se inclinou e levantou a cabeça, José Amâncio soltou tamanha chicotada que acertou em cheio a cabeça do menino. Matias caiu desmaiado, e Maria do Socorro gritou, pedindo ajuda e dizendo que o filho estava morto. Os vizinhos, contudo, sabiam que, se entrassem para socorrer alguém daquela família, também seriam alvo da fúria de José Amâncio.

Sebastião estava a poucos metros da casa. Ele vinha subindo a rua e parara para conversar com Glorinha na frente da casa da moça. Como ficara conversando com ela, o rapaz não percebeu que o pai deixara o bar do Norberto e entrara em casa, Glorinha também não notou que José Amâncio havia saído do bar. Quando Sebastião ouviu os gritos da mãe, ele olhou na direção do bar e não encontrou José Amâncio encostado no balcão com era de seu costume. Sebastião, então, correu para casa, e Glorinha acompanhou-o assustada. Quando entraram, Maria estava deitada sobre o corpo de Matias, e José Amâncio batia nela impiedosamente.

Sebastião pulou sobre o pai, tirou o fio de suas mãos e acertou vários socos no rosto de José Amâncio, enquanto Glorinha ajudava Maria do Socorro a se levantar. As duas tentavam reanimar Matias, cujo ferimento aberto na cabeça sangrava muito.

Glorinha foi pedir socorro para Matias, pois o menino precisava ser levado para o hospital. Ela pediu ajuda para Norberto, o dono do bar, que era o único que tinha um carro que poderia levar o garotinho para o hospital. Norberto apressou-se, deixando um dos fregueses tomando conta do bar. Os dois correram para a casa de Maria de Socorro, e, quando entraram, Sebastião estava estrangulando o pai. Maria pediu para o filho soltar José Amâncio, mas foi o pedido de Glorinha que ele ouviu. Ela disse:

— Solte ele! Não suje suas mãos com o sangue do seu pai! Não quero vê-lo preso, meu amor!

Quando Sebastião a ouviu dizer "amor", voltou a si e soltou o pai, que ficou caído sobre a máquina de costura. O rapaz, então, colocou o dedo em riste no rosto de José Amâncio e disse:

— Nunca mais se atreva a bater em qualquer membro desta família ou matarei você, seu verme! Sei o que fez com Solange! Como pôde?! Com sua própria filha! Tenho nojo de você, velho porco!

— Deixe-o, Sebastião. A polícia está vindo para prendê-lo — disse Glorinha, mentindo para assustar José Amâncio.

A audácia de José Amâncio nesse momento foi grande. Ele levantou-se, limpou o sangue da boca e disse:

— Vou atrás das duas! Elas me pertencem! Sustentei as duas e tenho meu direito como pai de fazer o que desejar com elas. Sônia não me escapa! Quanto a você e a Matias, os dois terão o que merecem! Não se esqueça, Maria, que sou seu dono! Sua vagabunda... rameira!

— Cale a boca, velho porco! Não fale assim com minha mãe! Quero ver se será valente dentro de uma cela repleta de homens que "adoram" estupradores!

José Amâncio assustou-se, saiu correndo e só parou quando chegou à casa de sua amante. Ele acabou assustando a moça, pois estava pálido e ofegante de tanto correr. Havia um pouco de sangue em sua camisa e no canto dos lábios.

Quando ficou mais calmo, José Amâncio lembrou-se da carta de Solange, a procurou no bolso da calça e a encontrou. Ele pretendia viajar o mais rápido possível para trazer as filhas de volta e as abrigaria na casa da amante. Lá, poderia exercer sua tirania sobre as duas filhas e a mulher. Ele não esperaria que Sônia crescesse um pouco mais para servi-lo. Era dessa forma que José Amâncio pensava.

Apesar da pressa em seguir para Minas Gerais, ele teve de esperar, pois o preço da passagem de ônibus era alto para as finanças de José Amâncio.

Matias, Sebastião e Maria foram para o pronto-socorro no carro de Norberto. O estado do menino era grave. Matias ficou internado devido a uma fratura no crânio e uma lesão cerebral. Glorinha ficou limpando a máquina de costura de Maria do Socorro e o chão do local. Ela não queria que eles retornassem e se deparassem com o sangue da cena triste que se passara ali.

No fim do dia, apenas Sebastião retornou para casa. Ele estava triste e cabisbaixo. Glorinha estava atenta ao movimento na rua esperando por eles. As vizinhas se reuniram no portão da casa e lá destilavam o veneno sobre os últimos acontecimentos.

Sebastião entrou em casa e encontrou Glorinha esperando notícias da família do rapaz. Ela havia terminado de costurar várias bolsas para ajudá-los.

— Você deixou de costurar as roupas de seus fregueses para nos ajudar?! — questionou Sebastião quando avistou sua amada costurando.

— Percebi que havia muitas bolsas que precisavam apenas de um acabamento. Eu gosto de costurar. Diga-me como estão sua mãe e Matias.

— Minha mãe está bem. Ficou com algumas escoriações nas costas, que, por pouco, não perfuraram os pulmões... O médico me disse. Quanto ao meu irmãozinho... O caso é mais grave! Matias corre risco de morte. Ele teve traumatismo craniano e a coluna foi atingida... Pobre Matias! Eu não pude defendê-lo.

— Tenha calma. Ele é um menino forte e sobreviverá.

— Não sei, não. O médico me disse que, se ele sobreviver, não ficará como era. O médico afirmou que é possível que tenha tido danos no cérebro. Desejei tanto protegê-lo desse monstro covarde, Glorinha! Dessa vez, ele conseguiu acabar com a vida de Matias.

— Pobre menino! Ele esperava crescer como você para dar um corretivo no pai.

— Ele disse isso?

— Sim. Matias estava furioso com a violência do pai.

Sebastião passou a mão no rosto e não resistiu ao último comentário de Glorinha. Como se ainda fosse uma criança, ele deixou as lágrimas rolarem. A moça assustou--se ao notar a reação de Sebastião e abraçou-o tentando consolá-lo. Ela beijou sua face e acariciou seus cabelos. Os dois não resistiram a tanta emoção, e o primeiro beijo aconteceu. O casal ficou trocando carícias até um dos irmãos de Glorinha chamá-la no portão.

— Eu tenho que ir. Você ficará bem?

— Tentarei. Ficar ao seu lado me deixou mais calmo. E também por saber que minha mãe, finalmente, fez a denúncia de maus-tratos contra o velho porco. A polícia poderá prendê-lo a qualquer momento.

— Isso também me deixa mais calma. Temia que ele voltasse para se vingar de você. A surra que você deu nele foi forte.

— Eu o teria matado, se você não tivesse chegado. Eu estava com tanto ódio!

— Não pense mais naquele instante. Terminou.

— Ainda não terminou! O safado disse que vai atrás de Solange e Soninha. Aquele maldito não pode perturbá--las mais, Glorinha! Só de lembrar o que ele fez com minha irmã, tenho vontade de matá-lo!

— Calma, amor. Tudo ficará bem. Escreveremos uma carta para Solange. Ela é forte e saberá proteger

Soninha. Pelo que disse na carta, a patroa é uma pessoa maravilhosa, adorou Soninha e a tem como filha.

— Que bom! Pelo menos uma boa notícia nesse dia horrível! Você me acompanha ao hospital amanhã?

— Gostaria muito, mas tenho de cuidar dos meus irmãos. Você sabe como é... E tenho prazo para entregar as encomendas das costuras. Hoje, eu não trabalhei. Amanhã, terei de terminar um vestido para Clarisse. Ela será madrinha do casamento de Regina com o vendedor ambulante.

— Esse vendedor ambulante não sou eu! Apesar de caminhar muito na praia vendendo bolsas de couro de cabra.

— As bolsas são lindas! Meu vendedor ambulante preferido.

Os dois trocaram mais beijos, e o irmão de Glorinha impacientou-se e gritou:

— Se você não sair agora, Glorinha, a mamãe virá fazer um dos seus escândalos no portão. Venha logo! Eu estou com fome e não tem nada pronto para comer em casa. Está na hora do jantar.

Glorinha saiu rápido dessa vez. Ela correu para casa e não parou no portão para dar explicações, como a mãe e as vizinhas esperavam. A mãe entrou atrás dela para descobrir como estavam os feridos na grande confusão, e Glorinha contou-lhe o que sabia rapidamente para poder ficar em paz e preparar o jantar. Assim que se deu por satisfeita, Nazaré voltou ao portão para contar a novidade às amigas de fofoca.

CAPÍTULO 20

 Naquela noite, José Amâncio sentiu medo de ser preso depois que descobriu que Maria do Socorro o denunciara para a polícia. Por volta das vinte e duas horas, ele retornou ao bar de Norberto, que estava fechando o estabelecimento e se assustou com o vulto que entrara rápido e seguira direto para o balcão dizendo:

— Não feche o bar ainda. Eu preciso de uma dose.

— É tarde! Eu quero dormir, Zé.

— Eu preciso só de uma dose da pinga. Aquela especial que você fabrica no fundo do quintal.

— Eu vou servir, mas quero adverti-lo de que a polícia vai prendê-lo a qualquer momento. O que você fez com seu filho foi covardia. Você quase matou o garoto, Zé!

— Ele mereceu cada pancada que dei nele. Não me critique ou soltarei o fio em você também.

— E eu dou um tiro no seu peito e acabo com sua valentia! O que um menino de sete anos pode ter lhe causado para merecer ser espancado daquela forma?

— O moleque é arteiro! Ele não vale nada! Só de olhar para ele eu sinto uma raiva que brota aqui dentro. Devia ter matado aquele peste!

— Pare com isso, Zé! O menino não fez nada! Que cisma é essa? Só pode ser coisa de outra vida. Os dois foram inimigos com toda certeza.

— Que bobagem é essa que você está falando? Não acredito em nada disso. Se eu tivesse vivido outra vida antes desta, eu lembraria.

José Amâncio virou o copo cheio de pinga em uma golada só e disse:

— Me passe o dinheiro que está no caixa. Tenho que fugir daqui. Prometo que depois devolvo com juros. Vou para Minas Gerais. Quero dar uma lição naquela vagabunda da Solange, que levou minha Soninha para longe. Aquela, sim, eu vou matar quando encontrar. Consegui o endereço onde ela se escondeu com minha Soninha.

— Não tenho dinheiro no caixa e, mesmo que tivesse, não lhe daria um só centavo do meu dinheiro.

— Não?!

— Não mesmo! A pequena Sônia não merece o mal que você deseja fazer a ela.

— Ora... cale a boca, Norberto! Eu amo minha Soninha! Estou sofrendo por ficar longe dela.

José Amâncio pulou o balcão e deu um soco em Norberto, que caiu sobre algumas caixas de cerveja, pois não esperava a reação violenta do amigo. José Amâncio foi direto ao esconderijo onde Norberto guardava o dinheiro que ele juntava na semana para levar ao banco.

Norberto tentou impedir José, mas ele chutou o amigo que tentava se levantar cambaleante.

— Não faça isso, Zé. Tenho que pagar fornecedores amanhã. Preciso desse dinheiro!

— Eu preciso mais que você. Já lhe prometi que devolverei. Vou tirar dinheiro da senhora rica que está com minha Sônia.

José Amâncio enfiou o dinheiro no bolso e correu o mais rápido que pôde. Quando Norberto finalmente conseguiu chegar à porta do bar, ele já havia desaparecido na escuridão da noite.

O dono do bar, furioso, abaixou a porta e entrou no portão ao lado onde morava. Ligou o carro, dirigiu até a delegacia e fez a denúncia contra José Amâncio.

Na madrugada, José Amâncio contou o dinheiro que conseguira roubar de Norberto e somou com o que tirara de Maria do Socorro antes de espancá-la. Tirou do outro bolso a soma que pegara da casa da amante e ficou feliz ao saber que tinha o bastante para seguir para Minas Gerais. Naquela madrugada, ele dormiu em um banco na rodoviária depois de comprar uma passagem para Governador Valadares. O ônibus partiria de Fortaleza às seis e trinta da manhã.

Assim que chegou à cidade, José Amâncio foi direto para o endereço do remetente da carta.

Naquela manhã, Norberto não abriu o bar, e a vizinhança estranhou, principalmente Nazaré, a mãe de Glorinha. Ela foi chamar Norberto no portão da casa dele, e, quando ele apareceu, Nazaré assustou-se ao ver o olho roxo do dono do bar.

— O que foi isso, homem? Quem lhe deu esse soco?

— O que você quer, Nazaré? Me deixe descansar! Eu fui assaltado ontem à noite.

— Nossa! Que perigo! Um ladrão em nosso bairro pobre! Isso é de se estranhar.

— O ladrão mora nesta rua. Foi o Zé Amâncio. Ele é o assaltante que fez isso comigo. Se eu pego aquele safado...!

— O Zé da Socorro o roubou e deixou seu olho roxo? Estamos correndo perigo! Esse homem é muito violento! Não bastou o que fez com o filho e com Socorro?! Você prestou queixa, Norberto?

— Ontem mesmo! Ah, se eu pego o safado!

— Acalme-se, homem. Ele deve estar longe daqui! Penso que seria muita cara de pau voltar para esta rua depois do que fez ontem. Você tem notícia de Matias? Sabe se ele está melhor?

— Não sei de nada. Deixei mãe e filhos no pronto-socorro e não esperei mais nada. Eu havia deixado o Chico cuidando do bar e tive medo de que, se eu demorasse, ele tomasse todo o meu estoque de cachaça.

— Tenho certeza de que Chico tomou muita cachaça ontem, pois está esticado na calçada lá embaixo na rua. Ele estava roncando como um porco. Melhoras para você, Norberto. Deixe que eu aviso sua freguesia que hoje você não abrirá o bar. Descanse e coloque gelo nesse olho. Está muito roxo.

Nazaré seguiu para outro bar a três quadras dali para comprar pão e leite para o café da manhã. Por onde passou, espalhou a notícia de que o Zé da Socorro era um ladrão. Nazaré contava com detalhes o que sabia a respeito e inventava o que não sabia.

No hospital público, o pequeno Matias lutava para se manter vivo. Seu espírito recebia orientações dos espíritos superiores para doar ao seu corpo físico a energia positiva e a vontade de continuar com o reencarne. O espírito de Matias, contudo, estava triste com a forma como era tratado pelo pai e desejava acabar com essa jornada de violência nesse convívio desarmonioso. Enfim, Matias desejava voltar para o mundo espiritual.

Para evitar que todo o plano preparado para sua evolução terminasse em um grande fracasso, um espírito que Matias amava e respeitava foi designado para ajudá-lo: a avó materna do menino, que desencarnou quando Matias ainda era um bebê de colo. Quando Maria do Socorro deu à luz Matias, foi Sebastiana quem ajudou a filha enquanto ela estava no resguardo. Maria do Socorro passou alguns meses na casa da mãe, e o espírito de Matias reconheceu sua querida avó. Entre os dois existia um amor forte que perdurava por várias encarnações. Sebastiana tentava consolar o menino dizendo:

— Você não pode desistir agora, meu querido. Não depois de todo o esforço que fizemos para tirar José Amâncio do buraco pútrido em que se encontrava. Sei que não está lembrado de tudo o que aconteceu entre vocês. Aproveite a oportunidade, querido. Recarregue sua energia com positividade e mande tudo isso para seu corpo físico. Assim, você se ajudará na recuperação de sua saúde.

— Não quero mais ficar aqui, vovó. Não suporto mais a violência com que sou tratado. Odeio aquele maldito!

— Não fale assim, Matias! Você sabe o quanto me fere ao se referir ao seu pai dessa forma dura. Todo coração duro amolece um dia! Dê mais uma chance a ele! Ou deseja voltar como irmão gêmeo, dividindo o mesmo útero da próxima vez?

— Não quero nem pensar nessa hipótese. Ser filho dele já é muito difícil! Quero acabar com esse ódio que carrego, pois esse sentimento atrapalha minha evolução. Cada vez que tento dar um passo à frente em minha jornada evolutiva, sou detido por carregar o peso de odiá-lo.

— Liberte-se desse sentimento, querido. Sei que não é fácil suportar a fúria de José Amâncio, mas a vida está se encarregando de dar uma lição forte a ele. Tente se recordar da programação que você ajudou a orquestrar com os espíritos sábios do Ministério da Reencarnação.

— Por mais que eu tente, não consigo me recordar do que programamos para esta experiência terrena, vovó.

— Não se preocupe, Matias. Siga sua intuição e utilize o que você sempre teve de especial, que é sua serenidade. Você é mais evoluído que ele e deu passos largos em sua jornada. Você sabe que é superior no aprendizado se comparado a José Amâncio. Acalme-se, querido, suporte firme o que vier, pois evoluir não é fácil. Mantenha seu equilíbrio e coloque paz e alegria em sua jornada. Sei que tem passado por desafios fortes, mas você precisa mudar a forma como os enfrenta. Não se coloque como vítima da situação. Use sua força e mude esse ranço pegajoso de tristeza que você carrega. Lembre-se de que tudo está certo e que Deus não erra. Você é o único que pode transformar sua caminhada nesta terra. Você tem o poder, Matias. Use-o com sabedoria ficando no positivo. Esse é o primeiro passo. Na vida, tudo é passageiro, meu amado Matias.

Eu estarei com você! Não desista agora. Você pode muito mais do que imagina.

— Vovó, obrigado por me lembrar de quem eu sou e do poder que carrego. Passarei para o corpo físico a força que ele precisa para não desistir de viver. Eu a amo, minha vovó.

— Também o amo, meu querido Matias.

Sebastiana deixou o quarto onde estava Matias, cujo ânimo melhorou com essa agradável visita. Sebastiana renovou a vibração do ambiente. Maria do Socorro, que estava sentada em uma cadeira ao lado do filho, sentiu a paz brotar em seu peito. Ela olhou para o menino, que estava com a cabeça enfaixada e o corpinho com ataduras, beijou de leve o rosto dele e disse:

— Força, meu filho. A mamãe está aqui com você. Você precisa ficar bom logo. Seus amigos o esperam para jogar bola na rua. Prometo que, quando melhorar, nós passaremos um tempo no sítio de seu avô. Sei que gosta de brincar com o rebanho de cabras. Você deveria abrir os olhos para ver que temos uma televisão no quarto. Tem um desenho engraçado passando. Quer assistir? As outras crianças estão assistindo ao desenho e sorrindo. Abra os olhos, Matias.

O espírito de Matias falava em sua mente física e tentava animá-lo como Maria do Socorro estava fazendo. Passados alguns minutos, o menino deu o primeiro sinal de que estava acordando. Lentamente, ele apertou o braço da mãe, e, aos poucos, as pálpebras foram se abrindo.

Maria do Socorro sorriu para o filho, e a enfermeira foi chamar o pediatra que cuidava daquela enfermaria.

Depois de examiná-lo com atenção, o médico disse para Maria:

— Mãe, seu filho está fora de perigo. Ele vai sobreviver. Depois, faremos testes para ver o quanto a mente dele foi afetada.

— Obrigada, doutor. Você não sabe como estou feliz com essa notícia!

O médico se foi apressado, pois havia muitas crianças que precisavam de sua atenção.

CAPÍTULO 21

Depois do susto, Lucas meditou até se sentir reequilibrado. Ele havia deixado uma paciente com sessão marcada esperando. A secretária cancelou três consultas, e ele não desejava cancelar o quarto paciente.

A jovem senhora entrou na sala de Lucas e cumprimentou-o com uma expressão cansada e triste no rosto. A tristeza no olhar dela remeteu Lucas à experiência de Solange. Os casos eram semelhantes. A diferença era que a paciente fora estuprada pelo avô durante a infância e adolescência. Hoje, ela não conseguia manter uma vida sexual saudável e agradável com o marido, e Lucas temia que Solange também chegasse a esse ponto quando ficasse mais velha.

Lucas atendeu a todos até a tarde se findar. Eram vinte e uma horas quando ele deixou o consultório. Antes de abrir a porta de vidro, que dava direto para a rua, olhou para todos os lados, procurando a figura sinistra de José Amâncio. Não avistou ninguém no percurso que realizou rapidamente até o estacionamento. Lucas, então, abriu o carro, entrou apressado fechando a porta e deu a partida. O médico seguiu para a casa de Dirce. Ele estava atrasado para o jantar ao qual foi convidado.

O psiquiatra tocou o interfone, e Zenaide abriu o portão. A casa era rodeada de muros baixos e o portão de madeira era da mesma altura que os muros. Um belo jardim coberto de grama verde e com diversos canteiros floridos convidava para a porta de entrada da bela casa.

Ao estacionar o carro na frente da casa de Dirce, Lucas notou que um táxi acabara de estacionar do outro lado da rua e que o passageiro deixara o veículo e estava anotando algo em um pedaço de papel. Talvez fosse o endereço da casa de Dirce, pensou Lucas. Ele desejou se aproximar do homem, mas conteve sua curiosidade. Talvez estivesse enganado. O homem violento que o agredira naquela manhã vestia trajes surrados. Ele imaginou que, por essa razão, não poderia ser o pai de Solange quem saíra do táxi. Lucas adentrou o jardim da casa.

José Amâncio não perdeu tempo e gastou todo o dinheiro que roubara do bar de Norberto comprando uma roupa nova e usou o que restava para pagar o táxi. Para ele, ficar sem dinheiro não seria problema, pois acreditava que, naquela cidade, havia muitas pessoas abastadas que "financiariam" sua estadia em Governador Valadares. José Amâncio não titubearia em roubar estabelecimentos comerciais para se manter ali.

Com facilidade, José Amâncio pulou o muro e foi se esgueirando entre os pequenos arbustos que adornavam o jardim até ficar diante de uma janela que estava aberta. Ele sentou-se no chão e conseguiu ouvir o que Dirce e Lucas conversavam. Eles falavam sobre o bebê de Solange. O filho do incesto. José Amâncio, contudo, não sabia o que essa palavra significava. Ele espiava o interior da casa e ficou animado quando avistou Soninha entrando na sala e caminhando para perto da janela. A menina trazia nas mãozinhas uma linda boneca e colocou-a para fora da janela, esticando seus bracinhos. Ele sentiu vontade de puxar a filha e levá-la para longe daquela gente grã-fina, que não media as palavras para ofendê-lo. Ofenderam-no até com palavras desconhecidas do seu vocabulário popular e vulgar.

Sônia sentiu uma forte presença do pai, recolheu o braço rapidamente e correu para o colo de Dirce, que estava sentada no sofá ao lado de Lucas. Eles apreciavam um drinque antes de Zenaide servir o jantar. A rapidez com que Soninha se lançou sobre suas pernas fez Dirce assustar-se, deixando cair o copo de sua mão. Ela tentou manter o equilíbrio na voz e perguntou para a menina:

— O que aconteceu, meu bem? Por que está tão agitada?

Soninha não respondeu. Ela abraçou Dirce com toda a sua força e não queria soltar o pescoço de sua benfeitora. Lucas percebeu que a menina estava assustada e tomou a frente dizendo:

— Você está segura, Soninha. Pode confiar em Dirce. Ela a protegerá de todos os perigos. Confie nela.

Sônia confirmava com a cabecinha, mas não olhava na direção da janela que continuava aberta. Lucas perguntou:

— O que foi que a assustou? Sentiu que havia alguém lá fora?

Soninha continuava confirmando com a cabeça. Lucas levantou-se e foi olhar pela mesma janela o que se passava do lado de fora e pôde ver um vulto pular o muro lateral do jardim e afastar-se correndo para a rua. Ele, então, pulou a janela e correu na direção do muro que o vulto pulara. Tentou alcançar o homem que corria à sua frente e que, de repente, se escondera em um terreno baldio que estava com o mato alto.

O médico achou arriscado entrar ali com aquele mato, pois pensou que poderia haver cobras e outros animais peçonhentos de hábitos noturnos. Ele, então, retornou para a casa de Dirce preocupado.

Com Soninha agarrada em seu pescoço, Dirce abriu a porta e perguntou:

— Você pôde ver quem era o invasor?

— Não. Infelizmente, não tenho certeza de que era a pessoa que me agrediu essa manhã. Soninha ainda está assustada com o que viu?

— Ela não quer me soltar.

Lucas usou seu conhecimento para trazer novamente a autoconfiança para Soninha. Depois que ela se acalmou, ele perguntou:

— Diga, querida... quem você viu lá fora? Era alguém que você conhece?

— Tio Lucas, eu tenho medo de dizer. Ele me batia forte com o fio do ferro.

— Quem batia com o fio em você?

— Meu pai. Ele batia muito na Lange e na minha mãe também. As duas tentavam me proteger do fio, mas ele sempre acertava minhas costas ou minhas perninhas.

— Foi ele quem você viu lá fora?

— Não sei dizer se era ele, mas senti que meu pai estava ali pronto para me bater com o fio que ele carrega preso nas calças.

Lucas olhou para Dirce, que compreendeu o que passou na mente do médico. Dirce disse para Soninha:

— Querida, você está muito longe de seu pai. Recorda-se de que veio de ônibus para esta cidade e demorou muito para chegar, como você mesma afirmou? Seu pai não sabe para onde você e Solange foram. Não era a presença dele que você sentiu lá fora. Tenho certeza de que era o jardineiro, que cuidava das plantinhas, que estava lá fora.

— Não era o jardineiro, tia Dirce. Eu conheço o jardineiro, e ele não tem um fio preso nas calças.

— Ele cuida das plantas e, às vezes, usa o fio para tirar as pragas que querem se alimentar das plantas indefesas.

— Era o jardineiro quem estava no jardim cuidando das plantas, tio Lucas?

— Era ele mesmo, Soninha. Era seu Antônio, o jardineiro. Eu fui atrás dele para pedir que não a assustasse mais.

— Obrigada, tio Lucas. Você disse a ele que não gosto que bata nas plantinhas?

— Disse. Ele não voltará mais à noite ao seu jardim. Se desejar, pode soltar a tia Dirce e voltar a brincar com sua boneca. Veja. Ela está ali sozinha e abandonada no sofá. Você precisa cuidar dela. Ela também ficou assustada com o que houve.

— Eu vou, tio. Promete que não tem perigo? A janela está fechada?

Dirce respondeu:

— Eu pedi para Zenaide fechar todas as janelas, meu amor. Agora, vá brincar com sua boneca. Eu e o tio Lucas vamos para a sala de jantar. Eu estou faminta, e ele também. Você já jantou, mas nós, não. Se desejar, pode vir conosco.

— Tia, eu posso brincar no meu quarto?

— Claro, querida. Você não ficará com medo de ficar lá sozinha?

— Não ficarei com medo. Lá tem meu urso grandão, que me protege. Eu vou brincar com meu bebê. Veja. Ele é igual ao bebê da Lange. Tia, Dirce como os bebês nascem?

— Os bebês são como as sementinhas das plantas que crescem na terra. Eles crescem dentro da barriga das mamães. É preciso cuidar dessa sementinha com muito amor e carinho. Quando o bebê está pronto, ele sai da barriga da mamãe.

— Isso deve doer! Minha boneca não saiu da minha barriguinha. Ela chegou em um caixa com lacinhos cor-de-rosa.

Dirce e Lucas riram do jeito meigo que Soninha gostava de se expressar. Ela trazia gestos delicados em sua expressão corporal que encantavam os adultos.

Mais calma e confiante, Soninha seguiu para o quarto. O brilho de seu olhar, que havia se apagado pelo susto, voltou a surgir com o carinho e as explicações que a menina recebera.

Dirce e Lucas sentaram-se à mesa, e Zenaide serviu-lhes a comida dizendo:

— Dona Dirce, como vamos impedir que o estuprador entre nesta casa? Eu estou com medo! Não tem uma só grade nas janelas para nos proteger desse monstro.

— Acalme-se, mulher! Não sabemos se era ele mesmo quem estava no jardim.

— Se ele procurou e ameaçou o doutor Lucas... só pode ser ele, patroa. É melhor chamar a polícia. Estou com medo de ficar nesta casa. Ele pode entrar, e só Deus sabe o que fará conosco. Só há mulheres aqui!

— Ela tem razão, Dirce. Por tudo o que Solange me contou, eu afirmo que esse homem é perigoso. Ele tem uma frieza que é característica dos psicopatas. Se desejarem, posso passar esta noite aqui para protegê-las. Eu aconselho que providencie as grades para as janelas e contrate um ou mais seguranças para a casa até que esse sujeito seja preso.

— Dessa forma, você me deixa apavorada, Lucas!

— Me desculpe, mas o caso é grave.

— Para nossa sorte, esse homem não sabe que Solange teve um filho, ou até essa criança correria perigo no hospital.

— Ele sabe, Dirce. Nós escrevemos na carta que Solange estava grávida e enviamos para a mãe dela.

— Meu Deus! Temos que avisar ao hospital! Esse psicopata pode entrar e matar mãe e filho! Não podemos esquecer que a criança é a prova de seu crime. Ele violentou Solange!

— Agora sou eu quem pede calma, Dirce. Ele não sabe que a criança nasceu e que Solange está na maternidade. Lá, eles estão seguros, por enquanto. O que é mais desagradável é saber que esse canalha me seguiu até aqui! Eu tomei tanto cuidado quando saí da clínica, e o safado conseguiu me seguir e descobrir onde Soninha está. Acabei colocando todas em risco. Me perdoe, Dirce!

— Mais cedo ou mais tarde, ele chegaria até nós. O erro, a meu ver, foi ter escrito e enviado aquela carta. Sem querer, Solange nos colocou em perigo.

— Eu sinto muito! Solange sentia tanta saudade dos seus. Ela desejava muito ter notícias da mãe e dos irmãos. Eu dei a ideia de escrever a carta para a família. Ela me convenceu que, entregando para a amiga e vizinha, estaria tudo bem e garantiu que a moça era de confiança. Não sei o que deu errado para que meu endereço caísse nas mãos de seu algoz.

— Pelo que Solange me contou... Esse homem não tem escrúpulos. Você viu o estado em que ela ficou quando revelamos que o pai descobriu seu paradeiro?

— Solange desejou desaparecer da cidade levando Soninha! A notícia acabou causando o parto prematuro. Nós temos que fazer tudo o que pudermos para protegê-las, Dirce. Você já recebeu a autorização de Solange para doar a criança? Penso que sua amiga, aquela que vive fora do país, poderia adotá-la. Seria adequado e mais seguro para o bebê ser criado longe do Brasil.

— Solange não estava em condições de decidir nada sobre o assunto. Ela mal podia falar essa manhã após a cesariana de urgência.

Os dois terminaram de jantar e se serviam de um saboroso licor, quando Zenaide veio avisar que a polícia estava na sala procurando Dirce.

— Quem chamou a polícia? — perguntou Dirce para Zenaide.

— O policial disse que foi um vizinho que alertou sobre um suspeito no jardim da casa.

— Melhor falarmos com os policiais.

Os dois seguiram para a sala de estar. Chegando lá, contaram tudo o que sabiam e falaram sobre suas desconfianças. O policial achou melhor deixar uma viatura fazendo a ronda na rua. Procuraram José Amâncio no terreno que Lucas indicara, mas não encontraram o suspeito por lá.

Era madrugada quando as luzes da casa de Dirce se apagaram e todos se recolheram. Lucas dormiu no quarto de hóspedes depois de pegar emprestado o pijama do falecido marido da amiga.

CAPÍTULO
22

Cinco dias se passaram, e Lucas continuava ocupando o quarto de hóspedes na casa de Dirce, que contratara um mestre de obras para subir o muro que cercava a residência. Ela encomendou um portão de dois metros e vinte de altura com o serralheiro que Lucas indicara. O muro chegaria aos três metros de altura. Mesmo com todas as providências que foram tomadas, Dirce ainda não se sentia segura, então, ela decidiu contratar uma equipe de segurança para protegê-las.

Quando Solange teve alta da maternidade e voltou para a casa de Dirce, a benfeitora mandou aumentar o contingente de seguranças que fazia a ronda em seu jardim dia e noite, pois temia um ataque de José Amâncio.

Todas as noites, o espírito de Luís conectava-se com a mente de Dirce e a estimulava a continuar protegendo as meninas. Por essa razão, Dirce não desistia da difícil tarefa de impedir que José Amâncio fizesse suas filhas sofrerem.

Por dois meses, José Amâncio fez amizades na cidade e reuniu um grupo de malandros que realizava assaltos ao comércio local. Ele afastou-se da casa de Dirce, mas estava sempre rondando o consultório de Lucas.

Solange ficou internada por dois meses até sua saúde estabilizar-se. Ela recebeu alta junto com o bebê e, ao chegar à casa de Dirce, percebeu que a benfeitora tomara todas as providências para protegê-las. Ainda dentro do carro, ela olhou para Dirce com os olhos rasos d'água ao ver os pedreiros trabalharem subindo o muro e outros homens colocando grades nas janelas. Solange não conseguiu explanar o que estava sentindo com palavras; ela apenas tocou no ombro de Dirce e fez-lhe um carinho sutil. Dirce estava sentada ao seu lado no banco de trás do automóvel, pois nos bancos da frente estavam Everton ao volante e um segurança muito atento ao movimento no caminho.

Sônia e Zenaide esperavam o carro estacionar na garagem, e Soninha queria pegar o bebê no colo. Ela desejava brincar com ele como fazia com suas bonecas.

O carro parou. Everton abriu a porta para Dirce descer com o bebê em seus braços. Yuri, o segurança, abriu a porta de trás para Solange, mas a jovem sentia dores nos pontos da cesariana e não conseguia descer do veículo com facilidade.

Dirce entrou em casa com o bebê e sentiu algo especial por aquela criança. Ela já o amava. A mulher beijou a face da criança e disse:

— Você é bem-vindo, querido! Sempre será bem-vindo! Este é seu lar. Prometo que o ajudarei a enfrentar todos os desafios que a vida dispuser em seu caminho. Meu pequeno... Eu já me apaixonei por esses olhinhos que me transmitem amor.

Zenaide e Soninha desejavam ver o menino, mas Dirce apressou-se para não expor a criança ao pó da reforma, que estava no ar do lado de fora de casa. As duas correram atrás de Dirce e deixaram Solange para trás.

Everton pegou as malas. Solange sentia dores e caminhava lentamente apoiando-se nas paredes. O segurança, tomado de compaixão, ofereceu seu braço forte para ajudar a moça. Faltou pouco para que o segurança se atrevesse a pegar a jovem em seus braços. Ele deixou Solange na porta do quarto dela.

— Obrigada por me ajudar. Me parece que todas as mulheres desta casa se esqueceram da mãe e só dão atenção para o bebê.

— Isso é normal! Existe coisa mais bonitinha do que um bebezinho? Ele é a novidade desta casa.

— Você está certo. Eu não sou novidade para ninguém.

— É novidade para esse seu segurança, madame.

— Não me chame de madame. Meu nome é Solange e sou a empregada da casa. E você ainda não me disse seu nome.

— Que indelicadeza da minha parte. Eu me chamo Yuri.

— Que nome diferente! Yuri, é um prazer conhecê-lo. Agora é melhor você voltar para seus afazeres. Sinto-me mais segura com sua presença nesta casa. Obrigada.

— Não tem que agradecer, Solange. Eu fui contratado para fazer a segurança das mulheres que vivem nesta casa, e isso inclui você e sua irmãzinha.

— Minha patroa é uma mulher maravilhosa! Yuri, nós estamos correndo perigo de verdade. Um homem deseja nos fazer mal. Ele é esperto e ágil. Por favor, fique bem atento. Ele tem a pele queimada de sol, cabelos escuros, olhos grandes, estatura mediana, magro, muito magro, tem por volta de quarenta anos e vive embriagado. Ele costuma se vestir com calça marrom e camisa bege na maioria das vezes.

— Com toda essa descrição, presumo que você conheça esse homem! Sendo indiscreto, posso lhe fazer uma pergunta?

— Sim, pode. Compreendo sua curiosidade.

— Esse homem é o pai de seu filho? Vocês tiveram um romance?

— Para a primeira pergunta, a resposta é sim. Para a segunda pergunta, a resposta é não.

— Desculpe minha indiscrição. É que, ao descrevê--lo com tantos detalhes, presumi que fosse íntima dele.

— Yuri, esse homem é perigoso. Ele quer levar minha irmã desta casa e me matar por ter me atrevido a fugir dele. Ele é meu pai.

— Mas você disse que ele é o pai de seu filho!

— Para você ter noção de como ele é inescrupuloso e sem moral.

— Eu sinto muito! Homens que fazem esse tipo de coisa deveriam ser castigados e presos.

— Eu concordo, Yuri, mas é melhor voltar para seu posto. Eu estou com muito medo.

— Você não precisa ficar temerosa, moça. Esse sujeito que não se atreva a entrar aqui... Eu acabo com ele.

Yuri deixou o quarto de Solange, que se deitou na cama e pôde relaxar o corpo. Zenaide apareceu para chamá-la, depois de ajudar a colocar o bebê no berço no quarto de hóspedes.

— Solange, o que faz aí? Esse não é mais seu quarto, enquanto seu filho precisar do seu leite.

— Zenaide, eu não quero amamentar essa criança.

— Isso não se discute. Ele precisa do seu leite e pronto! Se deseja doar seu filho, é uma decisão que só cabe a você. Mas precisa deixá-lo saudável. Seu leite fará bem a ele.

— Eu não quero mudar de quarto. Me deixe aqui, Zenaide.

— Solange, eu só estou cumprindo ordens! Eu a aconselho a obedecer à dona Dirce. Ela caiu de amores por seu filho. Eu duvido que consiga tirá-lo desta casa agora. Seria melhor ter feito a doação lá na maternidade. Você não disse que daria seu filho para o cabeleireiro?

— Eu não tive oportunidade de conversar com ele. Dona Dirce não deixou ninguém entrar em meu quarto. Valter até tentou, mas ela o dispensou.

— Valter estava ansioso demais para levar o bebê, mas a patroa me disse que ele não estava pronto para ser o pai de seu filho.

— O que ela tem em mente, Zenaide?

— Não sei, mas penso que Dirce tem tanto amor para dar às pessoas que a cercam. Ela não deixará o pequeno Márcio sair desta casa.

— Será que ela pretende adotar meu filho?

— Tenho quase certeza de que sim. Você terá de suportar a presença dele nesta casa ou precisará procurar outro emprego longe daqui. E digo mais... Ela também não abrirá mão de Soninha. A patroa tem a guarda oficial de sua irmã e sua guarda também. Você ainda é menor de idade. Perante o juizado da infância e juventude, vocês

178

estão sob os cuidados de dona Dirce. Se você desejar partir... sairá sozinha.

— E para onde eu iria? Não conheço ninguém nesta cidade e voltar para Fortaleza seria buscar minha morte.

— Então, siga meu conselho. Fique aqui bem quietinha e deixe a vida seguir seu curso. Esse menino não tem culpa de nada. Esqueça o que passou e aprenda a amar seu filho. Ele simplesmente não tem pai, certo?

— Não é tão simples assim...

— Converse com o doutor Lucas. Ele é o único que pode ajudá-la nesse sentido. Logo, teremos novidade nesta casa. Eu andei observando a patroa com o doutor Lucas... Creio que os dois estão de chamego.

— Você tem certeza disso, Zenaide? Doutor Lucas me disse que é solteiro por opção. Eu até imaginei que ele fosse gay.

— Não creio nisso. Ele gosta de mulher e está caidinho pela patroa.

— Isso seria maravilho para os dois, pois ambos vivem solitários.

— Ele continua dormindo no quarto de hóspedes com a desculpa de cuidar das mulheres desta casa. A patroa disse que ele ficará até o serralheiro terminar de colocar as grades nas janelas e os pedreiros acabarem de levantar o muro.

— Isso é bem a cara do doutor, que me pareceu muito protetor. Zenaide, você me disse que ele está no quarto de hóspedes, então, qual quarto dona Dirce quer que eu ocupe? Pelo que sei, não temos dois quartos de hóspedes nesta casa. Onde doutor Lucas dormirá?

— Quem sabe? Talvez no quarto da patroa!

— A relação já chegou a esse ponto?

— Não sei, mas estou torcendo para acontecer logo. Dona Dirce está viúva há mais de dois anos. Ela era uma mulher mais alegre quando o marido estava vivo. Isso eu ouvi da própria Patrícia, aquela que era a empregada na casa, a irmã mais velha de Beatriz.

— Conheço essa história, pois você mesma me contou. Mas e quando Beatriz voltar para casa? Onde dormirá?

— Ela está estudando medicina e ainda ficará muitos anos longe desta cidade, pois o curso é longo. Não sei se Beatriz voltará a morar nesta casa, pois ela é muito independente e moderna. Tenho certeza de que, se voltar para cá, desejará morar sozinha e perto do hospital onde for trabalhar.

Dirce veio ver por que Solange estava demorando para amamentar o filho.

— Vocês estão falando sobre Beatriz? Ela ligou e deixou beijos para todas. Minha Beatriz é muito ocupada. O estudo está em primeiro lugar para ela. Às vezes, penso que ela se dedica tanto aos estudos que acaba se esquecendo de que há outros prazeres na vida. Ela me disse que um amigo de nome Evandro mandou lembranças para você, Solange.

— Esse moço é muito atencioso! Que gentil se recordar de mim e me mandar lembranças.

— Você está pronta, Solange? Quero que fique no quarto de hóspedes, enquanto o bebê estiver precisando do seu leite.

— Dona Dirce, não sei se posso amamentar a criança. Fico triste ao olhar para ele! Tudo o que passei vem à minha mente. Não é fácil encará-lo.

— Deixe de bobagens! Ele é um bebê frágil, que precisa de seu leite. Por favor, não negue o alimento ao pequeno. O bebê precisa dele. Você ainda está pensando em entregá-lo para a adoção?

— Eu sei que a senhora gostou dele, mas...

— Querida, não faça isso com você e com ele... O pequeno não tem culpa da forma como foi concebido. Lucas ajudará a enfrentar essa situação de uma forma mais lúcida e equilibrada. Não quero ficar longe de Márcio.

— A senhora deu um nome para ele?

— Sim. Esse era o nome de meu pai e, se você permitir, pretendo registrá-lo com meu sobrenome. Quero torná-lo meu herdeiro e fazer o mesmo com Soninha.

— Isso seria contra a lei — disse Zenaide.

— Fique calada, Zenaide. Você não entende nada de ilegalidade! Meu advogado me orientará sobre a melhor forma de registrar o pequeno Márcio.

— Sei que tem um grande coração, dona Dirce. A senhora deseja adotar minha irmã também?

— Eu amo Soninha e caí de amores por seu filho. Prometo-lhe que nada faltará a eles e a você também, se desejar ficar conosco. Solange, o menino precisa de cuidados médicos. Ele nasceu sem o céu da boca e com uma pequena deformidade nos lábios. Estou disposta a corrigir os lábios leporinos assim que o pediatra liberá-lo para a cirurgia corretiva. Sabe que tudo isso tem um custo alto, então, não posso entregá-lo a Valter como era seu desejo e o dele. Por mais lucrativo que seja o salão de cabeleireiro dele, não daria para custear o tratamento de Márcio. Compreende agora que só quero fazer o que é melhor para seu filho?

— Compreendo, dona Dirce. Agradeço por tudo e prometo ser obediente. Darei meu leite para Márcio. Não será fácil fazê-lo. O menino tem o rosto muito parecido com o velho porco, que enfiava uma faca em meu pescoço nas madrugadas e abusava do meu corpo.

— Tenho uma ideia para acabar com essa polêmica — disse Zenaide. — Na farmácia há uma bombinha que extrai o leite materno do peito, assim como as enfermeiras faziam na maternidade com você. Solange, o que acha de tirar o leite com a bombinha e de eu dar o leite na mamadeira para Márcio?

— Que ótima ideia! Não acha, Solange? Assim, o bebê se alimenta do leite materno, e você não precisa passar por esse constrangimento desagradável de dar o peito para ele. Compreendo que seja muito difícil aceitar essa criança, mas quero deixar claro que eu assumirei toda a responsabilidade por Márcio. Para convivermos em paz nesta casa, pretendo continuar pagando as sessões com Lucas para ajudá-la.

Dirce virou-se para Zenaide e disse:

— Se apresse, Zenaide. Vá à farmácia e compre a bombinha para tirar o leite do peito de Solange. Márcio está chorando de fome.

— A senhora deixou Márcio sozinho com a Soninha?

— Deixei para vir chamá-la. É melhor voltar para o quarto do meu filho. Soninha pode querer acalmá-lo retirando-o do berço.

As duas saíram do quarto de Solange apressadas.

Solange virou a cabeça no travesseiro para tentar esquecer que, mesmo sem desejar vê-la, teria de conviver com a criança. Ela pensou em ir embora da casa de Dirce e procurar emprego em outro Estado. Nesse momento, a jovem chorou ao se imaginar partindo e deixando Sônia para trás. Ela não poderia fazer isso! Prometera para a mãe que sempre estaria com a irmã, cuidaria dela e a protegeria na ausência da mãe. Como deixaria Soninha com Dirce? Ela não tinha o direito de tirar o belo futuro que Dirce ofertaria para sua irmã. Sônia poderia até ser médica como Beatriz ou escolher qualquer profissão que desejasse.

Solange estava muito triste e amargurada. Ela fechou os punhos e jurou com força que cumpriria o que prometera para sua mãe. Ela suportaria o que viesse para que Soninha fosse feliz. Ela sabia que, longe de Dirce, a irmã não teria outra oportunidade de ser alguém na vida e não queria o mesmo destino que o seu para a criança. Ser empregada doméstica era um trabalho duro e não reconhecido pelos empregadores ou pela sociedade em geral. Ela pagaria o preço de conviver com os fantasmas do passado na presença de seu filho correndo pela casa. A jovem sabia que ele não tinha culpa pelo que ela sofrera, sendo assim, permitir que Dirce adotasse Márcio seria dar a ele a oportunidade de ter uma vida mais tranquila e feliz. De uma coisa ela tinha certeza: tanto Soninha quanto Márcio não passariam fome como ela passara.

O que Solange não sabia era que Dirce também lhe daria o direito de estudar e escolher uma profissão que desejasse seguir. A patroa era generosa e custearia uma boa universidade para ela se formar, exatamente como fizera com Patrícia, a irmã de Beatriz. Dirce sabia da necessidade de Solange se esforçar e trabalhar para dar valor a tudo que recebesse na vida.

Dirce desejava dar para Solange tudo o que ela merecia, mas também sabia que, na idade em que a jovem estava, não seria aconselhável lhe dar objetos sem pedir em troca colaboração na forma de trabalho. Foi isso o que Dirce aprendeu com Luís. Primeiro, o marido fez Patrícia aprender muito sobre trabalhar para conquistar e aprender a SER e não apenas TER. Depois de uma fase de trabalho doméstico e de estudos em uma escola pública, Patrícia se formou com mérito, e Luís fez questão de lhe pagar uma boa universidade de gastronomia. Foi assim que a jovem se tornou uma profissional muito competente.

Dirce, inicialmente, discordou da decisão do marido de colocar a moça para trabalhar como empregada doméstica em sua casa, enquanto Beatriz disfrutava de todas as reagalias de uma vida abastada. Mas Luís insistia que era necessário Patrícia aprender o valor das coisas.

Dirce passou a ensinar a Patrícia a se comportar como uma dama refinada da sociedade e desejava fazer o mesmo com Solange. Apoiaria a jovem em tudo, mas era preciso que ela seguisse as ordens para se tornar uma pessoa equilibrada, que conseguisse lidar com seus sentimentos já desgastados pelos maus-tratos que sofreu durante toda a infância e adolescência. Essa era a razão pela qual Dirce dava um tratamento diferente a Solange e Soninha, e Lucas apoiava o modo de a tutora educar suas protegidas.

CAPÍTULO 23

Em Fortaleza, depois de dois meses, Matias recebeu alta do hospital. Sebastião pediu ajuda a Norberto para trazer o menino de volta para casa, pois Maria do Socorro não tinha dinheiro para pagar um táxi.

— Por favor, Norberto. Você é o único que tem um carro no bairro inteiro.

— Tião, vocês me devem muito na caderneta. Eu anoto tudo o que meus fregueses compram aqui, e vocês me devem muito! Agora, quer que eu gaste meu tempo e combustível para buscar o menino no hospital?!

— Por favor, seu Norberto, nós vamos pagar tudo o que lhe devemos. Eu sei que faz tempo que não pagamos o que compramos em seu estabelecimento, mas acabamos gastando muito com meu irmão internado no hospital. Minha mãe não tem tido tempo para costurar as bolsas, e eu vendi todas as que estavam prontas em casa. O dinheiro se foi com condução para levar o cuscuz para minha mãe se alimentar no hospital. Só estou lhe pedindo, pois não temos como trazer Matias em um ônibus sacolejando até aqui. O caso dele é preocupante e grave.

— Mas o menino recebeu alta dos médicos. Ele deve estar muito bem, não é?

— Ele está melhor, não corre mais perigo de morrer, mas Matias ficou com graves sequelas... Meu pai jogou o menino sobre a máquina de costura, e ele acabou quebrando uma vértebra. Matias não consegue se movimentar da cintura para baixo. Por essa razão, não dá para trazê-lo de ônibus para casa.

— Meu Deus! Eu não sabia. Aquele maldito, além de bater no menino, o deixou inválido! Maldito seja José Amâncio! Vou fechar o bar e pegar o fusca imediatamente.

— Você pode deixar um amigo cuidando do bar enquanto vamos para o hospital.

— Não é uma boa ideia. É melhor fechar o bar! A última vez que deixei um freguês tomando conta do bar, me arrependi muito. Quando voltei, o homem estava caído lá atrás, no alambique. Ele tomou muita cachaça e por pouco não morreu. E as crianças da rua levaram todos os doces que estavam na vitrine.

Norberto fechou o bar e seguiu para a garagem ao lado. Ele ligou o motor do fusca azul de que tanto gostava, abriu a porta do passageiro para Sebastião, e os dois seguiram para o hospital. Norberto estava indignado por Matias ter perdido os movimentos das pernas. Ele sabia que o menino adorava jogar futebol na rua.

Quando se aproximaram do hospital, Sebastião avistou Maria do Socorro sentada no banco do ponto de ônibus com Matias em seu colo. Ela esperava por Sebastião para ajudá-la com o peso do corpo do menino e algumas sacolas de roupas sujas que ele usara no hospital. Ao ver o fusca de Norberto, que estacionou na frente dela, Maria do Socorro sentiu um grande alívio e até esboçou um sorriso.

Sebastião pegou o irmão nos braços e colocou-o no banco de trás do carro. Ele ajudou a mãe a se acomodar ao lado de Matias e rapidamente se sentou no banco da frente. Com tristeza no olhar, Norberto cumprimentou os dois e arrancou com o automóvel rapidamente. Pelo retrovisor, ele avistou o rostinho de Matias muito abatido, mas, ainda assim, havia um sorrisinho por ele estar dentro do veículo. O garoto gostava de passear de carro, e essa era a segunda vez que ele andava no fusca de Norberto. Na primeira vez, Matias não vira nada no caminho por estar desacordado.

Norberto seguiu o resto do percurso em marcha lenta para evitar solavancos no carro, que poderiam provocar dor em Matias. Reparando melhor pelo retrovisor, o menino estava com uma expressão estranha no rosto, o que fez Norberto perguntar para Maria do Socorro:

— Ele está bem, Maria?

— Sim, Norberto. Os médicos disseram que o ferimento nas costas o deixou aleijado, mas o pior foi o ferimento na cabeça. Meu pobre filhinho agora não consegue controlar os movimentos da cabeça e dos braços. Ele não consegue falar como antes, enfim, meu filho pode ficar vegetando sobre uma cama até o dia em que Deus chamar por ele.

— Meu Deus! Como um pai pode fazer uma coisa dessas com o filho?! Aquele maldito praticamente matou Matias!

— Melhor mudar de assunto, Norberto. Matias consegue compreender tudo o que falamos. Ele só não consegue se expressar, mas os médicos afirmam que ele ouve e compreende tudo. Quando falamos daquele homem maldito, de quem você sabe o nome, Matias fica agitado e assustado.

— Estou muito triste por tudo o que presenciei a respeito de... você sabe quem. Eu sinto muito! Foi uma grande covardia da parte dele!

Maria do Socorro acariciava os cabelos de Matias com muito carinho. Norberto observava-os pelo retrovisor e acabou ficando comovido. Discretamente, ele limpou as lágrimas que corriam pelos cantos de seus olhos e dirigiu o resto do caminho calado. Em vários momentos, passava a mão no rosto e limpava os olhos, que insistiam em ficar molhados.

Quando Norberto estacionou na frente da casa de Maria do Socorro, as vizinhas aproximaram-se para ver o estado em que Matias ficara. Naturalmente, a chegada do menino seria o comentário da noite na roda de fofoca das vizinhas. Nazaré tentou espiar o garoto, que ainda estava dentro do carro. Ela colou o rosto no vidro, apertando o nariz, o que a deixou com a aparência engraçada. Olhando para ela, Matias tentou sorrir, mas sua boca abriu enormemente e seus olhos por pouco não deram uma volta completa. Maria do Socorro assustou-se ao ver o filho naquele estado e chamou Sebastião assustada:

— Filho, me ajude! Matias está tendo outra convulsão.

Apressado, Sebastião tirou Matias do carro e acabou batendo a cabeça do menino na porta do veículo, fazendo todas as mulheres e crianças que estavam ali gritarem juntos. Maria do Socorro segurou a cabeça do filho e ajudou Sebastião a correr para dentro da casa, levando

Matias para longe da curiosidade do povo. Eles entraram em casa e fecharam a porta, deixando as sacolas dentro do automóvel.

Norberto espantou os curiosos, tirou o carro dali e levou-o direto para a garagem. Depois, pegou as sacolas e foi entregá-las para Maria do Socorro. O homem bateu palmas no portão e entrou na casa chamando por Maria.

Ela recebeu Norberto na pequena sala, que também servia de quarto para a família, onde Matias foi colocado sobre uma das camas.

— Maria, se precisar, posso levar Matias de volta para o hospital. Ele feriu a cabeça com aquela batida na porta do carro?

— Matias está bem. A pancada realmente não poderia ter ocorrido, pois o médico disse que não era para deixar os pontos se abrirem. Olhei bem a cabeça dele, e isso não aconteceu, graças a Deus!

— Se desejar levar o menino novamente para o hospital, eu estou aqui pronto para levá-los. Mas que vizinhança bisbilhoteira nós temos!

— Eu agradeço muito por tudo o que fez por nós, Norberto. Se precisar, eu pedirei para Sebastião chamá-lo lá no bar. Obrigada.

— Então, vou voltar ao trabalho. As sacolas com as roupas sujas estão ali perto da porta. Reforço que, se precisar, basta me chamar.

Sebastião acompanhou Norberto até o portão e agradeceu pela gentileza de trazer as sacolas. Quando o rapaz retornava para dentro de casa, ele ouviu uma voz conhecida perguntando no portão:

— Será que posso entrar? Quero muito saber como está meu cunhadinho Matias.

— Para você, a porta desta casa estará sempre aberta, meu amor.

Glorinha e Sebastião entraram abraçados, o que fez Maria do Socorro se espantar e perguntar:

— Vocês dois estão namorando?!

— Estamos, mãe. A senhora não poderia ter uma nora mais bela e amável que Glorinha, não é?

— Gostei da novidade! Os dois formam um casal bonito. Seja bem-vinda a esta família, que, por pouco, não desmoronou. Sobrou apenas nós três para enfrentar as dores da vida. Queria tanto que Solange soubesse que aquele maldito está sendo procurado pela polícia. Agora que ele se foi, ela e Soninha poderiam voltar para casa.

— Penso que não seja uma boa ideia, mãe. O maldito pode voltar e ferir minhas irmãs como fez com Matias. Acho que, quando ele for preso, podemos deixar Fortaleza e seguir ao encontro delas em Minas Gerais. Talvez lá eu encontre um trabalho que coloque comida no prato e consiga pagar um bom tratamento médico para Matias.

— Mas se vocês partirem, eu ficarei aqui sozinha, amor!

— Você vem comigo, Glorinha. Quero me casar com você, mas, primeiro, quero ter algo melhor para lhe oferecer. Nós temos somente este casebre caindo aos pedaços de tão velho que está. Tenho de cuidar do meu irmão e de minha mãe. Sou o homem desta casa.

— Você sempre foi o homem desta casa, meu filho. O maldito nunca colocou uma só moeda para alimentar esta família. Ele tirava quase tudo o que conseguíamos costurando e vendendo as bolsas aos turistas.

— Mãe, é melhor não falar sobre ele perto de Matias. Olhe para o menino. Os olhos dele estão molhados. Parece que está chorando. Observe como olha em direção à porta. Tenho certeza de que Matias está com medo de que o maldito entre aqui e acabe o serviço que começou...

— Conversarei com Matias. Explicarei que o pai fugiu e não se atreverá a voltar aqui. Depois, brincaremos para distraí-lo.

O menino desviou os olhos da porta de entrada. Glorinha brincava com ele como se fosse um bebê. Matias entrou na brincadeira de jogar uma bolinha que Glorinha trouxe com ela. Ele tentava pegar a bolinha, mas não tinha mais coordenação em seus braços e mexia-se de forma estranha.

Glorinha colocava o brinquedo na mão de Matias, que tentava jogar de volta para ela, mas não tinha força para fazer a bolinha seguir a trajetória que ele desejava. Mesmo assim, a moça insistia na brincadeira dizendo:

— Eu li em uma revista que jogar bola faz bem para a coordenação motora. Matias gostou. Não é, meu querido?

— Ele não pode responder, Glorinha. Meu filho tem tantos problemas de saúde!

— Não vamos tratá-lo como um doente. Matias precisa se adaptar à sua nova realidade. Se ele voltou a ser um bebê, faremos esse bebê crescer, voltar a falar e quem sabe até caminhar como fazia antes.

— Ah! Isso seria maravilhoso e traria meu Matias de volta como era antes da...

— É melhor não falarmos sobre o que aconteceu, minha sogra. Venha, Tião! Vamos brincar com Matias para distraí-lo e fazê-lo se movimentar. Nessa mesma revista, havia um artigo escrito por um médico que dizia que é preciso estimular a mente. É o que vamos fazer aqui.

— Obrigada, Glorinha. Já que vocês cuidarão de Matias, voltarei para a máquina de costura. Deixei muitas bolsas para terminar. Nós precisamos de dinheiro para comprar alimentos para esta casa.

— Mãe, não se preocupe com isso. Glorinha terminou todas as bolsas, e eu as vendi lá na praia. O dinheiro eu entreguei para a senhora no hospital ou não teria como se alimentar por lá, quando eu não pudesse levar o cuscuz para a senhora.

— Obrigada, minha querida! Muito obrigada. Não temos mais retalhos do couro de cabra para fabricar as bolsas. Seu avô mandava lá do sítio para seu pai. O que vamos fazer, meu filho?

— Mãe, eu fui até o sítio e trouxe os retalhos. A senhora pode começar a cortar as bolsas e costurá-las. Deixei um saco com os retalhos perto da máquina.

— Obrigada, meu filho. Então, vou trabalhar enquanto vocês cuidam de Matias. Mais tarde, preparo o cuscuz para jantarmos.

— Pode deixar que eu cuido do jantar, minha sogra. Trouxe um pedaço de carne para fazer uma sopa. Matias precisa se alimentar melhor. Tião me contou que os exames de Matias revelaram que ele está desnutrido.

— É verdade. Foi por essa razão que os ossos dele ficaram fracos e se quebraram quando o menino levou aquela surra do...

— Vou preparar um caldo de carne com fubá. Ele ficará forte e vocês também.

Glória foi para a cozinha, e Maria do Socorro foi para a máquina de costura. Enquanto isso, Sebastião ficou jogando bola com Matias.

CAPÍTULO
24

Nos dias que se seguiram, Solange tirava o leite do seu peito três vezes por dia para alimentar o pequeno Márcio. Ela rapidamente se recuperou do parto, e os pontos cicatrizaram. Zenaide cuidava com carinho dela.

Solange ficou alguns dias de cama e, quando conseguiu se locomover sem sentir os pontos em seu abdômen, passou a caminhar somente na área de serviço e no quintal próximo. Ela estava sempre observando o quanto faltava para os muros subirem de vez e ficarem prontos. Muitas vezes, procurava Yuri com o olhar. A moça gostava de vê-lo sorrindo quando conversava com os pedreiros. Às vezes, da janela de seu quarto, dava para vê-lo, e, quando ele abria um sorriso, o coração de Solange dava saltos no peito e seu estômago parecia estar cheio de pequenas borboletas batendo as asas. Uma sensação forte apossava-se dela, e a moça perguntava-se por que se sentia assim quando via Yuri. Ela observava-o por pequenas frestas da janela e perguntava-se que sentimento era aquele que a fazia desejar vê-lo a todo instante. A jovem desejava ouvir a voz do segurança e sentir seu perfume, que a extasiava e inebriava com a deliciosa fragrância masculina.

Nas primeiras sessões com Lucas, Solange não teve coragem de dizer o que estava se passando com ela a respeito do segurança da casa. Seu analista levou a conversa para o lado dos sentimentos da jovem para saber se ela já aceitava a presença do filho.

Naqueles quinze dias, Solange não ficou diante da criança. O bebê foi instalado no quarto de Dirce em um belo berço de madeira talhado com desenhos de pássaros e borboletas. Solange tirava o leite, e Zenaide enchia as mamadeiras e as colocava no freezer, como aconselhara a nova pediatra de Márcio.

— Diga-me, Solange, o que você sente a respeito da presença de Márcio na casa?

— Desde que chegamos da maternidade, não estive mais próxima dele. Eu evito me deslocar pela casa. Às vezes, escuto o chorinho dele, e todo o sofrimento me vem à mente.

— Quer falar sobre isso? Se sente forte para entrar nesse assunto?

— Eu estou melhor, doutor Lucas. Penso que consigo falar sobre o que passei desde a minha infância até...

— Se não conseguir chegar até o final de sua narrativa, pode ficar calada. Não insistirei para que continue.

— Tenho que me libertar desse peso que carrego. Muitas vezes, penso que sou a culpada por ter sofrido o abuso. Fico imaginando se não foi a roupa que eu usava ou como eu caminhava pela casa... A lembrança forte da violência de meu pai e aquela faca parecem voltar a apertar meu pescoço e fazer cortes que sangram, deixando meus vestidos todos manchados próximos na gola. Eu fico agitada e nervosa. Meu coração dispara, e tenho a sensação de que, a qualquer momento, a faca cortará meu pescoço e eu morrerei sem ter tempo de gritar por socorro. É isso o que sinto, doutor.

— Você sabe que está protegida e que as agressões não voltarão a acontecer. Coloque em sua mente que tudo passou.

— Eu não fico pensando no passado! O problema é que meu pai me encontrou e está rondando a casa de dona Dirce. Você não o conhece, doutor! Aquele homem nojento é capaz de ludibriar os seguranças e entrar na casa para me matar e abusar de Soninha!

— Você não percebe, Solange, mas é você quem dá forças para que isso ocorra em sua vida. Sua forma de pensar se torna o grande ímã que atrai o que você não deseja. O pensamento é uma força poderosa dos seres humanos, que deveriam usá-la somente no positivo. Você é responsável pelo que atrai para sua vida.

— E lá vem o doutor Lucas dizendo coisas estranhas. Você sabe que eu não acredito nessa versão estranha para o mal que me atinge. Jamais pensei que meu pai pudesse ser esse monstro que me feriu. Eu não atraí aquele porco nojento para minha cama. Não percebe o tamanho da loucura que está dizendo, doutor?!

— Você não atraiu da forma como imagina, mas sempre teve medo dele, não é verdade?

— Ele nunca foi um bom pai. É um homem violento e nos batia com aquele maldito fio desde que me lembro de fazer parte daquela família. Eu não tinha medo dele. Eu sentia pavor quando ele entrava em casa bêbado, e, invariavelmente, ele estava embriagado. Eu sentia o cheiro desagradável de cachaça e sentia vontade de vomitar. Quer dizer que esse pavor fez com que ele abusasse de meu corpo ainda infantil?

— Parece ser uma loucura o que afirmo, mas seu pai com certeza veio de uma família em que o incesto é fato corriqueiro. Existem muitos homens que têm esse fetiche pelas filhas. Eles sentem que são donos delas e podem usar e abusar de seus corpos.

— Nesse caso, eu não atraí essa desgraça para minha vida. Não foi o pavor que sentia que fez o maldito abusar sexualmente de meu corpo.

— Se deseja colocar as coisas dessa forma, não entrarei mais nessa questão. Eu só afirmo que tudo que chega à nossa vida é resultado das escolhas que fazemos. Você já ouviu Dirce dizer que nada é por acaso?

— Dona Dirce me disse isso quando cheguei à casa dela. Ela disse que minha presença e de Soninha na vida dela não eram mero acaso. Eu fiquei confusa sem saber o que ela queria dizer com aquelas palavras. Foi a partir desse dia que dona Dirce passou a nos ensinar a nos expressar melhor com as palavras. Nos primeiros meses ao lado dela, aprendemos a falar um português mais correto. Na verdade, eu ainda não compreendo por que afirmam que o acaso não existe.

— Nós reencarnamos para nosso aprendizado e trilharmos o caminho da evolução. Cada escolha que fazemos e cada desafio que a vida nos impõe fazem parte do nosso aprendizado. Já se perguntou por que nasceu dentro de uma família como a sua?

— Pelo que conheço de sua filosofia, você dirá que nasci filha de José Amâncio porque precisava aprender com esse castigo que Deus me impôs.

— Deus não impõe nada para ninguém, Solange. Ele nos criou como espíritos ignorantes, que têm a possibilidade de evoluir. Cabe a cada um de nós fazer as melhores escolhas. Quem escolheu ser filha de José Amâncio e Maria do Socorro foi seu espírito.

— Meu espírito é maluco! Ele quer ver minha desgraça?!

Lucas sorriu com o modo como Solange se expressou e disse:

— Acalme-se. Não culpe seu espírito. Talvez você precisasse criar forças para tomar as rédeas de sua vida cedo, não? Ser independente e fazer melhores escolhas do que fez em vidas passadas?

— Como pode afirmar que esse foi o motivo de eu nascer em uma família com problemas graves?

— Não estou afirmando, mas essa pode ter sido uma forma de a vida colocá-la no caminho que você planejou seguir. Às vezes, a vida nos chama uma vez de forma branda para a mudança, mas, quando a resposta não ocorre, ela traz obstáculos ainda mais fortes para nos chamar a atenção de que está na hora da mudança. Se não tem resposta, ela traz desafios cada vez mais complexos até que a pessoa não suporte mais e comece, lentamente, a percorrer outro caminho e aceitar a mudança.

— Isso pode ser verdade. Nesse período longe de casa, mudei muito. Até meu linguajar se sofisticou, como diz a patroa. Quer dizer que a vida me colocou nessa situação para que eu usasse minhas forças e tomasse uma atitude, fugindo de Fortaleza com Soninha? A vida desejava minha mudança?

— Sim. Quem sabe não é aqui em Governador Valadares que esteja seu maior aprendizado? Tenho certeza de que não foi fácil tomar a decisão de mudar de cidade. Foi?

— Não. Eu sou muito apegada à minha mãe e sinto muito a falta dela. Tive muito medo quando cheguei a esta cidade, mas tinha esperança de que a patroa fosse uma mulher boa e que nos acolheria com carinho e principalmente com respeito, o que nunca tive em casa com o pai que arrumei nesta vida. Recebi muito mais do que minha ilusão esperava de Dirce, mas, quando descobri que estava grávida...

— Como se sentiu quando soube que trazia um pedaço de seu pai consigo?

— Senti nojo! Parecia que tudo estava acontecendo novamente. Foi horrível quando o bebê começou a se mexer dentro de meu ventre. Eu sentia nojo e corria para vomitar, como se quisesse jogar fora aquele ser que crescia e tomava espaço em meu corpo. Se pudesse, teria vomitado ele para fora. Mas, com nossas sessões e o carinho que recebi de Dirce e de Zenaide, fui aos poucos aceitando que Márcio não tinha culpa de estar sendo gerado em meu corpo. Às vezes, cheguei a pensar que conseguiria dar amor para meu filho.

— E não conseguiu fazer esse amor nascer em seu coração?

— Eu evito estar diante dele. O choro que escuto me incomoda. Tento desviar o pensamento, como você me ensinou, mas recordo-me do dia do nascimento de Márcio. Eu juro, doutor, que eu estava morrendo e cheguei a ver meu corpo sendo operado na sala de cirurgia. Nesse momento, vi Márcio ao meu lado. Ele era um jovem alto e sorriu quando percebeu que eu havia notado sua presença na sala. Ele era adulto! Que estranho!

— Você estava diante do espírito de Márcio. O pequeno ser humano nascia, mas o espírito que o acompanha nessa experiência já é adulto. Ninguém gosta de saber que ao lado de uma criança existe um espírito adulto.

— Esse espírito me trouxe um sentimento forte de amor maternal. Eu desejei abraçá-lo e falei que o amava. Não compreendo como disse isso. Eu estava diante de um homem desconhecido.

— Você o conhece de vidas passadas, e os dois têm um compromisso nesta encarnação. Nada acontece por mero acaso, Solange. Você, Soninha, Márcio e Dirce se uniram por um objetivo em comum nesta encarnação: evolução. Você está ciente de que Dirce ama o menino e deseja criá-lo como filho?

— Eu sei e não posso tirar Márcio dela. Eu desejei que Valter adotasse o menino, mas ela disse que, por ter nascido com lábios leporinos, ele precisará de tratamento e de uma cirurgia plástica. Dona Dirce afirmou que seria melhor para Márcio ficar aos cuidados dela. Eu fiquei com pena de Valter... Sei que ele desejava muito adotar o bebê. Mas eu sinto tanta verdade em suas palavras, doutor. Eu sinto que essa é minha missão nesta vida.

— O que pretende fazer? Quer continuar trabalhando como empregada na casa de Dirce? Você não precisa se sacrificar permanecendo na casa dela. Não gosto da palavra "missão" e de como ela nos compromete e limita. Penso que somos livres e capazes de escolher outros caminhos.

— Não tenho outro lugar para ir, doutor.

— Você tem, sim. Se desejar, posso encontrar uma boa patroa para você. Tenho muitos conhecidos na cidade. Aqui há pessoas ótimas, que a empregariam com um bom salário.

— Eu agradeço sua preocupação, mas não posso sair da casa de dona Dirce. Prometi à minha mãe que cuidaria de Soninha. Não seria justo levá-la comigo a qualquer lugar onde fosse trabalhar. Soninha seria apenas a irmã da empregada. Que futuro poderia ter a pobrezinha?

— Você deseja se sacrificar para que sua irmã tenha um futuro melhor? Um futuro que Dirce pode oferecer a ela?

— Sim. Prometi à minha mãezinha que não me separaria de Soninha por nada neste mundo. Ela é minha responsabilidade. E eu gosto muito de dona Dirce.

— Não posso dizer que sua forma de pensar esteja errada. Você fez sua escolha. Se a presença de Márcio não a incomoda tanto...

— Tenho que lhe contar o sonho que tenho tido repetitivamente.

— Fique à vontade.

— Trata-se de uma mulher que eu conheço, embora não me recorde de onde. Ela vem conversar comigo. Eu estou em um belo jardim rodeado de lindas flores. Essa mulher insiste em dizer que eu prometi ficar próxima de Márcio. Eu tento explicar a situação para ela, mas a mulher diz que conhece todas as minhas desculpas para o caso. Ela afirma que eu prometi que seria uma mãe melhor desta vez. Eu acordo nervosa e com o corpo tremendo. Os sonhos são tão reais...

— Penso que se trata de uma viagem astral. A mulher deve ser uma amiga que não reencarnou e que a está lembrando do seu compromisso firmado com seu passado. Pelo que deu para entender, você prometeu ficar ao lado de seu filho e ser uma mãe melhor, como o espírito afirmou.

Lucas passou o resto da sessão orientando Solange a manter o equilíbrio e bloquear o horror que a moça havia vivido no passado.

O relógio marcava dezenove e trinta, quando a sessão com o psiquiatra terminou. A secretária avisou que o motorista e o segurança estavam lá embaixo esperando Solange.

Dirce não confiava em mandar apenas Everton para trazer Solange para casa. Ela sabia que José Amâncio poderia atacá-la no consultório. Lucas fazia questão de acompanhar a moça até a porta, onde ela se encontrava com Yuri. Depois, os dois seguiam até o carro, que arrancava rápido.

Everton estacionou o carro na frente do consultório, e Solange acelerou os passos. Ela estava entrando no automóvel, quando avistou o pai do outro lado da rua e teve certeza de que ele lhe mostrara uma faca. Foram poucos segundos, mas a jovem notou o brilho de uma faca, quando ele a colocou no próprio pescoço em um gesto de ameaça. Solange gritou, e Everton assustou-se e não arrancou com o carro. Yuri ficou atento. Ele também havia notado o sujeito do outro lado da rua e correu atrás de José Amâncio.

Minutos depois, quando retornou para o carro, Yuri viu que Lucas e Everton socorriam Solange, que estava tendo uma crise de pânico. A jovem não conseguia respirar e parecia sufocar.

Todos entraram no carro, e Lucas sentou-se no banco traseiro ao lado de Solange para tentar acalmá-la. Ele acompanhou-a até a casa de Dirce, que os recebeu assustada ao ver a moça ofegante. A palidez e o suor cobriam o corpo de Solange.

CAPÍTULO
25

Solange foi colocada no sofá, e Lucas falava ao seu ouvido palavras recorfortantes, tentando chamá-la ao momento presente. Muito assustada, Dirce perguntou:

— O que aconteceu com Solange? Ela estava bem quando saiu para encontrar com você.

O psiquiatra não respondeu, pois estava mais interessado em acalmar sua paciente. Parados na porta de entrada estavam Everton e Yuri. Dirce foi até eles e repetiu a pergunta. Everton contou o que aconteceu, e Yuri completou dizendo:

— Eu corri muito para alcançá-lo, mas o homem corre como um foguete. Ele é magro e tem agilidade de pular muros altos! Não acreditei quando ele pulou o muro de uma fábrica que fica perto do consultório do doutor Lucas.

— Quantos metros tinha esse muro?! — perguntou Dirce assustada.

— Mais de três metros de altura. O homem escalou com grande agilidade e me deixou para trás. Ele escapou, mas prometo que um dia ainda pegarei esse malandro.

— Dona Dirce, o safado mostrou uma faca para Solange e por essa razão ela ficou nesse estado lastimável. Pensei que a menina morreria ali mesmo, tamanha foi a crise que o pai provocou nela — disse Everton.

— Pobre Solange! Tomarei todas as providências para que esse sujeito fique longe dela e de Soninha. Não quero esse homem perto do meu pequeno Márcio. Será melhor passarmos uma temporada na fazenda. Avisem aos seus familiares. Nós partiremos esta noite, se for possível. Não quero ficar aqui esperando um ataque desse homem! Façam as malas. Yuri, fique bem atento ao movimento ao redor da casa. Quero que nos acompanhe e faça a segurança de Solange. Na fazenda, há homens de confiança de meu sogro. Eles protegerão as crianças.

— Preciso comunicar ao meu superior na empresa de segurança. Quero muito que esse sujeito seja preso! Ele ameaçou Solange com uma faca.

— Eu farei mais uma queixa na polícia dessa nova tentativa frustrada de intimidar minha empregada. Espero que, desta vez, a polícia prenda esse sujeito nefasto.

— Se a polícia não o prender, dona Dirce, nós daremos um jeito nele! Eu fiquei ainda mais estimulado para impedir as investidas desse sujeito contra Solange e sua família. Ele que não se atreva a se aproximar das pessoas que eu protejo! O caso agora se tornou uma questão de honra.

— Acalme-se, rapaz! Não quero que faça justiça com as próprias mãos, Yuri! Quando você o pegar, entregue-o para a polícia e deixe que a justiça o trancafie em uma prisão. É isso que ele merece.

205

— Desculpe-me, senhora. Eu me descontrolei. Não foi nada agradável ver Solange nesse estado! A pobrezinha teve uma crise nervosa!

Yuri retornou para seu posto, e Dirce, vendo o rapaz se afastar, comentou com Everton:

— O rapaz está apaixonado. Ele será um ótimo segurança para nos acompanhar à fazenda. Você notou se ele é correspondido?

— Notei que eles trocam olhares apaixonados, mas não passa disso. Não na minha presença. Se a senhora desejar, eu posso ligar para a empresa em que ele trabalha e pedir outro segurança para Solange.

— Não será preciso! O amor fará desse rapaz o mais cuidadoso dos seguranças. Tenho certeza de que, rapidamente, o pai de Solange será pego. Everton, eu quero que fique aqui em casa com Zenaide. Alguém precisa colocar ordem aqui! Quero que fique de olho na reforma. Você sabe como eu gosto das coisas.

— Sim, senhora. Esse muro será terminado mais rápido do que a senhora possa imaginar, dona Dirce.

— Depois que tudo estiver terminado e limpo, quero que você leve Zenaide para a fazenda. Ela gosta muito de ficar lá. Os pais dela ainda trabalham naquelas terras.

Dirce dispensou Everton para arrumar as malas e comunicar em casa que viajariam naquela noite. Ela aproximou-se de Lucas e de Solange, que estava mais calma sentada no sofá. Dirce sentou-se ao lado dela, segurou as mãos da jovem entre as suas e disse:

— Fique calma, Solange. Esse homem não se aproximará de vocês! Você e Soninha ficarão mais seguras. Nós partiremos para a fazenda de meu sogro, que fica na zona rural a muitos quilômetros daqui. Yuri irá conosco para protegê-la. Ele será sua sombra na fazenda. E ainda temos muitos homens por lá para garantir nossa segurança.

— Obrigada, dona Dirce. Foi horrível ver novamente o brilho daquela faca me ameaçando! Nunca senti tanto medo!

— Não fique agitada. Passou — disse Lucas, olhando para Dirce. Ele perguntou: — Quando pretende partir, Dirce? Não se esqueça de que há um bebê recém-nascido que precisa de cuidados médicos.

— Márcio está bem. O pediatra deseja vê-lo daqui a trinta dias. Voltarei e levarei meu pequeno na consulta. Não se preocupe! Eu o espero lá no fim de semana, se você tiver tempo para essa sua amiga aqui. E não se esqueça das sessões de Solange.

— Eu agradeceria muito se fosse conosco para a fazenda, doutor. Sua presença me deixa mais tranquila. — Solange percebeu que Dirce desejava a visita de Lucas na fazenda, pois sentia no ar um clima de romance entre os dois.

— Então, podemos marcar sua consulta para sexta-feira, no último horário. Assim, estarei na fazenda para nossa sessão. Depois, passo o fim de semana lá.

— Será muito agradável sua visita, meu querido. Você é sempre bem-vindo — disse Dirce.

Solange estava melhor, e as cores voltaram ao seu rosto. A jovem levantou-se e foi lentamente para o quarto arrumar a mala para deixar a cidade. A cada roupa que colocava dentro da bolsa, Solange ficava mais calma. Ela desejava muito ir embora de Governador Valadares para ficar longe da perseguição do pai. Ele não descobriria o paradeiro das duas. Ela e Soninha estariam seguras. A jovem não se sentia em paz naquela cidade.

Zenaide entrou no quarto e disse:

— Sentirei saudade.

— Você não irá?

— A patroa quer que eu fique para cuidar da casa até terminarem a obra. Esses homens fazem corpo mole! Já era para tudo estar pronto.

— Então, depois que terminarem a reforma, você irá para a fazenda?

— Sim, e espero que seja rápido. Eu adoro a fazenda! É um lugar encantado! Existem tantos recantos belíssimos por lá. Tenho certeza de que você gostará do lugar.

— Qualquer lugar será bom se eu estiver longe do porco maldito! Senti tanto medo hoje, Zenaide.

— Eu faço ideia, mas não vamos falar mais daquele vagabundo. Quero que faça um grande favor quando chegar à fazenda. Tenho certeza de que alguém vai me procurar quando o carro de Dirce ultrapassar a porteira.

— Quem? Você tem parentes lá?

— Tenho, sim. Há pessoas especiais para mim que ainda moram na fazenda, como meu pai e minha mãe. Mas estou me referindo a outra pessoa... Ele é alto, magro e tem alguns cabelos brancos misturados com os pretos que restaram em sua cabeça.

— Você está apaixonada, Zenaide!

— Ah! Você também está, Solange! E eu não brinco com seus sentimentos.

— Acalme-se! Não precisa ficar brava! Não brincarei com seus sentimentos, mas quem é ele?

— Ninguém importante. Apenas um velho peão que trabalha na fazenda. Eu tive que deixá-lo para vir trabalhar aqui.

— Você deixou um amor para trás?! A patroa sabe disso?

— Não! E é melhor que não saiba, pois não deixaria que eu continuasse trabalhando nesta casa. Eu preciso do salário que recebo para ajudar meus pais na fazenda. Por lá, eu não receberia mais que um salário mínimo.

— A sogra da patroa não pagava bem?

— A sogra da patroa morreu há anos. Quem mora lá é o sogro de dona Dirce, que já tem idade avançada. Dona Dirce tentou trazê-lo para viver com ela aqui. Os dois são os únicos parentes vivos que restaram da família. O senhor Augusto, no entanto, não quer deixar a fazenda onde nasceu e foi criado. O homem viveu toda a vida lá! Ele parece até fazer parte da mobília do casarão, compreende?

— Ele é um homem ativo?

— Ele tenta ser. Ainda comanda os empregados como pode, mas é o Venâncio quem cuida de tudo por lá. Ele é o homem de confiança de dona Dirce. É de lá que vem todo o dinheiro que sustenta esta casa e a nós também.

— Compreendo. Venâncio é seu amor secreto?

— Sim, Solange! Ele é uma pessoa especial. Você pode me fazer o favor de entregar este bilhete para ele?

— Claro! Pode ter certeza de que serei discreta para entregar seu bilhetinho de amor. Que romântico! Nossa Zenaide amando como uma adolescente.

— Não brinque, Solange! É amor verdadeiro o que nos une, mas, infelizmente, estamos separados por quilômetros. Passar essa temporada na fazenda me fará muito bem. Não sabe como fico feliz quando a patroa precisa passar um tempo lá. Ficar ao lado de quem amamos é delicioso! Minha mãezinha e meu paizinho ficarão felizes quando eu voltar para cuidar deles! Eles já estão velhinhos.

— Tenho certeza de que eles ficam muito felizes em estar ao seu lado, Zenaide. Eu também gostaria de estar com minha mãe e meus irmãos. São pessoas divertidas e carinhosas. Meu irmão mais velho é o Sebastião. Ele tentava ser protetor, mas nunca conseguia evitar a surra que levávamos. E tem também o Matias, meu irmãozinho menor. Ele é tão carinhoso e esperto, mas o maldito o trata com violência e desrespeito. Matias sempre apanhou muito do maldito porco.

— Então, seu irmãozinho deve estar feliz agora. O carrasco não está mais em Fortaleza.

— É verdade! Não havia pensado nisso. Minha mãe também deve estar feliz por não apanhar mais todos os dias. Em compensação, o maldito está me ameaçando nesta cidade.

— Não precisa ter medo dele, boba! Você tem até um segurança particular! E que segurança! Yuri está caidinho por você.

— Você acha mesmo?!

— Só se eu fosse tola para não perceber a forma como ele olha para você! Conheço bem o olhar de um homem apaixonado, e pode ter certeza de que ele está louco por você. Eu vi quando chegaram. Yuri ficou transtornado com o que aconteceu com você.

— Ele é pago para me proteger! Por essa razão, ficou agitado.

210

— Deixe de querer tapar o sol com a peneira! Yuri está apaixonado por você. O desejo está no olhar dele.

— Não suporto ser tocada por um homem! Não posso corresponder ao amor de Yuri.

— Você ainda não sabe o que é o amor, Solange. Você teve um trauma terrível, que precisa ser superado em sua mente. Tenho certeza de que o doutor Lucas a ajudará nesse processo, e, assim, você estará pronta para conhecer o que é o amor de um homem gentil e carinhoso.

— Eu fico enjoada só em pensar nisso!

— Fique tranquila e confie no trabalho de seu terapeuta.

Zenaide deixou Solange terminar de fazer a mala e foi ajudar Dirce a fazer as malas das crianças.

Dirce ligou para a diretora da escola de Soninha e avisou que a menina precisaria se ausentar por um período indeterminado. A garotinha cursava o pré-primário e estava praticamente alfabetizada. A diretora propôs a Dirce que contratasse uma professora particular para que Soninha não parasse de estudar na fazenda.

O relógio marcava vinte e três horas e trinta minutos quando Everton deu a partida no carro. No segundo automóvel estava Yuri ao volante. Solange sentara-se ao lado do rapaz e havia muitas malas no banco de trás, quase impedindo o segurança de ver o vidro traseiro.

CAPÍTULO
26

O portão da casa de Dirce abriu-se, e os dois carros saíram. O que eles não suspeitavam era que, na esquina, alguém os espreitava, tentando esconder-se atrás de uma árvore para não ser notado. José Amâncio ficou furioso quando percebeu que os passageiros do carro não fariam apenas um passeio. Ele notou as malas no banco de trás do veículo onde estava Solange e chegou à conclusão de que estavam partindo para uma longa viagem. Ele desejou ter um carro para segui-los. Furioso, deu um soco no tronco da árvore e por pouco não quebrou a mão direita.

Lucas despediu-se de Dirce e ficou parado no portão. Ele pôde observar o desespero de José Amâncio na esquina e chamou a atenção do segurança, que olhava na direção oposta e não notara o homem suspeito na esquina.

Quando foi alertado, o segurança partiu rápido para capturar José Amâncio, mas o homem corria como um animal na savana fugindo de um leão feroz. O segurança voltou cabisbaixo, sem ter êxito na perseguição.

— Eu sinto muito, doutor Lucas. O homem é muito veloz! Acabei perdendo-o de vista.

— Está tudo bem. Elas ficarão seguras na fazenda e longe da figura asquerosa que é esse homem.

— Eu espero que o doutor esteja com a razão... Esse homem não desistirá fácil do que pretende. Se é a mocinha que ele quer... O safado ludibriará a todos até conseguir o que deseja. Já vi muitos homens terem êxito quando atacam, surpreendendo a todos.

— Mas que espécie de segurança é você? Não teve êxito em assegurar a vida de seus contratantes?

— Eu trabalho para uma empresa de segurança, doutor. Quando estou trabalhando, faço meu melhor, mas outros funcionários não gostam de arriscar a pele.

— Espero que Yuri não seja um desses funcionários. As pessoas de meu apreço estão aos cuidados dele.

— Yuri não é apenas um funcionário da empresa. Ele é filho do patrão e pode ter certeza de que ele tem motivo para protegê-las.

— E que motivo seria esse? Por acaso o rapaz está apaixonado?!

— Sim. Yuri se apaixonou pela mocinha, a Solange.

— Isso me deixa mais tranquilo. Ele cuidará bem delas, e o canalha não se aproximará de Solange ou da pequena Sônia.

— Eu fico furioso em saber que esse bandido quer fazer mal para uma criança indefesa! Se eu pego esse homem, acabo com ele!

— Você não precisa se complicar dessa forma, João. Basta pegá-lo e entregá-lo para a polícia. Deixe que a justiça faça seu trabalho. Esta noite, eu dormirei aqui. Faça sua ronda e não deixe aquele homem se aproximar da casa. Eu também estou na mira desse crápula. Boa noite.

— Boa noite, doutor. Se ouvir algum barulho estranho, basta me chamar.

Lucas retornou para dentro da casa de Dirce. Ele foi até a cozinha beber um copo de água e encontrou Zenaide chorando sentada à mesa.

— Ei! Por que tanta tristeza?

— Ah, doutor! É saudade dos meus que estão na fazenda. Eu queria tanto estar lá com eles hoje, mas a patroa não permitiu que eu fosse.

— Não fique triste, Zenaide. Assim que terminarem a reforma, eu a levarei comigo para a fazenda. Eu também sentirei saudades delas.

— O doutor gosta muito de dona Dirce, não é?

— Gosto! Dirce é uma mulher sensível e muito generosa. Quem não se apaixonaria por ela?!

— Vocês formam um lindo casal. Todas as noites, eu oro para que o relacionamento entre vocês aconteça.

— Pode continuar orando, minha querida. Um dia, eu conseguirei conquistar o coração de Dirce. Acho, contudo, que ela ainda não esteja pronta para ter um novo amor.

— Dona Dirce não esqueceu o falecido marido, o senhor Luís. Tenha paciência, doutor... Quando o fantasma dele se for desta casa, dona Dirce amará novamente. Tenho certeza de que ela gosta muito do doutor.

— Você acha que o espírito de Luís ainda está aqui?

— Tenho certeza. Eu o vejo pela casa e até em meus sonhos ele vem me assustar.

— Zenaide, isso deve ser seu medo se manifestando.

— Eu tenho medo mesmo, mas também vejo as almas penadas do outro mundo. Desde criança, os fantasmas me assustam. Meu pai fala que eu sou uma bruxa do bem e que as almas penadas vêm me pedir socorro porque posso vê-las.

— Zenaide, você tem sensibilidade mediúnica. Você é médium e deveria aprender a lidar com isso. Se desejar, posso lhe apresentar alguns amigos que podem ensiná--la muito a respeito de sua sensibilidade. Posso convidá-la para conhecer um centro espírita.

— Eu tenho medo desses lugares, doutor, mas agradeço por tentar me ajudar. Eu convivo há tanto tempo com essa sina... Eu carregarei essa cruz pesada pela vida afora.

— Zenaide, mediunidade não é um castigo! É apenas a ligação entre o mundo dos espíritos e o nosso. Melhore sua forma de pensar sobre o assunto. Eu lhe emprestarei alguns livros que abordam o tema da mediunidade. Você não pode ficar nessa ignorância. Estou cansado. Vou me recolher. Boa noite, Zenaide.

— Boa noite doutor, Lucas. Seu quarto está pronto.

O quarto não era mais para os hóspedes. Dirce o decorara para o bebê. Lucas vestiu o pijama e deitou-se tranquilo. Ele ficou admirando a bela decoração nas paredes e o teto, que estava repleto de estrelinhas, e pegou no sono rapidamente.

O espírito de Luís manifestou-se no sonho de Lucas, agradecendo-lhe a ajuda que ele estava dando para Dirce e as meninas. Ficara claro para o psiquiatra que o espírito de Luís não estava preso na casa nem precisava de ajuda por estar em perturbação. Lucas teve certeza de que Zenaide se confundira a respeito das manifestações de Luís.

Lucas acordou depois de uma conversa rápida com seu melhor amigo e sentiu certo constrangimento por estar apaixonado por Dirce.

O resto da noite, Lucas tentou pegar no sono novamente, mas não conseguiu. Imaginava que, ali, ele era um intruso tentando se apossar de tudo o que fora de Luís, inclusive de sua mulher.

Lucas levantou-se, trocou de roupa e foi para seu apartamento, que ficava próximo ao seu consultório. Ele tentava encontrar seu equilíbrio mental, mas a imagem de Luís não saía de sua mente. Ele recordava-se de grande parte do sonho que tivera com o falecido amigo e pensava que, se por um lado, sentia que Luís estava bem, por outro, imaginava que o que sentia por Dirce era errado. Ele não queria trair Luís daquela forma e prometeu para si que não insistiria mais em ser aceito por sua amada.

Lucas acabou pegando no sono depois desse dilema estranho, que conflitava com seu modo límpido de ser e agir.

Por volta das seis e meia da manhã, Lucas acordou assustado, ouvindo um barulho na sala de seu apartamento. Olhou para o despertador, que estava no aparador ao lado da cama, e viu que ainda faltavam duas horas para se levantar e dar início ao seu dia. Lucas estava realmente cansado por ter ficado sem dormir por mais da metade da noite e imaginou que o barulho tivesse sido provocado pelo gato da vizinha, que, às vezes, entrava pela varanda. Ele recusou-se a se levantar para espantar o gatinho, virou-se na cama e tentou voltar a dormir.

De repente, ouviu a porta do quarto abrir-se e, nesse momento, assustou-se. Ele pensou: "Um ladrão entrou aqui!". Lucas tentou fingir que estava dormindo, deixando o meliante à vontade para pegar o que desejasse e não colocar sua vida em perigo, mas não era um ladrão comum que estava ali. Tratava-se de José Amâncio.

O homem acendeu a luz e puxou as cobertas de Lucas.

— Acorde, doutorzinho! Vista sua roupa. Nós vamos fazer uma visitinha para as minhas filhas. Você me levará até elas.

— Não farei o que me pede. Saia logo daqui, antes que a polícia venha prendê-lo.

— Não estou lhe pedindo, doutor! Estou mandando! Eu dou as ordens, e você me obedece. Vista a roupa, pegue todo o dinheiro que tem neste apartamento e não faça nenhuma gracinha, senão atiro em você.

— Você não está armado! Não tenho medo de sua faca. Você pode aterrorizar Solange, mas não a mim.

— Isso aqui não é uma faca! Olhe bem.

José Amâncio apontou um revólver para Lucas, que ficou preocupado e se arrependeu de ter saído da casa de Dirce, onde estava mais seguro. Ele, então, teve de obedecer ao pai de Solange e rapidamente vestiu uma calça jeans e uma camiseta, a primeira que encontrou sobre a cadeira do quarto.

Lucas sabia que não seria boa ideia abrir uma gaveta naquele momento, pois percebeu que José Amâncio estava trêmulo e muito agitado. Ele, então, preferiu obedecer às ordens do homem para não deixá-lo ainda mais nervoso. Lucas pegou a carteira sobre a cômoda e entregou todo o dinheiro que estava nela para o malandro, mas José Amâncio desejava mais dinheiro. Lucas acabou abrindo um pequeno cofre, onde o outro enfiou a mão, tirando de lá tudo o que o psiquiatra tinha de valor e enchendo os bolsos.

Os dois deixaram o apartamento de Lucas e foram para a garagem do prédio. Lucas deu a partida no carro depois que José Amâncio se acomodou no banco da frente do veículo. No prédio, não havia segurança nem porteiro, logo, foi fácil para José Amâncio arrombar o portão e a porta de entrada. E, naquela manhã, o controle remoto não funcionou. Lucas precisou sair do carro para abrir o portão da garagem, e José Amâncio disse:

— Abra e não se esqueça de que há uma arma apontada para sua cabeça! Não faça gracinhas, ou eu atiro. Sou bom de mira!

Lucas desceu do carro e abriu um lado do portão. Quando ele abriria o outro lado, notou que um dos seguranças da empresa que Dirce contratara estava armado e encostado no muro do prédio onde José Amâncio não conseguia vê-lo.

João, o segurança, puxou Lucas rapidamente e atirou no carro para acertar José Amâncio, que se assustou e saiu do veículo por não saber dirigir. José Amâncio atirou várias vezes na direção do segurança, enquanto Lucas se mantinha deitado no chão, atendendo ao pedido de João.

José Amâncio correu para o fundo da garagem do prédio, pulou o muro que dava para o fundo de uma casa e desapareceu. O segurança preferiu zelar pela integridade física de Lucas e não correu atrás dele.

— Pode se levantar, doutor. O safado se foi. É questão de tempo para a polícia prendê-lo.

— Como soube que eu estava em perigo?

— Eu avistei o meliante em cima de uma moto, quando o senhor saiu da casa de dona Dirce. O malandro acabou seguindo-o até aqui. Eu teria invadido seu apartamento para pegar o homem em flagrante, mas preferi não colocar sua vida em risco. Sabia que ele sairia de lá uma hora ou outra.

Quando ouviu o som dos tiros, a vizinhança saiu de suas casas. Todos estavam curiosos e se aglomeravam na rua querendo saber o que havia acontecido. Lucas estava muito cansado e deixou que João narrasse os fatos para as pessoas.

Ele colocou o carro na garagem do prédio novamente. Olhou os furos de bala na lataria do automóvel, respirou fundo e pensou: "Mais despesas! Mas não posso me queixar. Eu poderia ter desencarnado essa noite!".

Lucas seguiu para o elevador e rapidamente entrou em seu apartamento. Ele tomou um copo de água gelada para tentar se acalmar da agitação que fora o início daquele dia. Tomou também um banho e foi para a delegacia prestar queixa contra José Amâncio. Ele estava ciente de que o pai de Solange se tornara um homem ainda mais perigoso por estar armado.

Quando chegou o fim semana, Lucas decidiu não ir para a fazenda, como combinara com Dirce. Como precisava de dinheiro para repor parte de suas economias, que fora roubada, ele remarcou as consultas com seus clientes e trabalhou sem descanso por vinte dias.

CAPÍTULO
27

José Amâncio estava ficando sem dinheiro, pois gastara uma boa quantia para comprar o revólver de um malandro que conhecera nas ruas de Governador Valadares.

Após quinze dias dos últimos acontecimentos, o dinheiro que roubara do psiquiatra estava no fim. José Amâncio enfiou a mão no bolso e contou as poucas moedas que recebera por mendigar no centro da cidade. Aquela quantia não dava para contratar um motorista de táxi para seguir o psiquiatra até o esconderijo de Solange e de Soninha.

Foi fácil para José Amâncio investigar os passos de Solange e Dirce, pois ela era muito conhecida na cidade. Ele acabou encontrando o cabeleireiro de Dirce e descobriu que Solange dera à luz na maternidade da cidade e que entregaria o filho para adoção. Ele tinha em mente que esse filho era de algum safado que ela conhecera na praia em Fortaleza.

O plano de José Amâncio era sequestrar o bebê para que Solange e Soninha fossem ao seu encontro com dinheiro suficiente para pagar as passagens de volta para o Ceará, e, assim, tudo continuaria como antes.

José Amâncio não queria viver das migalhas que recebia sentado na praça central de Governador Valadares. Ele, então, planejou um assalto com alguns amigos que fizera na cidade. O homem entrava nas lojas do centro, apontava a arma para um dos funcionários, e seus comparsas levavam as mercadorias enquanto ele pegava o dinheiro do caixa. Quando a polícia chegava, o bando já estava longe.

Foi dessa forma que José Amâncio conseguiu mais dinheiro e alguns comparsas para executar seu plano principal. Ele sequestraria o bebê de Solange e pediria um alto resgate. Ele tinha certeza de que a madame pagaria o que ele exigisse.

José Amâncio não queria ficar com o bebê. Ele não tinha em mente devolver a criança para Dirce. Ele desejava matar a criança por ser um intruso que chegara para atrapalhar sua vida. Na mente de José, aquela criança era como Matias: um intruso. Havia algo em Matias que o incomodava, e só em pensar no bebê de Solange o mesmo sentimento invadia sua mente. Ele não sabia por que ficava naquele estado de pura raiva, mas o espírito de José Amâncio reconhecia os inimigos do passado.

Após vinte dias, Lucas, finalmente, conseguiu encerrar o tratamento de alguns pacientes e cancelou por tempo indeterminado as demais consultas. Ele queria passar um tempo na fazenda com Dirce. A reforma da casa da amiga havia terminado, e ele foi buscar Zenaide para irem para a fazenda.

Lucas não percebeu que estava sendo seguido por José Amâncio e seus comparsas. Ele continuava a perseguir o médico, pois sabia que, em algum momento, Lucas iria ao encontro de Dirce e das meninas.

Zenaide ficou muito feliz quando a reforma acabou e estava ansiosa à espera de Lucas. Quando ele ligou pedindo que ela arrumasse a mala, Zenaide pulou de alegria. A cozinheira apressou-se a trancar a casa, e sua mala já estava pronta havia mais de dez dias.

Zenaide entrou no carro depois de orientar os seguranças que continuariam fazendo a ronda na casa de Dirce. Ela estava tão feliz que começou a cantarolar junto com o rádio do carro de Lucas. Ele disse:

— Sua alegria está contagiante! Tenho certeza de que faremos uma ótima viagem.

— O doutor gosta de música?

— Gosto muito!

— Então, não se incomodará de eu cantar?

— De forma alguma, Zenaide. Nós vamos cantando até chegarmos à fazenda. Eu também estou feliz! Finalmente, consegui tirar férias do trabalho. Apesar de ter sido roubado, consegui juntar dinheiro para passar dois meses sem trabalhar e continuar arcando com as despesas do mês.

— Que bom, doutor. Aquele safado merecia estar na cadeia! Como se atreveu a entrar em seu apartamento?! Quando dona Dirce souber do que ele fez...

222

— Não precisamos contar para ela. Não quero deixá-la preocupada, Zenaide. E não precisa me chamar de doutor. Me chame de Lucas.

— Não posso, doutor. Seria uma falta de compostura da minha parte. O senhor é um homem estudado.

— Se isso a perturbará tanto, não está mais aqui quem sugeriu uma forma menos formal de ser tratado por uma amiga de tantos anos. Mudando de assunto, como vai sua sensibilidade mediúnica?

— Estou lendo um dos livros que o senhor me emprestou e encontrei algumas explicações para muitas coisas que senti na minha vida. Até que faz sentido o que o autor escreveu.

— Quando decidirá conhecer o centro espírita? O convite ainda está valendo.

— Quanto a isso, ainda tenho muito medo! Já imaginou se chego lá e começo a ver almas penadas?! Já não bastam as que vejo na casa de dona Dirce. Morro de medo!

— Você ainda não compreendeu bem como funciona um centro espírita, Zenaide. Vou explicar...

Os dois continuaram conversando animados, cantando com o rádio, e não perceberam que um carro os seguia na estrada. Se Lucas estivesse mais atento, perceberia, olhando pelo retrovisor, que José Amâncio estava no banco do passageiro ao lado do motorista, com ares de poucos amigos.

José Amâncio e seus comparsas roubaram um carro para perseguir o psiquiatra e adoraram quando Lucas entrou na rodovia, pois tiveram a certeza de que ele estava se deslocando em direção à presa que os interessava.

Depois de rodar por uma hora e meia na rodovia, Lucas, finalmente, saiu da estrada e seguiu por um caminho de terra batida, que levava até a fazenda. Eles tentavam segui-lo, mas a poeira subia, tornando a visibilidade quase nula. Para a sorte de José Amâncio, um dos comparsas que estava no carro conhecia bem aquela estradinha e mostrava os perigos que se escondiam ali entre uma montanha e um abismo. O sujeito reconheceu o caminho e perguntou:

— Por que não me disseram que se tratava da fazenda do velho Augusto? Eu nasci naquelas paragens! Minha família trabalhou por muitos anos para a família.

— Não existe outra fazenda no vale depois das montanhas? — perguntou um dos cinco homens que estavam no carro.

— Eu conheço muito bem esse lugar, e não existe outra fazenda nesta região a não ser a do senhor Augusto. Desde quando entramos na estradinha de terra batida, tudo o que seus olhos estão vendo pertence a ele. Por acaso vocês não estão pensando em sequestrar a nora do velho, não é? Ela é única herdeira desse mundaréu de terra.

— Você a conhece?

— Dona Dirce é uma mulher maravilhosa! Ela tem um coração muito bom! Cuida do orfanato e adotou uma das meninas. Uma delas é bem conhecida na cidade, a Patrícia. Você se lembra da história que contam sobre ela, a *chef* de cozinha? Foi dona Dirce quem cuidou de Patrícia, do filho dela e da irmã mais nova. O pai das meninas abusava delas....

— Que coisa nojenta! Se eu pego esse homem, acabo com ele! Eu daria o que ele merece! — respondeu outro ocupante do veículo.

José Amâncio encolheu-se no banco, pois ficou com medo de que seus comparsas descobrissem que ele estava ali para levar suas filhas para casa e que elas lhe pertenciam.

— Então, estamos seguindo para a fazenda de seu Augusto? Não quero fazer mal para essa família! Doutor Luís ajudou muito um irmão meu que tinha uma doença grave. Ele pagou o tratamento dele, e meu irmão ficou bom, nunca mais ficou doente. Não podem fazer nada de mal a essa família.

— Essa mulher maravilhosa e boa como um anjo roubou minhas duas filhas! Não vamos prejudicar a família que vocês tanto estimam e de que puxam o saco! Vocês prometeram me ajudar! Eu dei a vocês mais da metade do dinheiro que roubamos. Não podem tirar o corpo fora agora. — José Amâncio estava irritado com a conversa.

— Oh, José Amâncio, por que dona Dirce está com suas filhas?

— Não sei! O que sei é que as duas vieram parar na casa dessa Dirce e eu quero levar as meninas para a mãe, que sente muito a falta delas.

— Não sei, não! Zé Amâncio parece um desses homens que abusam sexualmente das filhas. Olha a cara dele! Está pálido!

— É verdade, José? Você fez isso com suas filhas?

— Ficaram loucos?! Eu jamais tocaria em um só fio de cabelo delas. Elas são minhas meninas amadas. Só quero levá-las de volta para casa. Solange, a mais velha, fugiu de casa e trouxe Soninha, a mais novinha com ela.

— Por que ela fugiu de casa? O que você fez com ela, Zé?

— Ele é um malandro safado! Tenho certeza de que não foi um bom pai. Ele deve ter explorado as meninas — disse um homem de barbas longas, que estava sentado no banco de trás. Ele era o líder do bando e continuou: — Pare o carro! Eu não participarei desse sequestro! Quer saber? Eu não faço mal para crianças. Vamos voltar para a cidade.

— Vocês não podem fazer isso comigo! Eu fiz tudo o que pediram... Olhem os bolsos de cada um de vocês! Estão abarrotados do dinheiro que roubei. Vocês têm que me ajudar com meu problema. Minha mulher, Maria do Socorro, está triste sem as filhas. Vocês têm razão! Eu fui um pai bravo com elas, mas nunca abusei sexualmente das meninas. Isso eu abomino! Acreditem no que digo. Sou um pai enérgico para educar bem meus filhos. Quero levá-las de volta para a mãe. Me ajudem e não se esqueçam de que podemos tirar uma fortuna da madame... Ficaríamos todos ricos!

— Não quero o dinheiro de dona Dirce. Ela é uma mulher generosa, que ajuda as instituições que socorrem os pobres em nossa cidade. Não pegarei o dinheiro de quem ajuda os pobres — disse o jovem que fora criado na fazenda de Augusto. Ele continuou: — Vocês se recordam de quando uma chuva forte devastou nossa cidade? Ela e o marido mandaram trazer alimentos de fora. Eles distribuíram colchões, roupas e até brinquedos para as crianças e praticamente levantaram a comunidade mais pobre, que foi a mais afetada pela enchente. Pare o carro! Não vou sequestrar ninguém daquela família.

— Eu estou de acordo. Essa mulher ajudou minha mãe e minha avó. Pare o carro e dê meia-volta. Estou caindo fora desse sequestro.

O motorista encostou o carro no barranco da estradinha e disse:

— Eu também estou de acordo. Não quero participar desse sequestro. Eu fui uma das crianças agraciada pelo casal depois da enchente. Em minha casa não restou uma só parede em pé. Foram eles quem nos deram abrigo e alimentos no colégio para onde fomos levados. Eles deram dinheiro para meu pai reconstruir nossa casa. Não irei e não deixarei ninguém tocar em nada que pertence a essa família.

— O que deu em vocês?! Prometeram me ajudar! O bebê que vamos sequestrar é meu neto; não é parente dessa benfeitora que estão colocando em um altar.

— Seu neto?! — perguntou indignado o chefe do bando.

— Sim, é filho de Solange, minha filha.

— Você é um imbecil, Zé! Quer sequestrar o próprio neto?! Bonito o que deseja fazer!

— Eu garanto que ele não faz parte da família da santa Dirce.

— Você é muito burro, Zé! Desça já deste carro ou darei um tiro em você. Dirce cuida de suas filhas e é apaixonada por crianças. O que você não sabe é que ela sempre desejou ter um filho e não conseguiu. Tenho certeza de que ela adotou seu neto como um filho. Chega, Zé! O bando decidiu que você está errado em querer prejudicar quem não merece. Saia do carro e não se atreva a continuar com esse plano. Se descobrirmos que entrou naquela fazenda ou na casa dela, eu acabo com você!

— Bando de idiotas! Burros! Não gostam de dinheiro! Pois eu farei o que bem quiser e vocês não me impedirão. Covardes!

José Amâncio foi colocado para fora do carro. O motorista deu meia-volta e pegou a estrada que os levaria para Governador Valadares.

José Amâncio caminhou pela estrada na noite fria e seguiu na direção que um dos comparsas havia descrito como sendo o caminho para chegar à fazenda.

CAPÍTULO 28

Às vinte horas, o relógio-cuco na parede da grande sala do casarão soou. Soninha estava encantada com o pequeno pássaro de madeira que saía da casinha e com o barulho que ele fazia. A menina gargalhava. Um dos empregados bateu na porta para avisar que Dirce tinha vistas.

Ela foi até a varanda e, mesmo na escuridão da noite, reconheceu o carro de Lucas aproximando-se do velho casarão centenário, que era também a sede da fazenda. Ele estacionou o carro e saltou rapidamente do veículo com o coração batendo acelerado, e Dirce envolveu-o em um longo abraço cheio de carinho.

Zenaide abriu a porta do carro do lado do carona e sentiu como aquele reencontro estava sendo especial para os dois. A empregada abriu um leve sorriso e tentou tirar sua mala pesada do banco de trás do veículo. Nesse momento, Venâncio tocou no braço dela e disse:

— Permita que eu a ajude, Zenaide.

Ela não precisou olhar para trás para reconhecer a voz masculina que tanto mexia com seus sentimentos.

Zenaide virou-se, e os batimentos de seu coração aceleraram. O estômago da mulher contraiu-se, e seu corpo estremeceu freneticamente. Venâncio também sentiu seu estômago contrair-se e o coração disparar dentro do peito, quando olhou nos olhos de Zenaide. Ela apertou a mão que a cumprimentava, e ele puxou-a para seu peito, estreitando-a em um caloroso abraço.

Zenaide desejou que o tempo parasse naquele momento para ficar nos braços de Venâncio, mas Dirce quebrou a magia do momento ao perguntar:

— Zenaide, você ficará hospedada conosco ou seguirá para a casa de seus pais?

— Se a senhora permitir, eu gostaria de ficar com meus pais. Estou com muita saudade deles.

— Tudo bem. Pode ficar com eles. Aliás, você está mesmo precisando de férias. Não precisa vir trabalhar enquanto estivermos na fazenda. Mas, se eu precisar de ajuda com Márcio, mando chamá-la.

— Obrigada, dona Dirce! Estarei pronta para atender ao seu chamado.

Venâncio tirou a mala de Zenaide do carro, e ela pegou a bolsa e algumas sacolas com presentes para os pais. Depois, deu o braço para Venâncio com a desculpa de não escorregar no caminho.

— Eu trouxe uma lembrancinha para você também, Venâncio. Quando chegarmos à minha casa, eu lhe entrego.

— Eu prefiro que entregue mais tarde. Aceita meu convite para dar uma volta e ver o céu pintado de estrelas esta noite? Eu estava com saudades de você! Nós podemos conversar um pouco à luz do luar.

— Eu também senti sua falta! Em todos esses meses longe um do outro, não passou um dia em que eu não me lembrasse de você.

— Zenaide, você estava sempre em meus pensamentos! Gosto de recordar como éramos felizes quando estávamos juntos.

Os dois já estavam distantes, quando Lucas caminhou até o porta-malas do carro para pegar sua bagagem. Dirce impediu-o dizendo:

— Você não precisa pegar esse peso. Pedirei a um dos empregados que leve sua bagagem até seu quarto. Quero lhe mostrar como a noite é bela por aqui. Tenho tanta coisa para lhe contar... Afinal, não nos falamos há vinte dias.

— Também tenho muitas novidades para lhe contar. Finalmente, consegui tirar férias do consultório e, se não for abuso de minha parte... gostaria de passar esse período na fazenda com vocês. Posso?

— Será maravilhoso tê-lo aqui conosco. Sendo assim, nós teremos muito tempo para conversar. Vamos entrar. Pedirei que sirvam o jantar para você.

— Não precisa incomodar os empregados. Posso fazer um lanche na cozinha.

— Nada disso! Aqui, convidado meu não trabalha. Você será servido como um rei nesta velha casa.

Os dois subiram a escada e ouviram uma voz masculina dizer:

— O rei desta casa sou eu, Dirce.

Augusto apertou a mão e deu um forte abraço em Lucas. Ele o conhecia desde menino. Luís e Lucas eram melhores amigos desde a infância.

— Como vai, garoto?! Você se tornou um homem forte e elegante.

— Estou muito bem! O senhor também me parece estar muito bem.

— Não sou mais o mesmo homem depois que Regina e Luís partiram para uma viagem sem volta, mas ainda sou o rei desta fazenda — brincou Augusto.

— O senhor será sempre o rei dessas paragens, meu sogro. Nosso amigo veio para passar uma temporada conosco na fazenda.

— Que bom! Eu estava mesmo precisando de um amigo que saiba jogar xadrez. Que tal marcarmos uma partida para amanhã, no final da tarde?

— Eu aceito o convite. O senhor ainda percorre a fazenda a cavalo pela manhã?

— Sim, faça sol ou chuva, cavalgo. Você aceita me acompanhar amanhã?

— Será um prazer! Faz tanto tempo que não ando a cavalo, seu Augusto. Eu devo estar destreinado.

— Que nada! Não dá para esquecer como cavalgar em um bom cavalo. Você aprendeu na infância. Não me esqueço de que você e meu Luís adoravam percorrer a fazenda, montados nos meus melhores cavalos. Vamos entrar. Dirce, peça para a cozinheira preparar um prato bem servido para o Lucas.

— Imediatamente, meu sogro. Eu estava seguindo para dar essa ordem na cozinha.

Quando Dirce se afastou, Augusto comentou em tom baixo para que ela não ouvisse:

— Dirce ainda me trata como se eu fosse o sogro dela. Não fique impressionado com esse tratamento.

232

Ela é viúva e ainda está na flor da idade. Ah, se eu fosse mais jovem!

— O senhor tem interesse em Dirce?

— Não! Eu estou brincando com você. Imaginei que compreenderia minha brincadeira. Eu amo Dirce como uma filha! Quem sabe você possa vê-la como uma bela mulher?

— Compreendi o quer dizer. O senhor quer ser o cupido entre nós!

— Exatamente, Lucas. Uma mulher como Dirce não deveria ficar muito tempo sozinha. Você seria um ótimo marido para ela. E é melhor se apressar, antes que outro homem se aproxime dela e a conquiste.

— Nós somos amigos, senhor Augusto. Eu não poderia ter um relacionamento com a viúva do meu melhor amigo!

— Deixe disso, Lucas! Luís está morto! Você faria um favor a nós dois cuidando dela e a protegendo.

— Pensando bem, o senhor tem razão. Dirce não deveria ficar sozinha. Ela é uma linda mulher!

— Aproveite o tempo que passará conosco e faça a corte a ela. Conquiste a dama, doutorzinho.

Dirce aproximou-se e notou que os dois olhavam para ela incessantemente. Ela perguntou:

— O que há com vocês? Por que me olham dessa forma?

— Augusto me disse que você é uma linda mulher e que devo conquistá-la. O que pensa a respeito? Eu teria alguma chance com essa linda mulher?

— Não sei. Por que não tenta me conquistar com esse charme de galã de novela?

— Ele está brincando com você, Dirce. Nós falávamos sobre outro assunto. — Augusto puxou Lucas pelo braço e disse baixinho: — Começou errado, rapaz. Será que terei de lhe ensinar como se conquista uma mulher?! Use a tática do olhar sedutor. Essa é infalível com as mulheres. Foi assim que conquistei minha Regina.

— Posso me retirar para os dois conversarem em particular, mas seria melhor deixar para mais tarde essa conversa. O jantar está servido, doutor Lucas — brincou Dirce.

— Não me trate dessa forma, bela senhora! Sou apenas seu mais fiel servo.

— Deixe de modéstia! Você é um doutor. E creio que esteja faminto. A cozinheira preparou um delicioso cordeiro no forno à lenha. Sei que você gosta de carne de cordeiro — disse Augusto.

— Eu adoro carne de cordeiro, senhor Augusto. O senhor nos acompanha até a sala de jantar?

— Este velho está cansado. Aqui na fazenda, nós jantamos cedo, e, a essa hora, eu deveria estar na cama. É o que farei, mas quero que fique à vontade, Lucas. Lembre-se de melhorar a forma de olhar para ela.

Augusto seguiu para seu quarto, e Lucas tomou a mãos que Dirce lhe estendia e beijou-a. Ele ofereceu-lhe o braço, e os dois seguiram para a sala de jantar. Sentada à mesa, Dirce comentou:

— Se eu soubesse que você viria esta noite, teria esperado para que jantássemos juntos.

— Eu pensei em ligar para avisá-la, mas o número que deixou não completava a ligação. Resolvi, então, arriscar. Imaginei que chegaria mais cedo, mas Zenaide acabou se atrasando. Teve que organizar melhor a cozinha para os alimentos não estragarem.

— Conheço bem os atrasos dela. Zenaide gosta de deixar tudo muito organizado e verifica várias vezes se está tudo em ordem. Pobre, Zenaide. Ela precisa aprender a relaxar um pouco.

— Eu sou o especialista aqui, dona Dirce. Zenaide está bem. As férias na fazenda farão muito bem a ela.

— Você tem razão. Os ares da fazenda fazem milagres. Eu estava estressada com aquela situação que estava vivendo na cidade, pois tinha de ficar sempre alerta para proteger meu pequeno e as meninas. Eu estou tão tranquila aqui! Sei que todos estão seguros e que aquele homem asqueroso não nos encontrará.

Lucas contraiu o semblante. Dirce percebeu e perguntou:

— O que aconteceu? Você mudou quando citei o pai das meninas. Ele andou perturbando-o novamente?

— Não queria tocar nesse assunto com você esta noite, mas eu a conheço e sei como é ansiosa.

— Não fique me analisando, doutor Lucas! Diga-me o que aconteceu.

— O safado entrou no meu apartamento e roubou um valor alto, que, estupidamente, eu havia guardado em casa para emergências...

Lucas contou para Dirce tudo o que havia acontecido com ele. Ela ficou furiosa com o atrevimento de José Amâncio e disse:

— Esse homem é um marginal pior do que eu pensei! Ele é perigoso demais para estar livre, Lucas. Faço questão de ressarcir o valor que ele roubou de seu apartamento.

Quando Solange retornou naquele estado de pânico para casa, eu imaginei que ela estava exagerando por ter tanto medo do pai. Então, ela realmente viu a faca brilhar na mão do pai! Ele se atreveu a ameaçar a menina.

— Controle-se, Dirce. Não queremos acordar as meninas. Solange não precisa ficar sabendo que o pai, por pouco, não me matou. Você não me deve nada. Não se preocupe com o prejuízo que tive. Ele me disse que deseja o que é dele de volta. Quer levar as duas para Fortaleza. Nós sabemos bem o que o safado deseja com as meninas.

— Se ele descobrir que Márcio é filho dele, é bem capaz de o maldito matar a prova de seu crime contra a filha. Meu Deus! Meu bebê também corre perigo!

— Fique calma, Dirce. Nós estamos em um lugar seguro. Você mesma disse que a fazenda é segura. Foi por essa razão que eu trouxe Zenaide para cá. Se ele atacar sua casa, encontrará somente os seguranças. Assim, será preso, e esse pesadelo terminará! Agora, fique calma. Amanhã, quero matar a saudade deste lugar. Que tal um banho de cachoeira com seu amigo aqui?

— Ótima ideia! Preciso mesmo relaxar debaixo da queda d'água.

Os dois continuaram conversando até tarde da noite e depois se recolheram.

CAPÍTULO 29

Na manhã seguinte, Lucas e Augusto cavalgaram pela fazenda. Augusto mostrou-lhe todos os recantos do belo lugar e o que mudara desde a última vez em que ele estivera lá. Fazia muito tempo que Lucas passara as férias na fazenda ao lado de seu melhor amigo, Luís. Naquela época, os dois ainda estavam na adolescência. O psiquiatra sentiu certa nostalgia e grande saudade de Luís, mas tratou rapidamente de mudar a direção que seu pensamento tomou. Lucas trouxe a mente para o presente e curtiu os momentos agradáveis ao lado de Augusto.

Quando retornaram para casa, Augusto estava bem-disposto, e Lucas chegou exausto do passeio. Seu corpo estava dolorido pelo agito do lombo do cavalo. Lucas entrou no casarão, e Dirce percebeu que ele não estava bem.

— Meu sogro o deixou exausto nesse passeio. É melhor tomar um banho e descansar na rede da varanda até a hora do almoço. E não se esqueça de que combinamos de tomar um banho na cachoeira esta tarde. Creio que lhe fará bem relaxar um pouco dentro d'água fria.

— Querida, podemos deixar esse banho de cachoeira para outro dia? Eu preciso dormir. Estou sentindo dores em todo o corpo.

— Não se preocupe, doutor. Nós vamos de charrete. É mais confortável para nos levar até a cachoeira. Sacudirá um pouquinho só.

— Dirce, por você eu enfrentarei mais essa aventura, mas agora preciso tomar um banho e me esticar na cama. Augusto é um homem muito forte. Ele não se queixou em nenhum momento. O homem estava com o sorriso aberto e muito feliz.

— Essa é a rotina dele, doutor. Todas as manhãs, quando não está chovendo, ele, apesar da idade já avançada, cavalga pela fazenda. É melhor não se comparar a ele. Tenho certeza de que qualquer um de nós nesta fazenda perderia para a agilidade física de meu sogro.

— Tenho de admitir que ele é forte e saudável. Ele sabe tudo o que se passa aqui. Ninguém consegue enganá-lo.

Dirce sorria da forma como Lucas falava. Solange entrou na sala, deparou-se com o sorriso aberto de Dirce e, após cumprimentar seu analista cordialmente, não se conteve:

— Patroa, a senhora parece outra pessoa nesta fazenda. Que belo sorriso a senhora tem! Seu rosto se iluminou. A senhora deveria sorrir mais!

— Eu seguirei seu conselho, Solange. Obrigada. Soninha já está pronta para nosso banho de cachoeira?

— Está sim. Eu arrumei, com a cozinheira, uma cesta para lancharmos lá. Doutor Lucas virá com a gente?

— Eu irei, mas sob protesto, Solange. Sabe onde eu posso lavar essa roupa molhada de suor?

238

— Deixe que eu lavo, doutor. Coloque as roupas sujas do lado de fora de seu quarto, e eu levarei depois para a lavanderia. Com o calor que está lá fora, secará rapidamente.

— Eu agradeço, Solange, minha paciente preferida. Não trouxe muitas roupas e me esqueci também de trazer toalhas para o banho de cachoeira.

— Quanto a isso, não se preocupe. Eu arrumei uma sacola com toalhas para todos nós — respondeu Solange.

— Dirce, essa menina vale ouro. Nós levaremos o bebê conosco?

Lucas percebeu que a expressão facial de Solange mudara imediatamente quando ele perguntou sobre Márcio. A jovem baixou a cabeça e encaminhou-se lentamente para o corredor que levava aos quartos. Dirce respondeu rapidamente para que o sorriso que estava nos lábios de Solange não se apagasse:

— Márcio ainda é muito pequeno para essas aventuras no campo. Ele ficará com a babá.

Os olhos de Solange brilharam, e Lucas percebeu que a presença do filho ainda incomodava a jovem. O psiquiatra desejou ter mais uma sessão com ela para ajudá-la a superar o trauma. E, seguindo pelo corredor ao lado de Solange, disse:

— Nós temos que conversar a respeito disso, Solange. Você ainda não compreendeu que Márcio não é uma ameaça. Eu disse que teríamos uma sessão naquele fim de semana em que vocês deixaram a cidade, mas não pude vir. Desculpe-me por não cumprir com minha palavra, mas ficarei aqui por um longo período. Não faltará oportunidade para conversarmos.

— Doutor, não quero falar sobre esse assunto. Dona Dirce fica triste quando percebe que procuro evitar a presença do bebê. Por favor, não vamos estragar este dia! Todos nós estamos felizes aqui na fazenda. Desejo ficar aqui para sempre.

— Não creio que se esconder no campo resolverá o problema, Solange! Os desafios que a vida traz continuarão chegando até você. Amanhã, nós poderemos conversar em particular.

— Terei mais uma sessão com meu analista fora do consultório?! Como estou ficando chique!

— Estou aqui para isso! Você não terá como fugir do seu consultor para assuntos perturbadores. Sua mente jovem precisa de conserto para que você consiga desfrutar de uma vida feliz e saudável, mocinha.

Solange sorriu com a brincadeira de Lucas. Os dois haviam parado diante da porta do quarto de Lucas, e a jovem disse:

— Doutor, deixe a roupa suja aqui no chão. Passarei depois para pegar. Tenho que ajudar a Janete na cozinha e vou convidar Yuri para esse banho de cachoeira.

— Yuri é o seu namoradinho? Vejo que está apaixonada.

— Eu gosto dele. Yuri me trata com respeito e nunca avançou o sinal.

— Você gostaria que ele avançasse?

— Pare de me analisar, doutor.

— Desculpe-me, mas terei uma conversa séria com esse rapaz! Ele terá que ser muito delicado e gentil com você.

— Nós não temos nada, não faça isso! Ele não é meu namorado.

240

— Não é namorado ainda, mas vejo em seus olhos que está apaixonada por ele. Como seu amigo e analista, tenho a obrigação de zelar por você. Não desejo que seus sentimentos sejam feridos. Deixe-me ajudá-la, Solange.

— Doutor, eu fico muito constrangida com essa situação! Você me disse que eu atraí para minha vida o que aconteceu comigo.

— Eu disse que seu medo atraiu o que você mais temia. Tenho certeza de que, de alguma forma, você escolheu aquele sujeito como pai antes de reencarnar.

— Eu deveria estar louca! Que escolha errada!

— Não creio que houve um erro em sua escolha, Solange. Nada acontece por acaso. Você aprendeu muito sendo filha dele, como ter coragem para procurar um caminho novo para sua vida. Você tomou as rédeas de sua existência e seguiu em frente. Deveria ter orgulho disso! E, com sua escolha, conseguiu também proteger sua irmã e não abortou seu filho. Tenho muito orgulho de você, Solange.

— Obrigada, mas não estamos em uma sessão, doutor. Você precisa tomar um banho! O cheiro de suor está forte!

— Isso é cheiro de trabalhador do campo! Hoje, plantei o alimento que você comerá amanhã!

— O senhor Augusto o levou para trabalhar na horta?

— Entre outras coisas. Estou tão cansado!

Solange sorria, e Dirce deixou seus afazeres para ver o que estava acontecendo no corredor. Uma dose de ciúmes despontou nela.

Solange e Lucas não perceberam que ela estava observando os dois conversarem. Lucas entrou no quarto, e Solange continuou seu caminho.

Dirce percebeu o quanto gostava de Lucas e recriminou-se pensando: "Eu não sou mais uma menina para me apaixonar dessa forma!". Ela pensou em Luís e pediu perdão por estar interessada em outro homem.

Com esse pensamento, Dirce criou uma conexão com o espírito de Luís, que estava trabalhando em uma cidade no plano espiritual. Ele ouviu as palavras da esposa, parou o que estava fazendo e conectou-se com a mente dela. Ele impelia ao pensamento de Dirce algumas frases repetidas vezes para que o cérebro dela gravasse.

— Você não está me traindo! Você tem o direito de recomeçar sua vida. Lucas é uma ótima pessoa. Abra seu coração para ele. Dê-se uma oportunidade para ser feliz novamente. Não existe mais traição entre nós! Lembre-se do "até que a morte nos separe ou até que nosso compromisso termine". Dirce, não quero exigir nada de você. Eu parti e não posso mais estar ao seu lado. Permita que Lucas faça o que não posso mais fazer por você. Fique bem e seja feliz! Quando você retornar para este lado da vida, nós conversaremos! Siga sua jornada em paz.

Luís tentava de todas as formas se libertar da energia que Dirce, sem querer, jogava sobre ele. Ele era habitante de uma cidade muito agradável e não podia deixar que sua vibração caísse devido a perturbações vindas da Terra. Luís conhecia as repreensões que chegariam até ele por contaminar a cidade em que vivia e temeu ouvir a sirene soar, avisando-lhe que ele estava interferindo na vibração positiva da cidade. Ele não desejava ser expulso ou convidado a se retirar educadamente por espíritos superiores. Não desejava retroceder e voltar a ser morador de uma colônia.

Luís usava os recursos que conhecia para preservar o equilíbrio, mas não conseguia manter o nível de vibração que a cidade exigia de seus habitantes. Ele sentia ciúmes de Dirce, mesmo desejando não sentir. Trazia a certeza de que a esposa precisava voltar a ser feliz, pois sabia que a solidão não era uma boa companhia. Tudo o que ele desejava era ouvir a gargalhada de Dirce novamente. Desde que ele partiu, ela nunca mais gargalhara gostosamente, o que era característico de sua personalidade.

Luís precisou deixar o prédio em que trabalhava e seguiu para um refúgio na cidade, onde o tratamento energético acontecia por meio da energia da água. Algumas fontes foram espalhadas pelo local para ajudar os habitantes a voltarem ao seu equilíbrio.

Luís sentou-se na frente de uma fonte, que jorrava água de todas as cores e formava um belo arco-íris, e ficou ali recebendo energias positivas.

Quando se levantou do gramado, Luís sentiu-se totalmente lúcido e equilibrado e voltou ao trabalho no departamento de auxílio. Ele era um aprendiz no setor e precisava manter a mente lúcida para detectar e interferir quando fosse necessário. Luís estava auxiliando o caso de Solange, Sônia, Márcio, Matias e do resto da família. Ele tentava orientar José Amâncio para que ele desistisse de seus ataques, mas era uma missão muito difícil, pois o homem comprometia-se cada vez mais com espíritos perturbadores e ignorantes.

Luís foi orientado a se distanciar de José Amâncio para não se contaminar com a energia densa e desagradável. Por ser ainda um aprendiz, ele poderia ficar desorientado com a energia e contaminar todo o ambiente de trabalho do departamento de auxílio.

Luís gostava de estar na plateia quando aconteciam palestras edificantes na cidade. Ele adorava ouvir e estar próximo dos espíritos mais evoluídos na divulgação da positividade como bálsamo na existência dos seres. Ele percebia o poder de transformação naqueles que vibravam na energia positiva.

CAPÍTULO 30

Na noite anterior, quando foi colocado para fora do carro de seus comparsas, José Amâncio caminhou na escuridão pela estrada deserta e íngreme até encontrar um vilarejo já bem próximo do topo do morro. Lá havia algumas casinhas de pau a pique e outras de alvenaria rústica. Havia cercas de arame farpado em volta dos terrenos, e as porteiras de madeira tentavam estabelecer a entrada das propriedades na comunidade. Apenas um lugar não era cercado ou tinha uma porteira para ser aberta, e foi ali que José Amâncio encontrou abrigo do sereno e do vento fresco que deixavam a paisagem bucólica mais aconchegante.

Tratava-se de um pequeno empório que fornecia mercadorias para os moradores da pequena vila. No tempo em que o pai de Augusto comprou essas terras, ele mandou construir o empório para que seus empregados não precisassem viajar até Governador Valadares.

José Amâncio encontrou alguns sacos de juta grossa que estavam vazios. O dono do estabelecimento recebia os sacos com os grãos e os vendia por quilo para a freguesia.

José ajeitou-se em um canto embaixo da marquise do empório e ali mesmo adormeceu.

Ele foi acordado pelo dono do empório, que tocou em seu ombro, chamando-o:

— Senhor, está na hora de acordar. Meus fregueses chegarão em alguns minutos para comprar pão e leite. Acorde... O senhor precisa sair daqui.

José Amâncio abriu os olhos ainda confuso e tentou descobrir onde estava. Todas as noites, ele era tomado por pesadelos e despertava assustado e confuso. Muitas vezes, não sabia definir se ainda sonhava ou estava desperto.

— Onde estou? Quem é você?

— Sou Abílio, o dono do empório. Você está dormindo na porta da minha vendinha. Precisa deixar a passagem livre para os fregueses. Por favor, levante-se. Se desejar, entre. Você deve estar com fome.

— Eu estou com muita fome e não tenho forças para me levantar daqui. Faz muitos dias que não como nada — mentiu José Amâncio e continuou: — Você tem um pedaço de pão? — Ele desejava tomar seu café da manhã, sem precisar tirar dinheiro do bolso.

— Venha, meu amigo. Não gosto de ver a fome ao meu lado. Lá nos fundos, há um banheiro onde pode lavar-se. Colocarei uma bandeja com pão, leite e café fresquinho que acabei de fazer antes de abrir a porta da vendinha.

— Você tem também manteiga para passar no pão?

— Darei para você manteiga e um bom pedaço de queijo como os mineiros gostam.

— Eu agradeço! Faz tanto tempo que não como uma fatia de queijo.

José Amâncio levantou-se com a ajuda de Abílio e foi para o fundo da vendinha com um ar sarcástico no rosto. Ele deduziu que o dono do local fosse um "trouxa" como Norberto e passou a analisar o empório para descobrir onde ficava o caixa e depois surrupiar o dinheiro acumulado no dia. José Amâncio, contudo, acabou desistindo de roubar seu anfitrião, pois pensou com mais clareza. Pretendia ficar ali para descobrir um pouco mais sobre a segurança na fazenda, o local onde Dirce escondera suas filhas.

Depois de saciar sua fome com um farto café da manhã, que fora servido com carinho por Abílio, José Amâncio instalou-se atrás do balcão e tratou de ser útil, ajudando seu benfeitor a atender a freguesia. Ele tentou ser prestativo o dia todo e assim foi tirando informações sobre a rotina da fazenda Morro Alto.

— Parece que todos os moradores deste vilarejo têm verdadeira adoração pelos proprietários da fazenda Morro Alto. Principalmente pela mulher de nome Dirce.

— Ela é uma santa! Dona Dirce ajuda a todos que estão em situação ruim. Foi ela quem conseguiu que a prefeitura construísse um posto de saúde aqui no alto do morro. Aquela mulher é uma santa!

— Você não deveria colocá-la em um pedestal! Aquela mulher deve ter cometido muitos erros no passado e agora está fazendo caridade para amenizar a culpa que carrega. Ninguém é tão bonzinho assim.

— Dona Dirce não cometeu erros no passado! Todos nós nos conhecemos aqui e na cidade. A reputação de dona Dirce é ilibada! Ela teve uma infância saudável e foi uma adolescente ajuizada. Ela se casou com o doutor Luís,

247

filho do dono da fazenda Morro Alto. É uma mulher que sempre gostou de ser útil e ajudar a comunidade. Ela tem verdadeira paixão por crianças, mas não conseguiu ser mãe. Assim, ela e o marido adotaram Beatriz. A moça foi para outra cidade estudar para ser médica. Infelizmente, dona Dirce ficou viúva e se entristeceu muito devido à solidão em sua casa. Nós ficamos sabendo que ela adotou uma menina graciosa de nome Sônia e um bebê doentinho, a quem deu o nome de Márcio. O mesmo nome de seu falecido pai.

— Me parece que essa mulher realmente ganhou um espaço no altar dos moradores desta cidade. Se ela é tão boa assim, será que me arrumaria um emprego na fazenda?

— Tenho certeza de que sim. Procure Venâncio, o capataz que cuida dos peões da fazenda. Diga a ele que o Abílio o mandou. Você sabe lidar com vacas leiteiras?

— Sei lidar com todo tipo de animal de criação. Vou agora mesmo falar com esse Venâncio.

— Melhor não ir para lá agora. Está na hora do almoço, e você não encontrará o Venâncio na sede da fazenda. É lá que fica o escritório onde ele faz os contratos com os peões. O escritório fica embaixo do casarão onde vive o senhor Augusto. Soube que nasceu uma leva de bezerros que precisam ser vacinados. Nesse período, Venâncio sempre contrata novos peões.

— A que horas devo me apresentar a esse Venâncio?

— Se apresente a ele depois das quatorze horas. A essa hora, talvez ele já tenha retornado do almoço. Falando em almoçar, está na hora. Fecharei o empório para comer com calma como gosto e depois tirar aquele cochilo

248

gostoso de início da tarde. Vamos? Eu o convido para almoçar em minha casinha.

— Deve ser uma das casas cercadas com arame farpado, não é?

— Minha casa é a mais graciosa das casinhas da região. Eu pintei as paredes de azul. Ela ficou uma beleza! Minha mulher deve estar me esperando com o almoço na mesa. Minhas filhas chegarão da escola famintas. Você notou se o ônibus escolar já passou aqui na frente?

— Sim. O ônibus passou há poucos minutos e seguiu para aquele lado. — José Amâncio apontou para o lado esquerdo.

— Foi dona Dirce quem conseguiu esse ônibus escolar para levar as crianças para a escola da cidade e trazê-las de volta todos os dias. Essa mulher só faz o bem para a comunidade.

— A santa Dirce fazendo seus milagres novamente! Gostaria muito de conhecer essa mulher. Será que ela também me ajudaria? Preciso de um lugar para morar e alimento na minha mesa.

— Se você conseguir o emprego na fazenda, pode ter certeza de que terá uma casa confortável para morar enquanto trabalhar lá. Todos os homens e algumas mulheres da região trabalham na fazenda.

— E eles vivem fora da fazenda?!

— Os trabalhadores optaram por viver neste vilarejo. Há alguns anos, o senhor Augusto doou os terrenos para os trabalhadores que se destacaram na fazenda. Ou toda essa extensão de terra até lá embaixo no pé do morro pertenceria à fazenda Morro Alto.

— Ouvi comentários de que as terras desta montanha pertencem ao dono da fazenda. Então não é verdade?

— Somente este pedaço de terra, que comporta o vilarejo, não pertence mais ao senhor Augusto. Tudo o que seus olhos alcançam são terras da fazenda Morro Alto.

Os dois continuaram a conversa depois que fecharam as portas do empório e seguiram rumo à casa de Abílio para almoçar.

Abílio abriu a porteira, e dois cachorros sem raça definida vieram abanando o rabo para cumprimentar seu dono. Abílio, gentilmente, abaixou-se para fazer carinho em seus cãezinhos, e um deles rosnou para José Amâncio. O dono do empório, então, chamou imediatamente sua atenção:

— Não, Costelinha! Ele é amigo! Você não pode avançar em nosso amigo.

O cachorro parou de rosnar e começou a pular nas pernas de José Amâncio. A comitiva seguiu em direção à casa simples caiada de azul-claro. No alpendre, a mesa estava posta para o almoço com simplicidade, e, ao lado, duas redes convidavam para o descanso.

Abílio apresentou sua família para José Amâncio, e Joana, esposa do anfitrião, apressou-se em colocar mais um prato na mesa. As meninas ajudaram. A filha mais velha do casal aparentava ter doze ou treze anos e ajudava o pai no empório depois do colégio. A mais nova aparentava ter oito ou nove anos. José Amâncio fixou os olhos nas meninas, e a mãe das garotas, percebendo os olhares, mandou as filhas terminarem a refeição na cozinha, longe do intruso que o marido trouxera para dentro de casa.

Abílio era um homem ingênuo e não percebia a maldade nas pessoas. Para ele, todas as pessoas eram boas. Depois do almoço, como de costume, o pai mandou a filha mais velha reabrir o empório até ele despertar de sua sesta.

Abílio, ingenuamente, pediu para José Amâncio que a ajudasse em sua ausência, mas a mãe das meninas, como uma leoa que protege sua cria, não permitiu que a filha ficasse sozinha no empório com um desconhecido. Ela disse:

— Esta tarde, eu cuidarei do empório. As meninas têm trabalho escolar para fazer. Quando terminar de comer, vamos para o empório, José...?

— Amâncio. Meu nome é José Amâncio. Infelizmente, não poderei ajudá-la na vendinha, pois irei até a fazenda para falar com o Venâncio. Seu marido me disse que eles estão contratando peões para cuidar do gado.

— Ótimo! — ela disse com um alívio na voz e continuou: — Espero que consiga o emprego na fazenda e, se não encontrar uma colocação por lá, creio que na cidade haja algo para o senhor fazer. Infelizmente, meu marido não pode se dar o luxo de contratar um ajudante na vendinha. Nós vivemos modestamente nesta casinha e não temos nada de valor aqui.

— O valor de uma família são os filhos. A senhora tem lindas meninas, que, quando crescerem, darão trabalho ao pai. Ele terá de colocar muito malandro para correr.

— Eu sei cuidar dos malandros! Eles que não se atrevam a se aproximar das minhas meninas... Corto a parte íntima deles e dou para os porcos do fundo do quintal comerem!

Abílio soltou uma gargalhada e disse:

— Essa mulher é muito brava! É melhor não medir forças com ela, José. Vamos descansar nas redes?

— Tenho que ir até a fazenda. Falta pouco para as quatorze horas.

— Que nada... Ainda é cedo. Você acabou de comer. Não suportará caminhar até a fazenda. É melhor deixar o sol baixar um pouco. É um estirão até lá.

— Nada disso, Abílio. Seu amigo deseja conseguir o emprego com o Venâncio. É melhor ele tomar o rumo morro acima na direção da fazenda.

José Amâncio compreendeu que a esposa de Abílio não o desejava em sua propriedade e sentiu que ela desconfiara de seu olhar sobre as lindas filhas do casal. Ele, então, despediu-se de Abílio e seguiu na direção da porteira, sendo acompanhado pelos dois cachorros magros.

CAPÍTULO 31

A tarde estava quente, e o banho de cachoeira foi refrescante. Até mesmo Augusto acompanhara o grupo até a cachoeira. Soninha brincava com ele, espirrando água na direção do vovô.

Augusto, para os trabalhadores da fazenda, era um homem sério e carrancudo, mas, quando estava com Soninha, se transformava em um vovô que aceitava as brincadeiras da menina e abria um sorriso.

Nessa tarde, Zenaide cavalgava pela fazenda ao lado de Venâncio. Ele mostrava-lhe o que havia se modificado na paisagem que ela conhecia como a palma de sua mão. Os dois se aproximaram da cachoeira e ouviram risos. Zenaide, então, desceu do cavalo e uniu-se ao grupo. Venâncio foi convidado por Augusto para se refrescar na água, mas, como estava em horário de trabalho, não aceitou o convite. Ele ficou sobre o dorso do animal conversando com Augusto e Lucas até que um dos peões veio avisar que alguém procurava por ele no escritório.

— Tenho que ir. Deve ser alguém procurando trabalho.

— Você ainda não contratou os peões de que precisamos?

— Contratei cinco homens bons para lidar com a criação. Nós precisamos de mais um peão. Me deem licença.

— Toda, Venâncio. Esse é meu homem de confiança, Lucas. Ele nasceu aqui na fazenda. Eu o tenho como filho, já que Luís não está mais aqui entre nós.

— Não vamos falar de coisas tristes hoje, senhor Augusto. Senti que o senhor gostou de Soninha.

— Eu adoro crianças. Soninha é uma menina muito alegre. Ela trouxe vida para minha casa. Por onde Soninha passa, o ambiente se ilumina.

— Que bom que gostou dela.

— Devo lhe confessar que andava desanimado de viver tão solitário no casarão. Gostei muito que Dirce tenha vindo passar uma temporada comigo e trazido as crianças para encher a casa de alegria. Depois da morte de meu filho e de minha amada Regina, me tornei um velho nostálgico, Lucas.

— O senhor estava entrando em depressão. Aproveite a vida, senhor Augusto. Sorria mais. Soninha está chamando para entrar na queda d'água.

— Então... lá vai o vovô aproveitar o dia de sol que faz hoje! Esta noite, jogarei um carteado com os peões lá no paiol. Você virá conosco?

— Se não se importar, prefiro ficar ao lado de Dirce na varanda. Quero olhar as estrelas no céu, se me compreende.

— Não precisa dizer mais nada. Compreendi suas intenções. Estou de acordo. Dirce precisa de um homem bom ao seu lado. Ela ainda é jovem para ficar na solidão como eu. Minha nora adotou as crianças, mas isso não preenche o vazio em sua cama.

— O senhor tem razão. A solidão não é boa companheira. Tentei ficar sozinho, mas chega uma hora na vida de um homem que ele precisa de carinho e companheirismo. Dirce é uma mulher encantadora.

— Você disse a ela sobre o que está em seu coração?

— Tentei, mas não encontrei o momento oportuno para abrir meu coração para ela.

— Esta noite, que tal um jantar à luz de velas? Somente para os dois?

— Não creio que terei a atenção de Dirce em um jantar romântico. Soninha e Márcio requerem a atenção dela a todo momento.

— Convide-a para jantar fora. Aqui por perto, há um restaurante muito agradável. Ele fica na estrada, a alguns quilômetros à frente. Eu costumava levar minha Regina lá para comemorarmos nosso aniversário de casamento. Não se trata de uma parada de caminhoneiros. É um lugar muito elegante e sofisticado, como Dirce aprecia.

— Ótima ideia! Esta noite, eu a levarei ao restaurante para um jantar romântico, abrirei meu coração e a pedirei em casamento.

— Eu abençoo essa união e tenho certeza de que Luís, onde quer que esteja, também a aprova. Aproveite a vida, doutor Lucas, pois ela é curta e passa rápido! Quando percebemos, já estamos com os cabelos grisalhos e o rosto coberto por marcas do tempo. Prontos ou não, nós voltaremos para casa. Vou brincar com minha netinha. Aqui está faltando apenas uma pessoa.

— Quem?

— Beatriz, a minha netinha amada. Ela adorava brincar na cachoeira.

Augusto foi para junto de Soninha, Solange e Yuri. Dirce estava sentada em uma pedra refrescando-se, e Zenaide estava ao lado da patroa com os pés dentro da água. Notando o olhar apaixonado que Lucas lançava para sua patroa, ela disse:

— Dona Dirce, é melhor fazer companhia para o doutor Lucas.

Yuri levou Solange para um recanto mais afastado e, depois de um longo beijo apaixonado, disse:

— Lange, meu pai ligou e falou que precisa de minha presença em outro caso, portanto, terei de deixar a fazenda e voltar para a cidade. Eu sinto muito.

— Eu sabia que você teria de voltar a Governador Valadares. Esses dias que passamos juntos aqui foram os melhores de minha vida. Sentirei sua falta.

— Também sentirei a sua, Lange, mas prometo que voltarei depois que resolver o caso ao qual fui solicitado.

— Seu pai comentou se já prenderam meu pai?

— Infelizmente, seu pai desapareceu da cidade. Não temos notícias dele, mas não se preocupe. É questão de tempo até pegarmos e prendermos o safado.

Os dois se despediram com beijos quentes já regados de saudade. Yuri também se despediu de todos, retornou para o casarão, pegou a mala e deixou a fazenda.

Yuri não contou para Solange que fora dispensado de seus serviços por Dirce. Ela atendeu a um pedido de Augusto, que não gostava de ver pessoas estranhas caminhando por sua fazenda. Augusto insistiu com Dirce, dizendo que seus homens dariam conta de proteger as crianças e a fazenda.

A tarde seguiu quente e agradável na fazenda Morro Alto.

No escritório, Venâncio acabara de contratar José Amâncio para trabalhar com o gado. Ele foi instalado no dormitório junto com os peões contratados temporariamente, que se recolhiam após o trabalho.

Venâncio era um homem experiente e tomava cuidado para contratar os peões que viveriam na fazenda. Ele aceitara empregar José Amâncio por ele ter sido indicado por Abílio, imaginando que estava contratando um homem de bem, que procurava obter seu sustento honestamente.

Depois de levar José Amâncio para o alojamento e lhe mostrar qual seria sua função na fazenda, Venâncio avisou:

— O senhor Augusto, o seu patrão, não gosta de peão próximo ao casarão. É proibido entrar na casa sem permissão.

— Compreendo, senhor. Não farei nada para desagradar o patrão.

— Você tem sotaque nordestino. De onde você vem?

— Do Ceará.

— Terra boa e bonita a sua!

— É muito bonito o meu Ceará. Nosso povo recebe bem os turistas. Você já esteve passeando por lá?

— Quem me dera fazer essa viagem! Eu trabalho muito e não tenho tempo para nada.

— Nem para as mulheres?

— Eu não lhe dei liberdade para entrar nesse assunto. Aqui é seu lugar de trabalho, e espero que respeite as mulheres da fazenda ou será demitido por justa causa.

257

Venâncio deixou José Amâncio no dormitório e seguiu para a cachoeira para acompanhar Zenaide e levá-la de volta para casa. A tarde findava-se, e o grupo começou a recolher as cestas do piquenique.

Dirce lançou um olhar malicioso para Zenaide, quando Venâncio retornou para junto deles. A empregada disfarçou a empolgação e evitou olhar para a patroa. Os dois saíram cavalgando pelo campo.

Lucas aproveitou o belo pôr do sol que Dirce apreciava. Ela estava sentada na charrete. Ele colocou a cesta do piquenique na parte de trás do veículo e ajudou Solange e Soninha a subirem no banco de trás. Lucas, então, ocupou um assento ao lado de Dirce e tomou as rédeas do cavalo. Augusto subiu em seu cavalo e partiu cavalgando como um menino feliz.

Lucas fez o convite, e Dirce aceitou dizendo:

— Eu aceito seu convite para jantar, mas preciso deixar o bebê e Soninha aos cuidados de Zenaide. Se ela concordar em ficar com as crianças esta noite, poderemos sair da fazenda.

Lucas abriu um sorriso largo e seguiu com a charrete em direção ao casarão. No caminho, encontraram Zenaide na companhia de Venâncio, e Dirce, mesmo sabendo que eles estavam felizes juntos, fez o pedido. A cozinheira, prontamente, aceitou cuidar das crianças com uma condição: ficar com eles na casa de seus pais, pois havia convidado Venâncio para jantar com a família.

Dirce concordou ao ver nos olhos de Lucas o desapontamento caso não saíssem para jantar.

Naquela noite, Solange ficaria sozinha no casarão. A cozinheira morava com a família em uma das casas da

258

fazenda, assim como todas as outras mulheres que cuidavam da casa.

O relógio-cuco da sala principal marcava dezenove horas. Zenaide havia levado as crianças para dormir na casa de sua família, e Dirce terminava de se maquiar. Ela estava ensinando Solange a fazer uma boa maquiagem.

Dirce deixou Solange em sua suíte treinando a maquiagem. Augusto jantou cedo e seguiu para o paiol para jogar o costumeiro carteado com os empregados.

Lucas e Dirce entraram no carro e saíram da fazenda. De longe, José Amâncio observava o movimento das pessoas deixando o casarão. Augusto não costumava fechar a porta de entrada principal. A fazenda era um lugar tranquilo, e ele acreditava que o casarão estava seguro.

José Amâncio não teve trabalho para entrar na casa. Ele usou a porta da frente. Bastou virar a maçaneta e entrar. Solange continuava diante do espelho no quarto de Dirce e estava apreciando seu rosto maquiado. José Amâncio caminhou tentando não fazer barulho. Ele abriu as portas dos quartos procurando por Solange.

Quando chegou ao quarto de Dirce, Solange não acreditou no que estava vendo. Seu pai estava ali, apontando uma arma para ela.

A jovem ficou pálida e por pouco não desmaiou com o susto. Ela imaginou que estivesse segura ali. José Amâncio entrou e foi rápido. Jogou a filha sobre a cama e encostou o revólver na cabeça de Solange, que não teve como evitar o estupro.

Solange sabia que, se gritasse, ele puxaria o gatilho e a mataria. Mesmo desejando a morte naquele momento, ela manteve-se calada, como ocorria em sua casa no Ceará. Com asco, a jovem sentia o corpo do pai sobre o dela. Seu instinto de preservação — ou o trauma — a manteve calada e não permitiu que ela esboçasse uma reação. Solange chorava baixinho, o que irritou José Amâncio, tornando-o ainda mais violento.

Depois de saciar-se, ele agrediu Solange com socos e chutes. Encolhida em um canto do quarto luxuoso de Dirce, ela sangrava. José Amâncio ameaçou matar a todos, inclusive Dirce, se a jovem contasse que ele estava na fazenda. O homem prometeu voltar para se saciar e disse que, se ela não fosse carinhosa com ele, se aproveitaria de Soninha da próxima vez.

José Amâncio saiu do casarão e voltou para o alojamento como se nada tivesse acontecido. O que ele não percebeu foi que sua calça e as botas estavam sujas de sangue, o que chamou a atenção dos outros peões. Um dos homens perguntaram o motivo de José Amâncio estar sujo, e ele respondeu:

— Acabei de matar um saruê no mato. O safado estava mexendo no lixo que fica embaixo da árvore. Ele correu para o mato, e eu fui atrás do bicho. Acabei com a raça dele!

No casarão, Solange estava em pânico, pois sabia que José Amâncio cumpriria suas ameaças. Mesmo sentindo dores pela violência que sofrera, ela tomou um banho, tentando tirar de seu corpo o cheiro do pai, que lhe causava ânsia.

Solange sentou-se no box e lá mesmo vomitou tudo o que estava em seu estômago. A água quente doía quando escorria por seu corpo. Depois de chorar muito, ela terminou o banho e secou-se com cuidado. Olhou-se no espelho e percebeu que seu corpo e rosto estavam marcados com hematomas. A menina deitou-se em sua cama, gemendo e chorando.

Solange sabia que teria de ser forte para poupar Soninha e a vida de todas as pessoas que ela aprendera a amar.

CAPÍTULO
32

Dirce e Lucas não retornaram para a fazenda naquela noite. Augusto chegou embriagado, foi direto para seu quarto e adormeceu tranquilamente. Ele não ouviu os soluços e gemidos de desespero de Solange.

Ela estava com dores em vários lugares de seu corpo, mas a dor maior era no rosto, que estava muito ferido. Solange ficou estirada em sua cama, gemendo de dor entre um soluço e outro.

Um novo dia raiou, e a arrumadeira foi chamar Solange para dar início à limpeza da casa, como faziam todas as manhãs. Ouvindo os gemidos da jovem, a mulher apressou-se em chamar Janete, a cozinheira, que preparava o café da manhã na cozinha.

As duas apressaram-se em seguir para o quarto de Solange. A cozinheira abriu a porta, e as duas ficaram penalizadas com o estado da jovem. Janete perguntou:

— O que aconteceu com você?! Está com hematomas por todo o corpo! O ferimento de sua cabeça está sangrando! O que aconteceu aqui? Quem fez isso com você?

Solange não conseguia falar. Janete correu para o quarto de Augusto para avisá-lo de que a jovem precisava ser levada para o hospital. Ele levantou-se assustado, e sua pressão arterial subiu.

Janete procurou por Dirce, mas não a encontrou. Ela bateu na porta do quarto de Lucas e não obteve resposta. Janete, então, apressou-se em chamar Venâncio, que veio rápido.

Venâncio pegou Solange nos braços e colocou-a em uma caminhonete da fazenda. Augusto entrou rapidamente no veículo, sentou-se no banco do passageiro, e Venâncio deu partida, arrancando em velocidade para Governador Valadares.

O médico que atendeu Solange no pronto-socorro conversou com ela e fez alguns exames. A partir disso, ele afirmou para Venâncio que a jovem sofrera violência sexual. Augusto também precisou ser medicado e ocupou um leito até que a pressão arterial baixasse.

Venâncio ligou para o casarão, pois desejava avisar Dirce sobre o ocorrido com a jovem que ela protegia. Maria, a arrumadeira, atendeu à ligação e avisou que Dirce não havia dormido na fazenda. Venâncio, então, acabou desistindo de falar com a patroa pelo telefone e ficou ao lado de Augusto até ele receber alta.

Venâncio achou melhor Augusto não entrar no quarto que Solange ocupava, pois sabia que o estado dela lhe causaria novamente um pico de pressão arterial. Venâncio deixou Augusto na sala de espera do pronto-socorro e foi conversar com a jovem. Ele queria saber quem fizera aquilo com ela dentro da fazenda e desconfiava do novo peão que contratara. O homem era o único

263

que ele não conhecia bem. Os outros peões contratados eram filhos de amigos que viviam nos arredores da fazenda Morro Alto.

Venâncio entrou no quarto em que Solange estava internada. Uma enfermeira a monitorava e ministrava as medicações no braço da jovem. Venâncio perguntou:

— Como ela está?

— O senhor sabe quem foi o responsável por esse crime?

— Eu não sei, mas ainda pego quem fez isso com ela!

— Espero que acabem com ele! Quem fez isso com a menina é um animal nojento! Estuprador! Por pouco, ele não matou a pobrezinha! O safado quebrou o braço dela para que não conseguisse reagir. Esse animal bateu tanto nela que quebrou seu maxilar.

— É muito grave?

— Ela está em observação. É melhor avisar a família da jovem de que ela ficará internada.

— Então, não poderei levá-la para casa?

— Não! De forma alguma. O estado dela requer cuidados. Ela precisará fazer uma cirurgia na face. Foi o que o médico escreveu em seu prontuário.

— E por que não está na sala de cirurgia?

— Ela ainda terá de fazer alguns exames. Além disso, precisamos da autorização da família para levá-la para a cirurgia.

— Pelo que sei, a moça não tem família na cidade. Dona Dirce é a responsável por ela.

— Dona Dirce é a melhor pessoa que eu conheço nesta cidade. O senhor já ligou para ela?

— Não estou conseguindo falar com a patroa.

264

— Dona Dirce deve estar na fazenda. Já ligou para lá?

— Nós viemos da fazenda. Ela não estava lá.

— Tente novamente. Precisamos que ela assine a autorização para a cirurgia.

Venâncio ligou novamente para a fazenda, e Maria atendeu à ligação e deu-lhe a mesma resposta que antes. Ele ligou para a casa de Dirce na cidade, e ninguém atendeu ao telefone. Venâncio deixou diversas mensagens na caixa postal do celular de Dirce, mas ela ainda não havia ligado de volta.

Ele não queria deixar Solange sozinha no pronto-socorro, mas precisava levar Augusto de volta para a fazenda. Venâncio caminhou de um lado para o outro no saguão e acabou chamando a atenção da atendente, que perguntou:

— Posso ajudá-lo? Estou notando que o senhor está nervoso.

— Tenho que levar meu patrão para casa, mas não quero deixar a mocinha sem proteção aqui. Nós não sabemos quem a atacou. O malandro pode terminar o serviço que começou ontem à noite... Covarde!

— Acalme-se. Sugiro que coloque seu patrão em um táxi e fique aqui cuidando da moça. Fiquei sabendo do caso. Todos estão comentando no pronto-socorro o que fizeram com ela. Que covardia!

— Você poderia chamar um táxi?

— Há um ponto de táxi à porta do pronto-socorro.

— Obrigado. Não posso deixar Solange sozinha aqui.

Venâncio ajudou Augusto a se levantar da cadeira, seguiu para fora do pronto-socorro e colocou-o dentro do táxi. Augusto também achou melhor que Venâncio cuidasse da segurança de Solange. Ele estava muito penalizado com o que fizeram com a jovem.

Augusto chegou à fazenda e foi recebido por Janete e Zenaide, que segurava Márcio no colo. Soninha estava chorosa e segurava a barra de sua saia. Ela não conseguia conter as lágrimas, e a menininha também emendava no mesmo pranto. Márcio estava agitado e chorava também. Janete e Maria tentavam acalmar as crianças, mas elas só ficavam um pouco mais calmas com Zenaide.

Janete ajudou o patrão a descer do carro. Augusto entregou-lhe a carteira, e a cozinheira pagou a corrida ao motorista do táxi e o dispensou.

Augusto subiu a escada e sentou-se no confortável sofá da varanda. O patrão pediu a elas para sentarem-se à sua volta e disse:

— Quero que todos fiquem em alerta a qualquer movimento estranho dentro ou fora do casarão. Me avisem! Eu prometo por meu filho, Luís, que tanto lutou para ajudar as meninas que passaram por essa terrível situação com homens canalhas como esse que atacou a menina... Esses homens são covardes por tratarem as mulheres com essa violência, portanto, serão punidos. Eu sei que me compreendem.

— Eu concordo com o senhor. São canalhas e covardes — disse Zenaide. Ela perguntou: — Como está Solange? O senhor pôde vê-la?

— Ela está com marcas por todo o corpo. Venâncio me disse que ela passará por uma cirurgia na face. Me parece que o canalha quebrou o maxilar de Solange. Colocarão pinos para reconstruí-lo.

— Que tristeza! Logo ela, que tinha tanto medo de passar por isso novamente...

— Você quer dizer que ela já sofreu abuso?! De quem? — perguntou Janete com os olhos arregalados.

— Do próprio pai.

Sônia ouvia a conversa e disse:

— É verdade! Meu pai batia com o fio do ferro em nós. Eu tenho muito medo dele. Eu o vi essa manhã saindo da casa das vaquinhas.

Augusto questionou Soninha:

— Você viu seu pai na fazenda?

— Vovô, eu vi, sim. Ele fez um sinal com a mão no meio da boca para que eu ficasse quieta. Eu falei para Zenaide que ele estava lá, mas ela não me ouvia. Maria contou que Lange estava machucada e tinha ido para o hospital. Eu vi meu pai lá na casa das vaquinhas.

— Você pode descrever o que ele vestia?

— Calça e camisa. Ele estava com um chapéu grande e tinha barba. Eu tenho medo do meu pai! Quero voltar para a casa da mamãe Dirce.

— Você está segura aqui, querida. Esse homem não chegará perto de você. Eu ligarei para o delegado, que é meu amigo. Quero esse homem atrás das grades!

— Não tenha medo, Soninha. Tudo ficará bem. Sua irmã ficará curada e voltará para casa — disse Zenaide, enquanto acariciava os cabelos de Soninha.

Augusto levantou-se e perguntou:

— Alguma de vocês conseguiu falar com Dirce ou com Lucas?

— Não conseguimos, patrão. Os dois saíram para jantar ontem, e parece que foram tragados pela terra!

Liguei para o celular dos dois, mas não atenderam! Deixei mensagem, mas não responderam.

— Tente novamente, Janete. Estão precisando de Dirce no hospital para autorizar a cirurgia de Solange. Venâncio também está lá tentando ligar para eles. Fiquem tranquilas. Ele não arredará os pés do hospital. Venâncio está protegendo Solange de um possível ataque do agressor. Eu não deveria ter insistido com Dirce para dispensar o segurança da menina... Eu disse que aqui na fazenda ela não precisaria do rapaz. Me sinto culpado! Eu imaginei que esta fazenda fosse uma fortaleza. O desgraçado conseguiu entrar aqui e fazer o que fez. E, se essa criança estiver certa... nós sabemos quem foi que cometeu a atrocidade com Solange. Maria, quero que vá até o escritório e peça para o Zelito reunir todos os homens da fazenda no celeiro.

— Patrão, o homem pode se assustar e fugir. É melhor esperar o delegado chegar à fazenda. Ele saberá como agir sem deixar o safado fugir.

— Você tem razão, Maria. Janete, me sirva o café da manhã. Está quase na hora do almoço, e ainda estou em jejum.

Augusto ligou para o delegado, e, em poucos minutos, a fazenda estava repleta de policiais à paisana. Soninha foi levada até o celeiro pelo delegado Pedro, e os peões recentemente contratados foram convocados para se reunirem ali. Augusto discursava, dando boas-vindas aos novos empregados da fazenda. Ele fazia recomendações a todos sobre a forma como gostava que trabalhassem. Tratava-se de um plano armado pelo delegado. Soninha espiava entre as tábuas abertas que compunham o celeiro e apertou a mão de Zenaide quando localizou José Amâncio entre os homens.

— Ele está ali no canto coçando a barba. É aquele que está com o chapéu grande enfiado na cabeça. Ele está com uma calça marrom e camisa branca.

Zenaide ouviu com atenção o que Soninha dizia e, rapidamente, localizou a pessoa que ela descrevera. A mulher, então, chamou um dos guardas que estavam disfarçados e descreveu o homem que todos estavam procurando. Soninha apontou na direção em que o pai estava.

CAPÍTULO
33

Augusto terminou seu discurso e fez questão de cumprimentar todos os trabalhadores, apertando a mão dos peões cordialmente. Quando chegou em José Amâncio, o delegado e seus homens aproximaram-se por todos os lados. José Amâncio ficou assustado quando viu todos aqueles homens e tentou fugir, passando rápido por entre uma tábua que estava solta na parede. Ele acabou ficando de frente com Soninha e com Zenaide, que carregava Márcio nos braços.

José Amâncio não teve dúvida sobre o que fazer. Arrancou Márcio dos braços de Zenaide e puxou Soninha para junto dele, dizendo:

— Fique aqui, ao lado do seu pai! Eu a levarei para sua mãe e seus irmãos. O papai veio buscá-la para levá-la de volta para casa.

Soninha estava com muita saudade da família e principalmente da mãe, por isso, mesmo muito assustada, acompanhou o pai. A menina desejava ver Maria do Socorro. José Amâncio apontou o revólver para o corpo do bebê.

A polícia fechou todos os caminhos de José Amâncio com um círculo de homens que apontavam as armas para ele. Augusto ficou nervoso e teve de ser socorrido por Zelito e pelos outros empregados.

— Fique calmo, patrão. Tudo ficará bem.

— Zelito, esse covarde matará o bebê e Soninha! Não deixe uma desgraça dessas acontecer com meus netinhos!

— A polícia saberá lidar com ele. É melhor levá-lo para o casarão.

— Será melhor não ver essa cena horrível. Preciso tomar meu remédio da pressão.

Augusto foi levado em uma de suas caminhonetes. O celeiro não ficava distante do velho casarão.

Zelito ajudou Augusto a subir os degraus do casarão, e Janete, vendo-os chegar, levou o remédio do patrão. Zelito colocou-o deitado no sofá e afrouxou a camisa que estava com todos os botões fechados até o colarinho. Augusto gostava de andar alinhado.

Janete e Maria abanava o patrão com as almofadas das cadeiras. Nesse instante, Maria e Janete viram o carro de Lucas aproximando-se do casarão.

Dirce não esperou Lucas abrir a porta para ela descer. A mulher ficara muito apreensiva quando avistou um carro da polícia fechando a entrada da fazenda. Os policiais que estavam lá não contaram nada para eles; apenas pediram que se identificassem e fossem conversar com o delegado Pedro.

Dirce e Lucas subiram a escada rapidamente e ficaram ainda mais assustados ao verem Augusto pálido e estirado no sofá da varanda.

— O que está acontecendo aqui?! Por que não levaram meu sogro para o hospital? Onde está Venâncio e Zenaide?

— Dirce, onde você estava? Nós precisávamos de você aqui essa manhã. Aconteceu uma desgraça!

— Onde estão as crianças?! O que aconteceu? Diga, Janete! Meu celular e o de Lucas ficaram sem bateria.

Notando a aflição do casal, Zelito chamou-os para conversarem em outro ponto da varanda e para se distanciarem de Augusto, que continuava passando mal. Ele contou o que sabia sobre o sequestro das crianças pelo pai.

— Como aquele maldito conseguiu chegar até a fazenda?

Lucas e Dirce entraram no carro e seguiram para o celeiro. Zenaide correu em prantos na direção de Dirce e disse:

— Perdão, patroa! Eu não cuidei bem das crianças! Ele pegou os dois dos meus braços! Não tive forças para lutar com ele.

— Quieta, Zenaide! Deixe-me falar com Pedro.

O delegado aproximou-se e disse:

— O meliante está sob controle. A senhora está em condições de conversar com ele? É preciso negociar o fim do sequestro de seus filhos.

— Eu estou em pânico, mas me diga o que devo fazer! Pode me ajudar, Lucas?

— Claro que sim! Tente manter a voz firme e não demonstre que está com medo.

— Não estou com medo! Eu estou com ódio desse sujeito!

Dirce entrou no meio da roda de policiais e disse para José Amâncio:

— Você não tem saída! Entregue-me as crianças.

Vendo Dirce, Soninha correu em sua direção e agarrou as pernas dela. José Amâncio assustou-se e apertou Márcio nos braços, o que fez o bebê chorar. Ele gritou furioso:

— Eu quero Sônia e Solange aqui! Nós voltaremos para Fortaleza.

Nesse momento, Dirce percebeu que Solange não estava ali e lançou um olhar questionador para Pedro. O delegado aproximou-se dela e disse em tom alto:

— Pergunte a ele o que fez com a filha mais velha nessa madrugada! Conte a ela que você violentou sua filha e por pouco não a matou de pancada, seu covarde!

Dirce ficou pálida e avançou como uma leoa para cima de José Amâncio, que se assustou. Ele não esperava essa reação de uma mulher, quando havia tantos homens à sua volta. Como uma fera, Dirce tirou Márcio dos braços de José Amâncio ao bater com o joelho nas partes íntimas do abusador, que caiu e rolou no chão, sentindo dor. Em segundos, ele foi imobilizado pelos policiais.

Todos os empregados da fazenda e seus familiares, que estavam reunidos ali um pouco distantes da roda de policiais que cercava José Amâncio, gritaram palavras de incentivo para Dirce e ovacionaram-na com entusiasmo.

Pedro aproximou-se de Dirce e disse:

— Nunca mais repita uma sandice dessa! A senhora e o bebê poderiam ter se ferido mortalmente! Eu realmente não compreendo as mulheres! Viram feras para defender as crias.

Ainda muito trêmula devido à adrenalina liberada em seu organismo, Dirce entregou Márcio para Lucas e disse:

— Vamos para o casarão. Preciso trocar a fralda de Márcio.

Dirce virou-se na direção do delegado e disse:

— Desculpe-me, Pedro. Eu realmente fiquei furiosa quando você disse que esse covarde ousou tocar em Solange novamente.

— Então isso é coisa antiga?

— Desde que Solange tinha sete anos, o pai abusa dela. Venha conosco para o casarão. Lá, eu contarei tudo o que sei a respeito do assunto.

O delegado deu ordem para levarem José Amâncio para a delegacia e trancá-lo em uma cela. Uma viatura, que estava parada na entrada da fazenda, aproximou-se, e José Amâncio foi empurrado para dentro dela sem muito cuidado.

Pedro seguiu com Dirce, Lucas e Zenaide, que conduzia Soninha agarrada ao seu corpo. A menina estava muito assustada.

Entrando no casarão, Dirce entregou Márcio para Maria. Zenaide levou Soninha para o banho e ficou lá com ela. Dirce contou tudo o que sabia a respeito do caso para Pedro e terminou alertando-o:

— Há alguns meses, eu fui à sua delegacia para prestar queixa desse sujeito. Márcio é fruto de um incesto. Há poucos dias, Lucas também prestou queixa desse homem por ter invadido seu apartamento.

— Eu estava de férias no mês passado. Então, esse sujeito é o safado que abusava da filha?! Eu tomarei todas as providências para que esse meliante seja transferido para uma penitenciária.

Augusto ouvia a conversa fingindo que dormia no sofá da varanda. Janete serviu um refresco de maracujá para acalmar a todos.

O delegado acompanhou Dirce e Lucas até o pronto-socorro. Ele desejava colher o depoimento da vítima, mas Solange não conseguia se comunicar por meio da fala. Assim que Dirce assinou a autorização para a cirurgia, a jovem foi levada para o centro cirúrgico. Pedro despediu-se e seguiu para a delegacia.

Dirce dispensou Venâncio do hospital e pediu que ele cuidasse de Augusto. Quando ela se viu sozinha com Lucas, finalmente pôde relaxar e deixou as primeiras lágrimas rolarem por sua face.

Lucas abraçou-a, deixando que ela chorasse à vontade. Ele sabia que era preciso colocar para fora toda a emoção gerada pelos últimos acontecimentos.

Quando Dirce ficou mais calma, ele perguntou:

— Você se arrependeu de ter se entregado ao que sentimos um pelo outro?

— De forma alguma, meu querido. Eu tive uma noite muito especial ao seu lado. Infelizmente, nossa noite agradável de amor terminou em uma manhã de emoções fortes e nada agradável.

— Eu estava me perguntando... Se nós tivéssemos ficado em casa na noite passada, Solange não estaria passando por essa cirurgia. Não quero me sentir culpado, mas, se soubesse que o perigo estava rondando o casarão, nós teríamos deixado nosso jantar para outra noite e o que veio depois... A pergunta é, meu amor, você está se sentindo culpada pelo que aconteceu com Solange?

— Não diria que me sinto culpada, mas penso que relaxei na vigilância das meninas. Acreditei que estivéssemos seguras na fazenda. Não imaginava que a ousadia daquele homem chegasse a tanto. Se deixássemos o jantar para outra noite, tenho certeza de que ele atacaria Solange quando houvesse outra oportunidade. Não sabia que ela ficaria sozinha no casarão. Ela estava na companhia de Augusto e das empregadas da casa. Infelizmente, Augusto deu folga para todas as empregadas! Eu não desejava dispensar a empresa de segurança que havia contratado, mas meu sogro se sentiu incomodado com a presença de Yuri na fazenda. Eu tive de dispensá-lo, infelizmente. Esse foi meu erro! Eu deveria ter pedido a Zenaide que dormisse em casa com as crianças.

— Mas você sabia que Zenaide e Venâncio haviam marcado um jantar na casa dela com seus pais. Como tirá-la de um compromisso que tanto fez bem a ela? Pelo que eu soube, ela foi pedida em casamento. Venâncio me contou antes de voltar para a fazenda.

— Então, terei de encontrar outra empregada... Zenaide não voltará para minha casa em Governador Valadares.

— Não sei se precisará de outra empregada, mas você terá mais uma pessoa para viver com você em sua casa. Recorda-se de que aceitou meu pedido de casamento?

— Você estava falando sério?

— Dirce, eu abri meu coração para você e a pedi em casamento! Você não me levou a sério?!

— Eu achei um tanto precoce o seu pedido.

— Precoce?! Eu a amo há tanto tempo, mas meu amigo Luís a conquistou primeiro.

— Luís se foi! Você sabe que não sinto mais sua presença ao meu lado.

— Então, seu coração está aberto para um novo amor? Na madrugada, você havia aceitado meu pedido de casamento!

— Eu disse sim para você e não voltarei atrás. Eu aceito seu pedido, doutor Lucas. Mas vamos deixar essa conversa para quando estivermos tranquilos e despreocupados. Eu estou muito nervosa com a cirurgia de Solange.

— Concordo. Conversaremos sobre esse assunto em outro dia. Você deve estar faminta. Nós não comemos nada depois do café da manhã, e já são quase quinze horas. Vamos para a lanchonete do pronto-socorro para fazermos um lanche.

— Vamos. Estou com dor de estômago! Deve ser fome.

Os dois foram para a lanchonete, pediram os lanches e ocuparam uma mesa para esperar que a comida ficasse pronta. De repente, Dirce viu uma moça muito bonita acompanhada de um jovem de estatura alta. Os dois conversavam animadamente. Imediatamente, ela reconheceu Beatriz, que, ao notar a presença da mãe, correu para abraçá-la.

CAPÍTULO 34

Depois de um longo abraço, Dirce e Beatriz acalmaram-se. Evandro apresentou-se para Lucas, enquanto as duas se abraçavam. Lucas convidou-os para sentarem-se à mesa, e Evandro, então, puxou duas cadeiras da mesa ao lado que estava desocupada. Beatriz estava um pouco pálida, e Dirce apressou-se em perguntar:

— O que aconteceu, filha? Você está doente? Seu rosto está pálido.

— Mãezinha, eu que lhe pergunto o que aconteceu. Janete me ligou essa manhã dizendo que a senhora havia desaparecido. Fiquei tão nervosa! Praticamente obriguei Evandro a dirigir até a cidade.

— Janete não deveria ter perturbado você na faculdade. Como pode ver, eu estou bem e não desapareci. Está mais calma?

— Agora estou diante da minha amada mãezinha. Que bom vê-la bem e saudável! Mas o que aconteceu com Solange? Estive na delegacia, e um dos policiais me disse que ela foi atacada! Como Solange está? Como o pai dela a encontrou na fazenda do vovô?

278

— É uma longa história...

Dirce e Lucas narraram para eles toda a confusão ocorrida pela manhã na fazenda, e, a cada palavra deles, Beatriz e Evandro indignavam-se com os atos de José Amâncio. Depois que Beatriz se inteirou do assunto, ela comentou:

— Que coisa horrível aconteceu com Solange! Eu não sabia que ela estava grávida quando a encontrei em Fortaleza!

— Ela também não sabia, filha. Márcio é um bebê muito bonito. Ele nasceu com um defeitinho na face, que logo será corrigido com uma cirurgia plástica. Nós estamos esperando que ele fique mais fortinho para realizar a cirurgia.

— Mãezinha, finalmente a senhora conseguiu seu bebezinho! Você é uma mãe maravilhosa! Essa criança tem muita sorte de receber seu amor como eu recebi e ainda recebo.

— Que bom que compreendeu minha necessidade de dar amor para o Márcio.

— Eu sei que no coração da senhora há muito espaço para amar e cuidar de muitas pessoas. Mãe, hoje, quando eu cheguei à cidade, fui direto para casa para ver se a encontrava lá. Está tudo diferente! Eu tentei usar minha chave no portão, mas percebi que não funcionava. Nossa casa se transformou em uma fortaleza!

— Foi preciso, filha. O pai de Solange estava rondando nossa casa.

— Compreendo. Eu tomei a liberdade de colocar a mão na caixinha do correio e encontrei uma carta que estava com a pontinha para fora. Imaginei que talvez fosse um pedido de resgate pelo seu desaparecimento, mas se tratava de uma carta endereçada a Solange. O remetente era de Fortaleza. Creio que seja uma carta da família dela.

— Deixe-me ver.

Glorinha encontrara o papel de pão com o endereço que Sebastião copiara, no dia que Solange partiu para Governador Valadares. O papel estava solto dentro do saco em que ele carregava as bolsas para vender na praia. Ela decidiu contar para a amiga o que ocorrera com Matias, na esperança de que Solange pudesse ajudar o irmão com algum dinheiro para eles comprarem uma cadeira de rodas.

Beatriz tirou o envelope de sua bolsa e entregou-o para a mãe. Dirce leu o conteúdo da carta e ficou pálida. Depois, entregou-a para que Lucas lesse. Ele comentou:

— Nós temos que fazer alguma coisa para ajudar essa criança!

— Que criança? Vocês estão me assustando! O que está escrito aí?

Lucas entregou a carta para Beatriz. Ela leu e passou para Evandro, que também comentou:

— Temos de levar essa carta para a polícia. Essa denúncia tem que constar na ficha criminal desse sujeito. A polícia de Fortaleza está à procura dele.

— Não vamos deixar que nossos ânimos fiquem exaltados. Essa energia é muito desagradável, e não precisamos dela. Penso que o irmão das meninas precisa de um tratamento médico sério, cujas despesas essa família não tem condições de arcar — comentou Lucas.

— Glória, a amiga de Solange, escreveu que a mãe de Matias é uma mulher desnutrida e muito magra. Ela afirma que Maria do Socorro não tem forças para cuidar do filho, mas precisa carregar o menino nos braços. Conta também que não conseguiram uma cadeira de rodas para o Matias. Mãezinha, eu e Evandro vamos voltar para Fortaleza. Quero ajudar Matias de alguma forma. Estou me sentindo culpada por ter tirado Solange e Sônia de lá e ter deixado o menino que também era tão pequeno!

— Faça isso, filha. Eu arcarei com todas as despesas. Quero que traga toda a família para viver na fazenda. Nós daremos a eles uma casa confortável, trabalho para o irmão mais velho e estudo para todos. E também um bom tratamento com um fisioterapeuta para cuidar de Matias.

— Seu coração é maravilhoso, mãezinha! Tenho muito orgulho de ser sua filha! Seu coração é cheio de compaixão como era o do papai Luís.

Quando Beatriz citou o nome de Luís, ele abraçou a menina. O espírito de Luís estava sempre conectado às pessoas que amava. Com sua interferência, ele induziu Janete a ligar para Beatriz. Depois, direcionou a filha direto para casa e, intuitivamente, mostrou-lhe a carta que estava saindo da caixinha do correio.

Luís também conduziu Beatriz para a delegacia para ter notícias do paradeiro de Dirce. Ele sabia que o caso de Matias não poderia esperar por muito tempo, pois o menino precisava de ajuda imediata. Ele sentia dores, e seu estado agravava-se com o tempo já decorrido de alguns meses. Ele também induziu Dirce a abrir a carta e ler seu conteúdo.

Maria do Socorro orava com fé pedindo ajuda para seu filho. O pedido forte de uma mãe desesperada chegou até o departamento de auxílio. Luís estava trabalhando nesse caso e coube a ele ajudar a planejar uma forma mais eficaz de ajudar Matias. Luís ficou feliz quando Dirce comentou com a filha:

— Eu também sinto falta de seu pai. Luís saberia o que fazer para ajudar esse menino.

Lucas ficou enciumado e tomou a frente dizendo:

— Podemos fretar um jatinho particular para trazer toda a família para Minas Gerais.

— Querido, não será preciso fretar o jatinho, pois meu sogro é proprietário de um. A aeronave está guardada em um hangar do aeroporto da cidade.

— Nós podemos falar com ele e pedir o jatinho emprestado para seguir para Fortaleza.

— Não será necessário incomodar meu sogro. Augusto não passou bem devido à confusão dessa manhã. Eu ligarei para nosso piloto e pedirei que ele faça um plano de voo para Fortaleza ainda hoje. Já que Beatriz e Evandro faltaram às aulas de hoje na faculdade, os dois seguirão para lá. Será ótimo para Solange olhar para a mãe e Soninha quando acordar...

— Você está com medo de Soninha não querer mais viver ao seu lado, Dirce?

— Soninha é uma menininha maravilhosa! Ela é muito carinhosa e esperta. Eu sei que, perto de sua mãe, não passarei de uma tia qualquer... mas não posso ser egoísta e tirar Soninha do convívio da família. Eu darei tudo de que ela precisar e ficarei de olho nela até crescer e se tornar uma moça linda como você, filha. Mas de uma coisa eu não abro mão: se Solange permitir, Márcio ficará comigo.

— Eu não deveria dizer isso como psiquiatra de Solange, mas sei que ela sofre quando chega perto de Márcio. Ela nem sequer conseguiu amamentá-lo. O trauma de Solange é forte, e Márcio é sua dor personificada.

— Pobre Solange. Ela é uma moça tão bonita... sofrer dessa forma com o pai que deveria protegê-la — disse Evandro expondo seu sentimento.

— Desse jeito, eu ficarei com ciúmes, amor.

— Filha, você e Evandro estão namorando?

— Nós estamos noivos, dona Dirce. E, quando terminarmos a faculdade de medicina, nos casaremos — disse Evandro.

— É verdade, mamãe. Eu queria ter conversado a respeito com a senhora, mas não deu tempo! Perdoe-me por não a consultar antes de aceitar o pedido de Evandro.

— Eu perdoarei, se você me perdoar por ter aceitado o pedido de casamento de Lucas.

— Então, doutor Lucas será um integrante de nossa família assim como Evandro! Está perdoada, mamãezinha! A senhora não poderia ter melhor noivo que nosso querido Lucas! Ele sempre esteve ao nosso lado e, quando papai se foi... nos consolou.

— Apenas ofereci meu ombro amigo para as mulheres que meu amigo de infância amou nesta vida. Eu gostaria de saber a opinião dele a esse respeito.

— Tenho certeza de que papai aprovaria essa união. Mamãe, a senhora andava muito sozinha na vida. Adorei saber que, finalmente, abriu os olhos e percebeu que é amada por você, Lucas.

— Meus sentimentos estavam tão nítidos assim?!

— Sim! Até mesmo eu, que não presto muita atenção no que se passa à minha volta, percebi que estava apaixonado por minha sogra, Lucas! — comentou Evandro.

— Eu serei seu sogro, Evandro! Você terá de andar na linha, garoto!

Todos sorriram, melhorando a vibração do início do encontro entre mãe e filha, que estavam preocupadas. Dirce levantou-se e foi ligar para o piloto do jatinho que costumava trabalhar para Augusto e Luís. Ela usou o celular de Beatriz, pois o dela continuava sem bateria.

Dirce retornou e encontrou o médico que havia realizado a cirurgia de Solange. Ele estava na lanchonete procurando por ela.

— A cirurgia foi um sucesso, dona Dirce. Os pinos de titânio foram colocados nos devidos lugares.

— Que boa notícia, doutor! Solange ficará bem?

— Tenho certeza de que ela se recuperará bem, dona Dirce, mas existe algo preocupante em seu quadro clínico. A paciente apresenta forte anemia. Ela precisa de um tratamento para modificar esse quadro.

— Eu cuidarei pessoalmente da alimentação de Solange — falou Beatriz.

— Filha, você ainda não é formada em medicina.

— Eu sei, mamãe. É que escolhi a especialização. Desejo ser hematologista, um médico que cuida do sangue.

— Ótimo caminho para seguir, mas devo lhe dizer que minha paciente precisa de cuidados agora. Não será possível esperarmos você se formar. Eu indicarei um amigo aqui do hospital, dona Dirce.

— Marcarei a consulta para Solange. Não se preocupe, doutor. Existe outra coisa que me preocupa: os ossos de

Solange não têm muita resistência. Não sei como a agressão que sofreu não quebrou mais ossos de seu corpo.

— Meu colega também poderá orientá-la nesse sentido.

— Por favor, doutor. Eu desejo estar ao lado de Solange quando ela acordar da anestesia, e, se possível, peço que o analista dela também esteja lá. Eu havia prometido a Solange que ela nunca mais seria atacada pelo pai, mas, infelizmente, não consegui cumprir o que havia prometido!

— Esse criminoso deveria estar atrás das grades!

— Ele está, doutor. O desgraçado foi preso essa manhã na fazenda Morro Alto.

— Melhor assim!

O médico afastou-se. Beatriz e Evandro pediram seus lanches, e todos saborearam a pequena refeição.

CAPÍTULO
35

Algumas horas depois, a noite caiu. Beatriz e Evandro desceram do jatinho no aeroporto de Fortaleza, pegaram um táxi e seguiram para o endereço da carta que Glorinha enviara para Solange.

Evandro desceu do carro na frente do portão tosco de madeira e chamou Glorinha em voz alta. A passagem de um táxi na rua esburacada e sem calçamento chamou a atenção dos moradores. Em poucos minutos, uma pequena multidão formou-se em volta do carro e próximo ao portão da casa de Glorinha.

A moça abriu a porta e assustou-se com a comitiva na porta de sua casa. Da soleira, ela perguntou:

— O que deseja?

Evandro contou que estava ali a pedido da patroa de Solange, então, Glorinha levou-o até a casa de Maria do Socorro. Eles bateram palmas, e Sebastião veio se inteirar do que estava acontecendo.

Beatriz desceu do táxi e pediu ao motorista que esperasse por eles. Sebastião ficou atordoado com a beleza e elegância da moça parada na porta de sua casa.

286

Ele aproximou-se do portãozinho e perguntou com mais delicadeza na voz:

— O que deseja, senhorita?

— Aqui é a casa de Maria do Socorro, a mãe de Solange e Sônia?

Maria do Socorro deixou a máquina de costura e veio ver o que estava acontecendo. Ela ouviu muitas vozes no portão, ouviu a pergunta de Beatriz e ficou aflita. Ela respondeu:

— Eu sou a mãe das meninas, moça. O que aconteceu com elas?

— Suas filhas estão bem. Eu garanto! Nós precisamos conversar com a senhora. Podemos entrar?

— Deixe a moça entrar, Tião.

Beatriz esperava encontrar uma casa humilde como aquela em que ela nasceu no vilarejo próximo à fazenda Morro Alto, mas deparou-se com uma pobreza ainda maior do que pensava. Não havia nada na casa de tábuas velhas, com aberturas grandes que mostravam as frestas.

Beatriz viu Matias deitado sobre um colchão rasgado sem lençóis ou travesseiros. O menino estava pálido e muito magro. Por pouco, os olhos da moça, já marejados, não deixaram lágrimas escapar. Maria do Socorro apontou para um banco de madeira para Evandro e Beatriz se sentarem e perguntou:

— Por favor, moça, nos diga o que os trouxe até aqui. Como estão minhas meninas?

— Acalme seu coração, dona Maria. Soninha está muito bem! Ela engordou, e seu rostinho tem cores saudáveis.

— Que bom! Eu sinto tanta saudade das minhas meninas!

Sebastião perguntou impaciente:

— E como está Solange? Meu pai, aquele maldito, disse que iria atrás delas depois de quase matar Matias!

— Solange passou por uma cirurgia e está no hospital. Seu pai cumpriu com o prometido, Sebastião. José Amâncio atacou sua irmã em nossa fazenda.

— Maldito! Eu sabia que ele encontraria Solange! Foi por essa razão que eu e Glorinha mandamos uma carta para ela avisando para ter cuidado.

— Eu sou a filha de Dirce, a mulher que recebeu suas filhas em Minas Gerais. Fui eu quem convidou Solange para trabalhar para minha mãe. Fiquei muito triste quando soube que o pai delas as encontrou.

— Eu agradeço sua mãe por tentar ajudar minhas meninas, mas aquele homem tinha que estragar tudo! Olha o que ele fez com meu Matias! — Maria do Socorro apontou para o menino sobre o colchão.

— Matias precisa de ajuda, dona Maria. É por essa razão que estamos aqui. Minha mãe me enviou para convidá-los a morar na fazenda de meu avô. Lá, Sebastião terá um bom emprego, e vocês terão uma casa confortável. Além disso, Matias receberá tratamento médico. Sem falar que toda a família se reunirá novamente. Então, vocês aceitam nosso convite?

— Mas pai está lá, o maldito! Mãe, não podemos arriscar que ele termine o serviço com Matias. Ele prometeu matar seu filho.

— Não existe mais perigo, Sebastião. Seu pai está preso, e todos os crimes que ele cometeu não ficarão impunes. José Amâncio não deixará a prisão tão cedo.

288

— Preso?! Isso não basta! Quero ver esse monstro morto! E, de preferência, no inferno!

— Acalme-se, Sebastião. Compreendo sua revolta com seu pai. Ele está respondendo na justiça pelos erros cometidos. Nunca mais perturbará sua família — disse Evandro tentando acalmar o irmão de Solange.

Maria do Socorro olhou bem para Matias e voltou seus olhos para o estado de sua casa. Ela recordou-se do tanto que trabalhava na máquina de costura, dia e noite, para comer um pouco de feijão com cuscuz. Por fim, respondeu:

— Eu aceito sua oferta, moça. Meu Matias precisa de ajuda, e eu não tenho como arcar com o tratamento de que ele precisa. Eu desejo ver minhas meninas. Tenho tanta saudade de Soninha e de Solange!

— Mãe, e a Glorinha?! Não quero deixar minha namorada aqui!

— Se o amor que os une for realmente sincero e forte, ela esperará por você, Sebastião. Assim que estiver bem financeiramente, você poderá voltar para levar sua amada e se casar com ela. Tenho certeza de que, trabalhando na fazenda, conseguirá fazer um bom pé de meia — disse Evandro.

Nesse momento, Glorinha, que estava esperando do lado de fora da casa, entrou e disse:

— Desculpe a intromissão. Aceite a proposta deles, Tião. Matias precisa muito de um tratamento ou... Eu prometo esperar por você.

Sebastião abraçou sua amada com tanta emoção que fez todos verterem lágrimas naquela casa. Maria do Socorro limpou os olhos e perguntou:

— Quando o ônibus parte para Minas Gerais, moça?

— Nós não iremos de ônibus, dona Maria. Iremos de avião. O jatinho do meu avô está esperando no aeroporto para nos levar até Governador Valadares amanhã bem cedo.

— Eu tenho medo de andar de avião!

— Não tenha medo! Será uma viagem rápida e segura. Matias não pode ficar sacolejando dentro de um ônibus. O avião é mais confortável para ele e para todos nós.

— Preciso arrumar a mudança. Quero levar minha máquina de costura e as panelas.

Dona Maria, a senhora não precisará levar nada. Apenas pegue algumas roupas até comprarmos tudo novo. Prometo que darei uma máquina de costura profissional para a senhora, quando estiver instalada em sua nova casa já toda mobiliada.

— Mas e as panelas para cozinhar o feijão e preparar o cuscuz?

— A senhora terá muitas panelas, copos, pratos e tudo de que precisar em uma casa, dona Maria. Terá alimentos para cozinhar nas panelas novas, como frutas e legumes que são cultivados na fazenda do vovô.

— Obrigada, moça bonita. Você parece um anjo.

— Não sou um anjo, dona Maria! Eu também fui abençoada por ter sido adotada por nossa benfeitora Dirce. Ela, sim, é uma mulher incrível.

Maria do Socorro começou a arrumar as poucas roupas que tinham em trouxas, que ela amarrava com força para que o nó não desatasse.

Beatriz e Evandro voltaram para o táxi e deixaram o subúrbio. Eles prometeram retornar pela manhã para levá-los até o aeroporto. Os dois foram jantar no hotel onde se hospedavam quando estavam de férias na encantadora cidade. Eles adoravam a deliciosa refeição do hotel cinco estrelas.

Sebastião foi se despedir de Glorinha. Se por um lado ele estava aliviado por receber a ajuda que tanto pedira para Deus, por outro, estava triste por ter de deixar sua amada. Nos últimos tempos, os dois se envolveram fortemente. Eles se amavam.

— Você promete que virá me buscar quando se estabelecer em Minas Gerais, meu amor?

— Eu prometo, amor! E prometo que não demorará muito. Será apenas o tempo de deixar minha família em uma casinha confortável nessa fazenda. Preciso me dedicar e aprender a lidar com meu novo trabalho, Glorinha. Mas, na verdade, tenho medo de não me adaptar a viver longe do mar. Eu adoro o calor de Fortaleza! Desejo ficar perto dessa gente feliz que trabalha duro e está sempre brincando e sorrindo.

— Não pense nisso agora, amor. Você terá que se adaptar a viver na fazenda. Lembre-se do motivo que está levando sua família até lá.

— Matias! Se ele continuar sem um tratamento sério, não suportará por muito tempo. Aquele monstro desgraçado acabou com a vida de meu irmãozinho. Por que o desgraçado sente tanto ódio de uma criança?! Dava para ver nos olhos de meu pai o tamanho do ódio que sentia por Matias! É incompreensível!

— Eu já lhe disse que isso é coisa de vidas passadas, pois não existe outra explicação. A implicância de José Amâncio com Matias começou quando sua mãe engravidou dele. Recorda-se das surras que seu pai dava em sua mãe quando ela estava grávida?

— Como esquecer? Precisei pedir ajuda para meu avô lá no sítio! Ele segurou o verme lá com ele até Matias nascer ou o teria matado ainda no ventre de minha mãe. E, hoje, esse mesmo ódio que quase matou Matias nos separa para que a vida dele seja poupada novamente.

— Será por uma causa nobre. O tempo corre depressa, e logo estaremos casados e cuidando de nossos filhos em uma fazenda que trará fartura para a família que formaremos. Tenha um pouco mais de paciência, meu amor. Escreverei todos os dias para você.

— É muito difícil me despedir de você. Eu queria tanto levá-la comigo.

— Eu gostaria muito de acompanhá-lo, mas meus irmãos não podem ficar sozinhos. Você sabe que minha mãe não tem tempo para dar atenção a eles.

— Você gosta de tapar o sol com a peneira, Glorinha. Sua mãe tem tempo de sobra. O que ela não gosta é de ter trabalho. Os filhos são dela! É fácil jogar para a filha mais velha a responsabilidade de criar os filhos que ela gerou.

— Pare, Tião! Não quero brigar com você. Minha mãe tem problemas. Ela não gosta de crianças.

— Desculpe, amor. Ela gosta de falar da vida alheia na rua! É disso que ela gosta, não de trabalho! Os amantes dela são os responsáveis por colocar os alimentos que vocês comem nessa casa. Verdade seja dita.

— Chega, Tião! Não chame de amantes... quem traz dinheiro são os pais dos meninos, isso é verdade. Mas eu trabalho muito para complementar a renda e oferecer alimentos nutritivos para as crianças. Não sei o que será deles quando eu for embora.

— Eles sofrerão! Perderão a mãezinha que cuida deles como se os dois fossem bebês.

— Eu faço o melhor que posso para as pessoas que amo. E você não deveria falar dessa forma de minha família.

— Desculpe-me. Eu estou nervoso por ter que deixá-la aqui para cuidar dos seus. Tenho que voltar para casa para ajudar minha mãe com as trouxas de roupas. Logo, logo o casal voltará para nos levar.

— Não fique triste. Estarei aqui esperando por você, Tião. Siga em paz. A vida está lhes dando uma oportunidade de mudança. Essa mulher que os receberá tem uma alma nobre. Aproveite a chance. Só não me esqueça.

— Jamais a esquecerei, meu amor. Eu voltarei para buscá-la. Eu te amo.

Sebastião e Glorinha trocaram beijos e carícias na despedida.

O ódio entre José Amâncio e Matias era antigo e teve início há algumas reencarnações anteriores. Os dois já haviam sido irmãos e tiveram outras relações de parentesco nas diversas experiências que compartilharam, contudo, nunca conseguiram transformar o ódio que nutriam em amor. Solange também esteve entre eles e enfrentou muitos desafios em existências passadas, mas a experiência que mais aguçou o ódio entre eles ocorreu na reencarnação anterior a esta.

José Amâncio e Matias eram irmãos. Matias era o irmão mais velho e se apaixonou por Solange, que vivia com a família na mesma vila. O casamento estava marcado, quando José Amâncio raptou a noiva do irmão e fez dela sua mulher, contrariando a vontade da moça.

Todo o grupo vivia em uma cidadezinha no interior do Rio Grande do Sul e todos na cidade comentaram o ocorrido. Envergonhada, a família de Solange não aceitou que ela retornasse para casa desonrada, e, assim, a jovem acabou se tornando prostituta em um bordel não muito distante de onde morava. Matias, o ex-noivo da jovem, ficou furioso e, durante uma briga, acabou tirando a vida de José Amâncio, usando o chicote que carregava preso em sua bombacha.

Matias transferiu toda a sua fúria para o chicote, sem se importar com a parte do corpo do irmão que ele acertava. Todas as pessoas da vila se reuniram na praça para assistir ao acerto de contas entre os irmãos. Luís, Dirce, Lucas e Beatriz eram alguns dos integrantes da comunidade que presenciaram o triste espetáculo. Os três estavam ingnados com a situação, mas nada puderam fazer para deter o noivo furioso. Em um estalar do chicote, Matias abriu uma profunda fenda no crânio de José Amâncio, fazendo-o desencarnar no mesmo instante.

Luís, que não gostava de violência, tentou socorrer José, que estava desarmado e não teve como se defender. Matias tentou desaparecer da vila para não ser preso, mas a polícia o capturou na fazenda em que ele trabalhava. Ele acabou desencarnando na prisão depois de alguns anos e por muito tempo foi obsediado pelo espírito do irmão.

Solange teve um filho, Peter, fruto do estupro que sofreu do cunhado. Peter hoje é Márcio. Na existência pretérita, ele foi criado em um bordel, ambiente propício para aprender todo tipo de malandragem. Quando se tornou adolescente, ele já havia cometido muitos delitos e acabou desencarnando violentamente pelas mãos de inimigos, que ele fez em seu curto trajeto de vida.

Solange lamentou muito o desencarne do filho e sentiu-se culpada pelo ocorrido. Assim como os outros envolvidos nessa trágica existência, ela também não teve uma existência longa devido às condições precárias de vida. O grupo passou um longo período em expiação no umbral. Solange foi a primeira a deixar a triste paisagem sombria, e, tempo depois, o restante do grupo foi resgatado. José Amâncio, contudo, precisou ser resgatado um pouco antes de reencarnar.

Todos se reuniram na espiritualidade para planejar uma nova oportunidade de reconciliação. José Amâncio aceitou ser o pai de Solange e Matias e prometeu ser um homem melhor do que foi, mas acabou se perdendo no mesmo ódio que sentia por Matias e na obsessão por Solange. Ele também fraquejou nos outros compromissos que firmara com o resto de sua família, mostrando que continuaria a percorrer o caminho sombrio da ignorância até conseguir seguir na direção de sua evolução espiritual.

Solange, por sua vez, prometeu não abandonar o filho e dedicar seu amor a ele. Por essa razão, ela reuniu suas forças para ficar ao lado de Márcio e teve ajuda dos amigos.

Luís, Dirce, Lucas e Beatriz, que naquela época já possuíam espíritos mais evoluídos que o resto do grupo, se sentiram incomodados com o ocorrido entre os irmãos e com o destino triste de Solange e de seu filho. Desta vez, eles tiveram a oportunidade de colaborar para um desfecho melhor para os envolvidos, que estavam unidos novamente para transformar o ódio em amor.

No dia seguinte, Beatriz e Evandro retornaram para a casa de Maria do Socorro e, desta vez, chegaram em um carro grande para acomodar as trouxas que Maria do Socorro preparara. Dois homens fortes colocaram Matias, que estava sobre um colchão, dentro da van.

Norberto deixou o bar e correu para saber o que se passava com o menino, que saíra carregado daquela forma. Todas as vezes em que Maria do Socorro precisava levar Matias para uma consulta médica, era ele quem o conduzia em seu fusca.

— O que está acontecendo, Maria? Matias está bem?

— Está tudo bem, Norberto. Nós estamos partindo para Minas Gerais. Essa moça veio nos buscar. A patroa de Solange nos ajudará. Fique em paz, meu amigo. Obrigada por tudo o que fez por nós.

Maria do Socorro entrou no carro sem olhar para trás. Sebastião apertou a mão de Norberto, entrou no carro e entregou a chave de casa para Glorinha.

Rapidamente, a família embarcou no jatinho de Augusto, deixando a bela cidade de Fortaleza.

CAPÍTULO
36

Chegando ao aeroporto de Governador Valadares, Maria do Socorro, Matias e Sebastião foram levados diretamente para o hospital onde Solange estava internada. Os pertences da família foram colocados em uma caminhonete e levados para a fazenda. Um dos funcionários acomodou as trouxas em uma casa confortável, que servia de moradia para as famílias de trabalhadores da fazenda, em uma pequena vila arborizada não muito distante do casarão. Junto com a pequena mudança estava também um cachorro magro com a pelagem curta e de cor marrom.

Soninha estava com Zenaide e Márcio caminhando pela fazenda. De repente, a menina deparou-se com o animalzinho, que foi correndo em sua direção assim que deixou a caminhonete acompanhado por um filhote engraçadinho. Soninha olhou para ele e gritou feliz:

— É você, Costelinha? Como chegou aqui? Veja, Zenaide! É meu cachorro. Eu deixei o Costelinha na minha antiga casa, lá na praia! Como ele chegou até aqui?

— Não pode ser o mesmo cachorro, Soninha. O animal não viria voando para Minas Gerais. Talvez seja um animalzinho parecido com o seu lá de Fortaleza. Cuidado! Ele pode mordê-la! Nunca vi esse cachorrinho aqui e conheço todos da fazenda.

Um dos empregados terminava de retirar as trouxas da caminhonete, ouviu as duas comentarem sobre o cãozinho e disse:

— Dona Zenaide, pelo que sei, esse cachorro e todas essas trouxas vieram no jatinho de seu Augusto lá do Nordeste.

— Do Nordeste?! E quem ocupará essa casa?

— Pelo que soube, são pessoas que vieram de lá. Achei estranho, pois o patrão não empresta o jatinho para ninguém. Creio que não o emprestaria para uma família pobre, que nem possui malas! Veja quantas trouxas amarradas com pano velho. Isso talvez tenha sido um lençol um dia.

Depois que Zelito terminou de falar, uma boneca feita de palha de milho soltou-se da trouxa, e Soninha rapidamente reconheceu a bonequinha que Glorinha confeccionara para ela.

— Essa é a Laurita, minha boneca! Essas coisas todas são da minha casa lá de Fortaleza! O que estão fazendo aqui? Quem roubou essas coisas de minha mãe?

— Não deve ser, querida. Vamos voltar para o casarão. Você já tomou sol demais na cabeça.

— Será que minha mãe está no casarão?

Soninha saiu correndo na direção do casarão, na esperança de encontrar Maria do Socorro. A menina entrou e procurou a mãe por todos os cômodos, mas ficou triste e decepcionada quando percebeu que ela não estava lá. A saudade em seu coração fez Soninha chorar.

Janete deixou a cozinha para consolar a menina, e, alguns minutos depois, Zenaide chegou com Márcio nos braços e contou o que acontecera. Ela concluiu dizendo:

— Essa menina pensa que as trouxas que chegaram à casa próxima à de meus pais têm objetos que pertencem à família dela. Isso é impossível, pois eles estão em Fortaleza!

— Soninha não está errada, Zenaide — disse Augusto, que estava deitado no sofá da varanda. As mulheres não haviam notado que ele estava ali descansando.

— Senhor Augusto, desculpe-me ter feito tanto barulho! Eu acabei acordando o senhor.

— Eu estava fazendo minha sesta e não percebi que o sol logo se esconderá no horizonte! A noite está chegando. Eu dormi muito hoje, pois minha manhã foi muito agitada devido aos afazeres da fazenda. A menina tem razão, Zenaide. Dirce usou o jatinho para buscar a família de Soninha em Fortaleza. A essa hora, já devem ter chegado.

— Eu não disse que aquele era meu cachorro, o Costelinha, Zenaide?! O outro cachorrinho eu não conheço. E essa é minha boneca de palha de milho que Glorinha fez.

— Você tinha razão, querida — disse Zenaide.

— Patrão, onde está a família? — perguntou Janete.

— Ainda não a avistei na fazenda.

— Eles ficaram na cidade. Creio que Dirce tenha levado o irmãozinho de Soninha para o hospital e que a mãe e o outro irmão de Solange tenham ido visitá-la.

— Vovô Augusto, Matias está doente? Por que ele foi para o hospital?

— Seu irmão se feriu lá onde vocês moravam. Dirce trouxe sua família para cá, e agora todos vocês viverão na fazenda! Não é uma boa notícia?

— Eu voltarei a morar com minha mãe e meus irmãos! O papai não vem morar junto com a gente... não é, vovô Augusto? Eu tenho medo dele!

— A polícia não deixará seu pai se aproximar de vocês. Ele está de castigo por não se comportar direito. Seu pai ficará preso por muito tempo.

Janete perguntou para Augusto:

— Devo preparar um jantar para a família de Soninha?

— Não creio que eles voltarão para a fazenda esta noite, Janete. É melhor ligar para Dirce e perguntar para ela se deve ou não preparar o jantar.

— Sim, senhor patrão. Soninha, venha me ajudar na cozinha. Eu preparei um delicioso doce de leite.

— Oba, eu quero! Tem queijo também, Janete? Eu adoro comer o doce de leite com aquele queijo branquinho que você faz.

As duas seguiram para a cozinha, e Soninha ficou mais tranquila. Zenaide levou Márcio para o banho. Augusto recolheu-se na sala diante da TV, pois gostava de assistir à novela das dezoito horas.

※

Maria do Socorro acompanhou Matias em uma consulta que Dirce conseguira para o menino com um neurologista em que ela confiava. Matias foi examinado minuciosamente pelo médico, que pediu uma série de

exames para ter certeza de que o quadro clínico do garotinho poderia ser revertido.

Depois de conversarem com o neurologista, Maria
do Socorro e Dirce deixaram a sala do médico. Matias foi
internado em um quarto no hospital, pois tinha diversas
feridas nas costas por ficar na mesma posição por um longo período.

Maria do Socorro acompanhou a maca que levou
Matias. Dirce também fez parte dessa comitiva ao lado de
Lucas, Beatriz, Evandro e Sebastião. Depois que instala-
ram Matias, Maria do Socorro pediu para Dirce:

— A senhora poderia me levar até minha filha
Solange? Sebastião ficará ao lado de Matias. Eu estou
muito preocupada com ela.

— Venha. Solange está neste mesmo andar. Beatriz
e Evandro, fiquem com Matias e Sebastião. Lucas, meu
querido, venha conosco. Solange pode precisar de seus
serviços. Meu noivo é o psiquiatra de sua filha.

— A senhora é uma santa! Até um psiqui... conseguiu para minha menina! Eu mal tive tempo para cuidar
corretamente de Matias! Se eu não costurasse dia e noite,
nós não teríamos o que comer. Meu Sebastião se desdo-
brava para vender as bolsas nas praias.

Eles pararam diante da porta do quarto que Solange
ocupava. Lucas pediu para Maria do Socorro esperar um
pouco do lado de fora, pois prepararia a jovem para a visita da mãe. Ela não podia ficar muito agitada, e uma surpresa não faria bem aos pontos da cirurgia facial.

Lucas entrou no quarto e conversou com sua paciente. Solange não podia falar, pois ainda estava sonolenta
devido ao efeito da anestesia. O rosto da jovem estava

enfaixado, o que a impedia de mover os lábios. Ele combinou com a paciente uma forma de se comunicarem com as mãos.

Dirce entrou no quarto, e os olhos de Solange marejaram. Sua benfeitora foi dizendo:

— Não chore, Solange. Seu tormento acabou! Aquele homem foi preso e nunca mais a importunará! Desculpe-me por ter quebrado a promessa que fiz para você. Eu imaginei que estivéssemos seguras na fazenda. Eu sinto muito, querida.

Solange apertou a mão de Dirce, tentando dizer que ela não tinha culpa de nada. Nesse momento, Lucas convidou Maria do Socorro para entrar no quarto. Ela aproximou-se do leito lentamente e ficou impressionada com a sonda que haviam colocado no nariz de Solange e o soro aplicado no braço direito da filha. A mulher olhou penalizada para a jovem e não pôde impedir que lágrimas rolassem de seus olhos. Maria do Socorro beijou a mão de Solange e disse:

— Perdoe-me, filha! Não fui forte o bastante para protegê-la daquele louco! Meus dois filhos quase morreram nas mãos de José Amâncio!

Solange apertava a mão de Maria do Socorro, e seus olhos expressaram questionamentos sobre o que a mãe dizia. Lucas veio ao seu socorro, e Dirce tirou Maria do Socorro de perto do leito da jovem.

— Acalme-se, Solange. Sua mãe se referiu a Matias. Seu irmão está aqui no hospital para um tratamento. Antes de vir procurá-las, seu pai bateu em Matias e acabou ferindo a cabeça do menino, mas ele está bem agora.

Dirce e eu cuidaremos dele. Você pode confiar no que estou dizendo?

Solange apertou a mão de Lucas, e a expressão no olhar dele a acalmou. Maria do Socorro aproximou-se novamente e dessa vez pôde contar as novidades para Solange. Ela contou para a filha sobre a mudança para a fazenda e disse com entusiasmo que toda a família ficaria unida novamente.

Nesse momento, Solange fez um gesto pondo a mão na barriga. Dirce compreendeu e disse:

— Sua mãe ainda não sabe sobre Márcio. Quer que eu conte a ela?

Solange apertou a mão de Dirce confirmando, e a mulher falou:

— Maria, quando Solange chegou à minha casa, ela estava grávida. Nós cuidamos de uma gestação complicada, e ela deu à luz um menino.

— Meu Deus! Eu tenho um neto?! O que será dessa criança?

— Acalme-me, Maria! Por essa criança ser fruto de um incesto, Solange tem dificuldades de aceitá-la. Ela sente uma avalanche de emoções fortes e negativas por ter sofrido a violência do pai. Solange deseja entregar o filho para a adoção, mas eu me apaixonei pelo menino! Eu dei o nome de meu pai para ele, e Márcio é meu filho agora. Eu cuidarei da educação de seu neto.

— Mas por que Solange não suporta estar com o filho? Eu não compreendo! Quem é o pai desse menino? Não me diga que é o Zé!

— A senhora sabe o que significa a palavra incesto?

303

— Não. Eu sou ignorante, moço! Não sei ler ou escrever. Não conheço o significado de palavras difíceis.

— Deixe que eu explico para ela, Dirce. — Lucas tirou Maria do Socorro do quarto e, no corredor, explicou-lhe o que era um incesto.

Maria do Socorro ficou indignada com o que ouviu e disse:

— Aquele canalha engravidou a própria filha! Pobre Solange! A culpa de tudo isso é minha, doutor. Eu fui covarde demais, pois tinha um medo danado de morrer se enfrentasse o Zé! Meus filhos ficariam nas mãos daquele maldito!

— Não seu culpe, Maria. A senhora fez o melhor que pôde. Seu marido é um criminoso e não tem condições de viver em sociedade. Ele não respeitou a própria família.

— Eu sempre soube disso, doutor. O Zé é louco, mas não tinha como eu me separar dele. Agora, doutor, eu não acho certo que a dona Dirce, que já fez tanto por minha família, fique com essa responsabilidade. Não posso deixar que ela sustente essa criança que Solange rejeitou. Seria melhor que eu ficasse com o menino, não concorda, doutor?

— Dirce ama esse bebê. Ela não está fazendo nenhum favor para Solange. Minha noiva não pode ter filhos biológicos, então, peço que a senhora deixe Márcio ser criado por ela. Não tire o bebê de Dirce, por favor.

— Se é dessa forma como explicou, não devo fazer mais nada. Márcio tem uma mãe muito boa para cuidar dele. Doutor, eu sempre ouvi dizer que quem nasce do mesmo sangue não tem boa saúde! O menino é saudável, doutor Lucas?

— É sim. Ele apenas nasceu com uma leve deformidade nos lábios. Márcio tem lábios leporinos, que têm uma fissura, um pequeno corte no lábio superior. Ele também não possui o céu da boca.

— Deus do céu!

— Não se assuste, dona Maria. Uma cirurgia plástica resolverá esse probleminha. Márcio é um menino forte e saudável e terá uma vida normal e feliz ao meu lado e de Dirce.

— Vocês são maravilhosos! Eu gostaria de conhecer o bebê. Eu também estou com muita saudade de minha Soninha, doutor.

— Soninha está na fazenda. Depois que Matias terminar os exames, a senhora seguirá para lá junto com Sebastião.

Os dois entraram novamente no quarto de Solange, e Maria do Socorro já se mostrava mais tranquila depois de tudo o que Lucas lhe dissera. A mulher ficou no quarto ao lado da filha por um bom tempo até ser chamada para acompanhar Matias, pois o hospital exigia sua assinatura para que o exame fosse realizado.

Pouco depois, Sebastião entrou no quarto e contou todas as novidades para Solange. Ele falava de seu amor por Glorinha, e os olhos da jovem brilharam por alguns instantes, pois sua mente voltou no tempo quando estava ao lado de sua grande amiga.

CAPÍTULO 37

Depois que saiu do quarto de Solange no hospital, Sebastião foi convidado por Evandro, o motorista de Dirce, para seguir até a fazenda. O rapaz precisava organizar a casa que a família habitaria e queria aprender rápido os detalhes do trabalho que executaria.

Sebastião entrou no carro e queixou-se do frio que estava sentindo. Evandro, então, entregou-lhe um agasalho que ele carregava no porta-malas do carro. Chegando à fazenda, Sebastião foi apresentado a Augusto e aos empregados da casa. Janete levou o jovem para cozinha, serviu-lhe um prato de comida e assustou-se com os modos do rapaz à mesa.

Janete desejou chamar a atenção dele, mas Soninha entrou na cozinha para beber água e soltou um gritinho ao ver o irmão. A menina pulou sobre Sebastião, apertando o pescoço do rapaz em um abraço cheio de saudades.

Zenaide estava atrás dela e precisou acalmá-la para que ela soltasse o pescoço de Sebastião.

— Solte o rapaz! Ele precisa respirar, Soninha! Tenha modos!

— Ele é meu irmão! Eu estava com tanta saudade de você, Tião! Onde está a mamãe Maria?

— Eu também estava com muita saudade de você, Soninha. Você está linda! Seu cabelo está bonito. Eu estou com frio... Como é fria esta terra!

— Aqui é frio e não tem o vento que vem do mar. Quando eu cheguei, também ficava gelada, mas a mamãe Dirce comprou casacos quentinhos para mim. Ela comprará também para você e Matias. Pedirei que compre um para a mamãe Maria também. Será que ela comprará, Zenaide?

— Tenho certeza de que sim. Seja bem-vindo, Sebastião.

— Obrigado, dona...

— Eu não sou dona de nada! Meu nome é Zenaide. Sou a empregada da casa de dona Dirce na cidade e estou aqui trabalhando como babá de seu sobrinho.

— Meu sobrinho?

— Não lhe contaram?! Desculpe-me! Eu falei demais...! Depois, conversaremos sobre isso em particular.

— A Zenaide não quer falar que Márcio é filho da Lange — disse Soninha.

— Minha irmã teve um filho?

Sebastião levantou-se da cadeira indignado, e Janete interveio:

— Não fique tão nervoso. Solange estava grávida quando deixou Fortaleza.

— Ela não me disse nada! O pai dessa criança terá de arcar com as consequências! — Sebastião parou de falar por alguns segundos e percebeu que o pai de Márcio poderia ser José Amâncio. O rapaz ficou pálido.

Janete empurrou o carrinho de Márcio, que estava ao lado de Zenaide, e chamou Soninha para irem até o quarto trocar a fralda de Márcio. Quando as duas saíram, Zenaide explicou para Sebastião quem era o pai do filho de Solange.

— Então, aquele desgraçado é o pai e avô da criança ao mesmo tempo! Estou enojado! Quero que ele apodreça na prisão.

— Não fale assim! As palavras têm força! A revolta não é boa conselheira. Você quer conhecer seu sobrinho?

— Eu desejo conhecer a casa onde nós vamos morar, pois quero deixar tudo organizado para quando Matias tiver alta do hospital.

— Está certo. Talvez você precise apenas organizar as roupas e os objetos pessoais que trouxeram de Fortaleza. A casa já está toda mobiliada. Duas empregadas da fazenda trabalharam essa tarde na limpeza e na organização do local.

— Não era preciso ter esse trabalho! Não quero incomodar.

Zenaide e Soninha foram com Sebastião até a casa e organizaram as roupas rapidamente. Zenaide, então, contou para ele como o pai fora preso na fazenda. Era tarde da noite quando as duas deixaram Sebastião descansar na nova casa. Soninha não se cansava de brincar com os cachorrinhos, o Costelinha e o outro cachorrinho magrelo ainda filhote que Norberto dera a Matias na intenção de distraí-lo um pouco.

Na manhã seguinte, Venâncio chamou Sebastião para mostrar-lhe o serviço ao qual ele foi contratado para executar. Depois das apresentações, o administrador da fazenda pediu para o rapaz:

— Eu preciso de sua carteira de trabalho para registrá-lo como funcionário.

— Não tenho carteira de trabalho, senhor. Sempre vendi bolsas na praia para os turistas. Lá, eu não precisava de documentos.

— Compreendo. Então, vamos para a cidade para providenciar o documento. Aqui tudo tem de ser de acordo com as leis. Ninguém trabalha na fazenda Morro Alto sem carteira assinada. Seu Augusto faz questão de estar dentro da lei. É bom para o empregador e para o empregado. Vamos, Tião?

— Venâncio, eu posso pegar uma laranja do pé? Eu estou com muita fome.

— Eu pensei que Zenaide havia servido seu café da manhã. Vamos para o casarão. Lá, minha noiva cuidará de sua alimentação. Mas pode pegar as frutas nas árvores, Tião. Elas estão aí para serem saboreadas pelos moradores da fazenda. Nós temos muitos pés de laranjas e de outras frutas aqui.

***

Quinze dias depois de iniciar os exames e o tratamento de Matias, ele teve alta do hospital. Dirce contratara um fisioterapeuta para cuidar do menino, que já mostrava significativa melhora a cada dia que passava. Os exercícios e o tratamento médico especializado fizeram renascer em

Matias a esperança de dias melhores. O sorriso retornou aos lábios do menino, que já conseguia movimentar os braços, demonstrando maior coordenação motora.

Maria do Socorro estava muito feliz. Ela costurava apenas para atender aos pedidos de conserto de roupas das amigas que fizera na fazenda. Ela passara a trabalhar com as mulheres no campo e na grande horta da fazenda, que distribuía hortaliças para vários mercados da cidade. Agora, Maria do Socorro tinha carteira assinada por seu empregador e todos os benefícios que Augusto dispunha para seus funcionários.

Soninha decidiu viver com a família na fazenda. Dirce ficou triste, mas compreendeu que a menina desejava ficar com a mãe. A mulher dava para Soninha tudo de que ela precisava e fazia o mesmo para Matias.

Depois de recuperar-se fisicamente, Solange decidiu continuar trabalhando como empregada na casa de Dirce na cidade. Yuri, o segurança, sempre a visitava. Os dois continuavam a namorar, mas Solange não permitia intimidades com o namorado. Lucas tentava ajudá-la a perder o medo de ser tocada por um homem em suas sessões.

Quando o ano terminou, Sebastião havia economizado grande parte de seu salário para se casar com Glorinha. As férias do trabalho finalmente chegaram, então, o rapaz comprou uma passagem de ônibus para Fortaleza e foi buscar a noiva.

Nazaré, a mãe de Glória, não permitiu que ela deixasse a casa sem estar casada com Sebastião. Os dois, então, se casaram no civil em Fortaleza e embarcaram em um ônibus para Governador Valadares. Os irmãos da moça ficaram tristes com sua partida, mas não a impediram de buscar a felicidade ao lado de seu amado Sebastião.

Augusto mandara preparar uma casinha com todo o conforto que seus funcionários disfrutavam na fazenda para Sebastião, que ficara muito feliz ao retornar com sua esposa para Minas Gerais. Eles adoraram a casa decorada com graciosidade e certa elegância. Dirce e Lucas fizeram questão de presentear o casal com todos os móveis e utensílios de que uma casa necessita. Os dois jovens casaram-se em uma linda cerimônia seguida de uma agradável festa realizada na frente do casarão centenário da fazenda Morro Alto. Dirce e Lucas foram os padrinhos.

Solange chegou à fazenda com seu noivo Yuri. Ela decidira viver na cidade ao lado de Dirce e Lucas. A moça usara toda a sua força emocional e, finalmente, já conseguia cuidar e ficar ao lado de Márcio, como prometera antes de reencarnar. Ela aprendera a amar o filho e compreendia que Dirce era a mãe de Márcio.

Solange trouxe a notícia de que o pai se envolvera em uma briga na penitenciária e perdera a vida nas mãos de um inimigo.

José Amâncio desencarnou e seu espírito tentou deixar a prisão para se vingar de Solange, mas os espíritos sombrios não permitiram que ele deixasse a cela da cadeia. Logo após seu desencarne, seu espírito foi arrastado para o umbral por inimigos do passado, que desejavam acertar as contas com ele.

Maria do Socorro e Sebastião não lamentaram a morte de José Amâncio na prisão. Matias, que recuperara a fala, comentou com Solange:

— Lange, eu sabia que ele morreria lá. Eu sonhei com um homem na semana passada que me disse que nosso pai retornaria para o mundo espiritual. Esse homem, que estava vestido de luz, me disse para eu não sentir raiva do nosso pai.

— Que coisa estranha, Matias! Eu também sonhei com um homem vestido de luz! Mas eu o reconheci. Era o falecido marido de dona Dirce. Seu nome é Luís. Ele era o filho do senhor Augusto. Eu o reconheci das fotos que estavam espalhadas na casa de minha patroa.

Solange descreveu Luís para Matias, e o menino ficou impressionado com a semelhança da narrativa da irmã.

— Nossa, Lange! O homem no meu sonho é bem parecido com esse Luís que você descreveu. Ele me disse uma frase que ficou na minha cabeça.

Solange e Matias falaram ao mesmo tempo a frase gravada na mente deles durante o sonho: "O ódio cola; o amor une. Amar é estar livre, seguindo o caminho da evolução. A escolha é sua!".

Os dois riram com a coincidência, e Yuri comentou:

— Aí tem coisa! Esse espírito protege vocês e está tentando lhes ensinar o caminho do bem. É melhor ouvir o que ele disse e mandar rezar uma missa para o espírito de seu pai. Tenho certeza de que ele virou uma alma penada.

— Yuri tem razão. Nós vamos pedir para José Amâncio ficar mais lúcido e descobrir que a maldade só o prejudica. Não existe luz na escuridão — disse Dirce, que havia se aproximado dos irmãos para cumprimentar Matias. O menino estava sentado em sua cadeira de rodas. Ela continuou:

— Fico feliz em saber que Luís ajudou a nos unir nesta fazenda. Eu desconheço o motivo de nosso encontro, mas talvez toda essa história tenha tido início em vidas passadas. Eu estou me dedicando aos estudos espirituais. Lucas andou me ensinando um pouco mais sobre a espiritualidade. Se os dois desejarem... Estão convidados para conhecer a escola da espiritualidade que Lucas e seus amigos fundaram na cidade.

— Eu não gosto muito de mexer com espíritos, dona Dirce, pois tenho receio de que os espíritos me assustem durante a noite e em meus sonhos.

— Que bobagem, Solange! Nós sonhamos com Luís, que nos ensinou muito sobre o perdão. Não quero ter meu pai como um inimigo nem desejo mal a ele. Apenas lamento todos os erros que ele cometeu. Acredito que meu pai não fez as melhores escolhas na vida. Seu fim foi trágico e violento, pois era nisso que ele acreditava: na violência como solução dos problemas.

— Esse menino amadureceu antes do tempo! — comentou Lucas, que se aproximou lentamente da cadeira de rodas de Matias.

— Eu tive ajuda, doutor Lucas.

Lucas também se tornou o analista de Matias. Uma vez por semana, no último ano, o psiquiatra se deslocava até a fazenda para as sessões que faziam muito bem para o menino.

— O senhor fez um ótimo trabalho, doutor — afirmou Solange.

Nesse momento, Zenaide aproximou-se com Márcio no colo, e Solange fez questão de pegar o menino nos braços e beijar sua face com carinho. Zenaide estava ao lado de seu noivo Venâncio, e Solange comentou:

— Vejam como Márcio ficou ainda mais belo depois da cirurgia plástica! Não é, dona Dirce?

— Ele ficou sim, Solange. Realmente, Lucas, você realizou um ótimo trabalho com os irmãos. É preciso ser forte para superar os traumas do passado. Parabéns aos dois irmãos.

— Eu realizei um bom trabalho com Solange e Matias e não mereço ser parabenizado também, meu amor?

— O doutor está de parabéns! — todos falaram ao mesmo tempo e sorriram com a brincadeira de Lucas.

Os noivos chegaram para os cumprimentos junto com Maria do Socorro e Soninha. A menina deu um longo abraço em Dirce, que retribuiu com amorosidade e disse:

— Você está belíssima com esse vestidinho cor-de-rosa! Está parecendo uma princesa, Soninha!

— Obrigada, mamãe Dirce. Minha outra mãe também gostou do vestido que o vovô Augusto comprou no *shopping*.

— Somente você consegue fazer seu avô sair da fazenda para passear no *shopping*.

— O senhor Augusto gosta de mimar essa menina, dona Dirce. A senhora sabia que ele está ensinando Soninha a pescar?! Ela aprendeu a tirar o peixe do rio! — disse Maria do Socorro animada, e Sebastião comentou:

— Eu tenho somente que agradecer por tanto carinho e tanta atenção que recebemos de sua família, dona Dirce. Obrigado por tudo o que fez por nós!

— Não me agradeça, Sebastião. Agora, nossas famílias se tornaram uma grande família. Sempre senti falta de crianças pela casa e estava muito sozinha. Todos vocês trouxeram ânimo novo e alegria para minha vida. Tenho certeza de que Luís foi o responsável por nossa união. Ele sempre foi benevolente.

— Meu pai foi o melhor homem deste mundo! — Beatriz chegou atrasada para o casamento e estava acompanhada de Evandro. O casal cumprimentou a todos com carinho e trouxe com ela uma menina vestida com roupas surradas. Dirce olhou para a jovem parada atrás de sua filha, notou alguns curativos tampando uns ferimentos em seu corpo e compreendeu tudo. Ela olhou para Solange, que falou:

— Parece-me que Beatriz tem o coração ainda mais benevolente que o do pai dela! Vou levá-la para a casa de minha mãe. Tenho certeza de que deixei um vestido limpinho, que servirá na mocinha.

Solange estendeu a mão para a menina, que aparentava ter quatorze anos, e afastou-a dos olhos curiosos dos convidados do casamento.

Dirce olhou para Lucas, que confirmou com a cabeça. Ela chamou Beatriz de lado e perguntou:

— De onde a mocinha vem, filha?

— Eu a encontrei ferida no estacionamento da faculdade. Eu estava entrando no meu carro, quando a vi chorando sentada no meio-fio. Mãe, trata-se do mesmo caso de sempre. Abuso sexual, incesto! Parece que nós atraímos essas meninas com o mesmo problema.

— Tenho certeza de que o espírito de Luís tem algo a ver com essas coincidências. Vamos acompanhar Solange, filha. A menina me pareceu muito assustada.

As mulheres entraram na casa para ajudar a jovem. Luís abriu um sorriso para seu superior, que estava ao seu lado observando se tudo ocorreria como haviam planejado. Os dois retornaram para o plano espiritual satisfeitos com o acolhimento e cientes de que a jovem adolescente, que necessitava de carinho e abrigo, receberia tudo de que precisasse. Luís comentou com seu superior:

— Eu sabia que Dirce não me decepcionaria — comentou Luís com seu superior.

— Ela doa amor e recebe em troca aprendizado e evolução. Cada um escolhe seu caminho, meu amigo. Dirce e Beatriz aprenderam que não devemos abandonar quem pede ajuda, e Lucas fez um ótimo trabalho com todas essas pessoas. Hoje, Dirce está feliz e se coloca em primeiro lugar. Dessa forma, ela consegue cuidar dela e das pessoas à sua volta com o mesmo carinho.

— Essa mulher é especial para meu coração. O dia em que ela voltar para casa espiritual, nós teremos uma longa conversa.

— Você está com ciúmes de Dirce? Hoje, ela tem um segundo marido.

— Não posso negar que ainda tenho esse sentimento desagradável, mas a vida continua... E a separação é temporária. Eu ficarei esperando por ela. Lucas é um cara muito especial, e os dois necessitavam um do outro.

Não queria ver meu melhor amigo desiludido como estava antes de se unir à minha amada Dirce.

— Você não deve se iludir esperando por Dirce, pois ela decidirá entre os dois quando chegar o momento. Agora vamos ao trabalho. Temos muito para fazer.

— Mas eu imaginei que teríamos uma folga depois que Fernanda estivesse em segurança.

— Você está certo. Prometi que assistiríamos a uma peça no teatro de sua cidade, depois de deixarmos Fernanda em boa companhia.

Os dois desapareceram em um rastro de luz. Augusto estava jogando truco com os amigos, quando notou o brilho da luz desaparecendo no ar. Ele disse:

— Vá com Deus, meu filho! Nós cuidaremos bem da menina.

— A que menina está se referindo, senhor Augusto? — perguntou Zelito, que jogava com o parceiro de cartas.

— Meu filho Luís trouxe mais uma menina com problemas para nós cuidarmos.

— Mesmo do outro lado da vida, Luís se preocupa com as pessoas que sofrem. Grande pessoa foi seu filho!

— Ele continua vivo e é um espírito em evolução. Eu pude vê-lo deixando a fazenda. Luís deixou um rastro de luz no ar.

A festa de casamento continuou até a madrugada, espalhando alegria e positividade na fazenda Morro Alto.

FIM

GRANDES SUCESSOS DE
ZIBIA GASPARETTO

Com 20 milhões de títulos vendidos, a autora
tem contribuído para o fortalecimento da literatura
espiritualista no mercado editorial e para a popularização
da espiritualidade. Conheça os sucessos da escritora.

Romances
pelo espírito Lucius

A força da vida

A verdade de cada um

A vida sabe o que faz

Ela confiou na vida

Entre o amor e a guerra

Esmeralda

Espinhos do tempo

Laços eternos

Nada é por acaso

Ninguém é de ninguém

O advogado de Deus

O amanhã a Deus pertence

O amor venceu

O encontro inesperado

O fio do destino

O poder da escolha

O matuto

O morro das ilusões

Onde está Teresa?

Pelas portas do coração

Quando a vida escolhe

Quando chega a hora

Quando é preciso voltar

Se abrindo pra vida

Sem medo de viver

Só o amor consegue

Somos todos inocentes

Tudo tem seu preço

Tudo valeu a pena

Um amor de verdade

Vencendo o passado

Crônicas

A hora é agora!
Bate-papo com o Além
Contos do dia a dia
Conversando Contigo!
Pare de sofrer
Pedaços do cotidiano
O mundo em que eu vivo
Voltas que a vida dá
Você sempre ganha!

Coletânea

Eu comigo!
Recados de Zibia Gasparetto
Reflexões diárias

Desenvolvimento pessoal

Em busca de respostas
Grandes frases
O poder da vida
Vá em frente!

Fatos e estudos

Eles continuam entre nós vol. 1
Eles continuam entre nós vol. 2

Rua das Oiticicas, 75 — SP
55 11 2613-4777

contato@vidaeconsciencia.com.br
www.vidaeconsciencia.com.br